U0947205

春潮NOV+

回到分歧的路口

野未来

王威廉 著

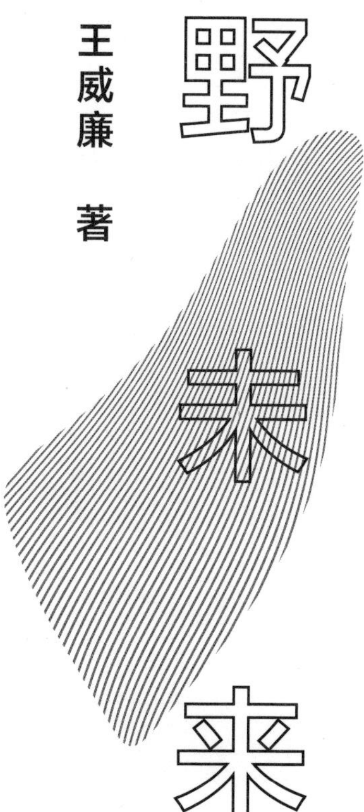

中信出版集团 | 北京

图书在版编目（CIP）数据

野未来 / 王威廉著. -- 北京 : 中信出版社,
2021.7
ISBN 978-7-5217-2987-0

Ⅰ. ①野… Ⅱ. ①王… Ⅲ. ①幻想小说－小说集－中
国－当代 Ⅳ. ①I247.7

中国版本图书馆CIP数据核字(2021)第052895号

野未来

著　　者：王威廉
出版发行：中信出版集团股份有限公司
（北京市朝阳区惠新东街甲4号富盛大厦2座　邮编　100029）
承 印 者：北京盛通印刷股份有限公司

开　　本：880mm × 1230mm　1/32　　印　　张：11.25　　字　　数：180千字
版　　次：2021年7月第1版　　印　　次：2021年7月第1次印刷
书　　号：ISBN 978－7－5217－2987－0
定　　价：55.00元

目录

序：后科幻写作的可能

1

带有一点诧异地，我阅读完了王威廉最新的短篇小说集《野未来》。这种诧异来自一种先在阅读经验的比对。早在2013年左右，我在编选英文版《80后短篇小说集》的时候，收入了王威廉的《听盐生长的声音》，这是一部以西部盐湖为环境背景的作品，男主人公生活困顿而郁积，在大自然景观（奇观）的感召中，他察觉到了生命意志的循环萌动，再生了生活的勇气。这篇作品得到了海外译者的好评，最后选集在国外出版时，就用这篇小说的题目做了主书名。

《听盐生长的声音》已经凸显了王威廉的写作特质，他善于处理个人精神意志与外部环境的角力，总体气质是内敛的、景深的，富有细腻致密的叙事能力，但依然可以在传统写作的谱系里找到定位：他承续了20世纪80年代以来现代主义写作的遗产，并以自我的生命经验对之进行了历史化。以这种方式，与其他同时代作者一起，王威廉建构了自我的作家形象。

这一次《野未来》中收录的11篇作品却很是不同，固然在一些叙述的片段，尤其是对环境的描写上还能看出早期风格，但是主体内容上已经是另外一番面目。其中让人印象深刻的，就是大量只有在惯常意义上的“科幻文学”中才有的元素进入小说并成为重要的叙事装置，例如GPS定位、视频监控、造人术、灵魂芯片、拥有语言和自我意识的AI、外星生命等等。我意识到，在《野未来》中，写作的取景框已然有别，因此写作的质地和风格，也同时发生了位移。

2

在《不见你目光》中，“窥视”是关键词。不仅小说中的人物以“窥视”为生，故事逻辑也建立在对“窥视”的哲学辨析中。这是一篇主题重于故事本身的作品，但是因为这一主题与我们每个人息息相关，以至于我们会忽视它的建构性。在现代文化史上，“看”一直是重要的认识装置。在对北海道恶劣自然环境的“看”中，日本现代作家和艺术家发现了现实的“真实”，这构成了日本现代文学的起源。在中国，鲁迅的“幻灯片事件”构成了中国现代文化的核心密码，在“看”与“被看”之间，鲁迅奠定了一种关于“人的发现和主体觉醒”的现代叙事。在这一叙事中，人获得了主体——无论这种主体是资本主义主体还是社会主义主体。在被过度强化了的文学社会学视野里，“看”不是简单的观看，而是“凝视”，在凝视中争夺主体性。但是这种“凝视”并非唯一的存在，骆以军对川端康成《雪乡》中的“重瞳之美”情有独钟：“在川端看似澄明其实残忍畏悚的凝视下，一次一次，散焦地，从紧束天真的少女耽美形象中散溃垮掉，伤害与疲惫沦肌浃髓渗进灵魂。”这是现代性视力的溃散——但溃散得还不够彻底，"看"或者其高阶版本的"凝视"还是眼睛和眼睛的互动，也就是人和人的互动；但是在王威廉的时代，这一互动以全新的形式出现：眼睛被技术工具取代，精密的电子仪器设备（照相机、视频监控）在无限大和无限小的两个方向对"凝视"进行了改写。"凝视"现在变成了"窥视"。如果说"凝视"指向的是理性、意识和升华，那么"窥视"则指向的是非理性、无意识和沉沦。《不见你目光》中几组不同的关系都建立在这种"窥视"的模式中：

> 我不免想到，如果我的房间里也装满摄像头，那么现在我就可以看到小樱在做什么了——仅仅是这么一想，我的呼吸就变得急促起来，前所未有的紧张和兴奋驾驭了我。我开始盘算着，等会儿在回家的路上就可以去摄影器材店挑选摄像头了。我越是想着这样的行为，就越是兴奋，简直像个要跟女友初次做爱的小男生。我似乎已经无力阻止自己这么做了。我该怎么办呢？我陷入了欲望与道德的困境，忘记了自己正在照相。我一动不动地举着相机，像个入迷的雕塑。忽然，我发现镜头里的女孩子变得不知所措起来，她的脸变得绯红、尴尬和多情，就像目睹了上帝的降临一般。

"窥视"催生了欲望，这一欲望恰好是后现代社会因为过剩而产生的匮乏，正如苏珊·桑塔格所言："照片可以以最直接、最功利性的方式煽情——就像某人收集那些无名的欲望对象的照片以满足手淫欲望那样。如果照片是用来激发道德冲动，情况就更复杂了。”在王威廉这里，更复杂的情况是，“窥视”即使已经作为“监控”的重要工具，也已经内化为情感结构的一部分，并由此驱动人的行为。在这个意义上，“假人”和“影子”才变成了“真人”——摄像机镜头和视频镜头不正是由符码拼合而成的“拟真”现实吗？

《地图里的祖父》由一个灵异事件开始：已经死去的祖父出现在实时更新的GPS地图里。对这件事的解释驱动了对“灵魂”的解释。虽然王威廉很愿意严肃地讨论这个问题，但是却缺乏苏格拉底式的语境和对话对象——在《斐多篇》里，苏格拉底在临死前从容不迫地和信徒们谈起了“灵魂不死论”：“转世回生是真的有这么回事的。活的从死的产生，人死了灵魂还在存在，都是实在的事。”这种“不死”指向的不是生理学意义上的不灭，而是“它安定不变了，和不变的交融在一起，自己也不变了。灵魂的这种状态就叫作智慧。”这是人文主义哲学的根基，对永恒的追求是对哲学和智慧的追求。然而在《地图里的祖父》中，这一根基被抽离，灵魂变成了一个技术事件和技术实践。通过三维立体成像的方式，死去的祖父从时光中复活并向我们走来，乡愁被技术超克，吊诡的是，这一技术造就了更深的乡愁：“要是人类在这同一个时刻全体毁灭了，那么在这颗行星上就只剩下祖父的身影走过来走过去了。由于仪器是太阳能驱动的，因此他的身影会永远走动下去，直到仪器生锈毁坏。那会是一个特别孤独的景象吗？”

也许是。

3

孤独，回忆，在旧时光里苦苦纠缠。《分离》《草原蓝鲸》《城市海蜇》都涉及技术时代的亲密关系这一伦理性主题。《分离》中的女性被前男友研发出来的智能传感床提取了回忆信息，他们不得不重新体验某些五味杂陈的过往经验。《草原蓝鲸》里的母亲远离故土，因中年情绪而走进了另外一重空间，在蓝鲸的腹部与已经 120 岁的儿子展开了“生死对话”。《城市海蜇》里一位陌生的女性来访，她曾是已经去世的老同学的恋人。事情的离奇之处是，这位陌生的女性是如此熟悉，原来在表象与躯壳之下，还有一重被收起的“他”。最后，“他 / 她”在已经严重污染的海边脱去衣服，展示了自己陶瓷质地的身体。

自启蒙运动以来，对技术的追求和反思就一直构成着现代思想的关键辩证法。总体来说，人本主义哲学家们对现代技术能够为现代生活提供伦理性改善持悲观的态度。荷尔德林是最早以诗歌的方式思考这一问题的诗人之一，在 19 世纪末的一首诗里，他提出疑问：“大地上可有尺规？绝无。”荷尔德林提出的解决方案是回到希腊的“神性之蓝”。他的同乡大哲海德格尔部分赞赏荷尔德林绕道希腊的思路，却又非常不甘地试图在“此在”中寻找技术与伦理之间的媾和。最后他比荷尔德林更激进，技术使得“世界进入夜半”。文化哲学和技术哲学严重的二元对立使得这一思考进入了一条窄路，但实际情况是，无论是赞同还是反对，技术已经构成了人类生活的一部分，并在一定意义上重新定义和设置了人类的伦理生活。这正是王威廉上述作品的意义所在，他并非在技术之外去思考或者批评技术，而是从人的内在出发，去把握技术、技术品、技术想象与人之间复杂缠绕的关系。这种复杂缠绕的关系与人类生活的复杂缠绕形成了互动和对话，在这个意义上，技术即人，人即技术——即使在宗教的隐喻中，人也不过是神的一个（不完美的）技术作品。这是一种波德里亚所谓的复杂性，“世界的复杂性不再出现于象征交换的时刻了……而是存在于技术物的日常生活中”。王威廉的这一类作品具有细腻的质地和幽微的情感，传统文学的质素因为科幻的进入而获得了新奇和诧异，而作为类型小说的科幻因为传统文学的基质而获得了深度和内在。

4

《野未来》是一篇值得特别关注的作品，三个落魄的青年人在群租房里艰难度日，就业渺茫而生活无望，但就是这种处境，依然不能阻挡初中毕业的机场保安员赵栋对科幻和未来的向往。在很多年后，他终于实现了自己的愿望，在机场的时空隧道里进入了未来。当叙事者“我”目睹了这样的现实奇迹后，“忽然觉得很孤独”。这是一篇将科幻高度嵌入当下的作品，它所有的构成元素都可以称得上是批判现实主义式的：失业、边缘人群、大都市的贫民窟……这是一种迥异于经典科幻写作景观的写作。在经典科幻写作图景里，科幻是高度发达的现代产物，是科学家、资本家和探险家的联姻产品，是指向一种新的生活和秩序的理性创制。但是在王威廉的《野未来》里，科幻不再在这些宏大而渺远的层面起建设性作用，而恰是科幻从体制性的想象中逃离出来，与普通甚至卑微的生命联系在一起。科幻并不能改变这些人的命运，也无法改变既定秩序和游戏规则，仅仅是提供一面诱惑之镜。

在中国当代的科幻写作中，如果说刘慈欣是从“伤痕文学”出发，构建了一种基于现实主义并超越了现实主义的科幻叙事，那么，王威廉等一代写作者则从“新伤痕文学”出发，规避了刘慈欣的道路而开辟了一种后科幻写作的叙事路径。在刘慈欣那一代写作者那里，科幻文学是进步论叙事的一环，“未来”在时间矢量上无限前进，并因此暂时搁置了无法调和的当下社会矛盾，以一种替代性的方案在新时空里再造世界。这就是刘慈欣所谓的“主流文学描写上帝已经创造的世界，科幻文学则像上帝一样创造世界再描写它”。由此，科幻文学被视为还原了“小说作为世界体系的总体性和完整感”。后科幻写作则对这种“创世”的欲望和世界体系的总体性持一种怀疑的态度，在《行星与记忆》里，无论是移民外星还是机器人的帮助，都无法让人类摆脱语言的误解和暴力的基因，新空间里诞生的不过是旧秩序。“未来”作为一种生产出来的结构，已经高度内嵌于此时此刻的当下，因此新的世界体系并非在我们之外，而是在我们之内；并非在时间之外，而是在时间之内。在这个意义上，时间已经变成了空间，过去、现在、未来三位一体，以犬牙交错的多重褶皱的立体形式而存在。后科幻文学正是从这些褶皱的草蛇灰线里看到了新旧模式（旧人新人、旧世界新世界、旧我新我）背后现代性叙事的迷思，后科幻文学于是停留下来，在每一个散点上犹豫不决、瞻前顾后。“幻影论”在此代替了“拯救论”，居于时间意识形态巅峰的“新未来”变成了“野未来”。未来被流放、被取消，未来现在消失于未来，就像“水消失于水中”。

5

未来属于谁？未来还有询唤之功能吗？在伦理性生存的配额中，未来占有多大的权重？

> 黑暗的宇宙中悬浮着五颗明亮的恒星，有大有小，但由于距离遥远，看上去像几团冻住的火焰。这些火焰都有尖形的尾巴，朝着一个共同的中心。这个中心就是超级巨大的人马座A黑洞。光线也无法从黑洞中逃逸，因此那里除了黑暗一无所有。我启动量子摄像机，捕捉到黑洞界面的量子辐射，电脑很快虚拟出了量子化的黑洞图像。巨大的能量涡流让它看上去像是恶魔满是獠牙的大嘴。而我，就要朝那张嘴飞过去，主动成为它的食物。

这是王威廉《后生命》中描写的一个未来场景。

> 小宇宙中只剩下漂流瓶和生态球。漂流瓶隐没于黑暗中，在一千米见方的宇宙中，只有生态球里的小太阳发出一

点光芒。在这个小小的生命世界里，几个清澈的水球在零重力环境中静静地漂浮着，有一条小鱼从一个水球中蹦出，跃入另一个水球，轻盈地穿游于绿藻之间。在一小块陆地上的草丛中，有一滴露珠从一个草叶上脱离，旋转着飘起，向太空中折射出一缕晶莹的阳光。

这是刘慈欣《三体》中宇宙大死灭之后的一个场景。

——原来如此。

过去、现在和未来都必将如此，也只能如此。所有人都坐在一架平稳飞行但却被偷偷劫持的飞机里，不知道将身归何处，心归何处，灵归何处。

这架因为消失而存在的飞机，就叫着“未来”。

杨庆祥

（诗人、批评家、中国人民大学文学院教授）

2021 年 5 月 31 日，北京

不见你目光

一想到明天就轮到我了，我整整一天如坐针毡。说起来，很多人肯定会嗤之以鼻：无非就是履行公民义务，道德感化一名罪犯罢了，用得着这样吗！好吧，我承认我胆小如鼠，一想到要和杀人犯、抢劫犯、纵火犯、强奸犯、小偷、毒贩、混混一起待上半年时间，我就不寒而栗。尽管电视、网络和各大媒体对这项举措有着数不清的正面报道，我坚信还是有很多和我一样胆小如鼠的人，只是羞于承认自己的怯懦罢了。就像我的邻居老孟，他喝醉酒后不止一次对我说："什么道德感化，肯定是监狱不够用了吧！"说完之后，他总是不可避免地感到恐慌，酒都醒了大半，改用蚊子般细小的声音说："嗐，该死！我又多嘴了，我可不想被送去做道德感化。"他那猥琐的样子让我不由得哈哈大笑起来。

曾在报纸上读过一则报道，有一位善良的老太太最喜欢感化罪犯，她退休之后，把全部的时间和精力都奉献给了这项伟大的事业。迄今为止她已经感化了二十五名罪犯，这些罪犯都心甘情愿地去做了基因切除手术，然后有了正当的职业，再也没有作奸犯科。想到这个老太太，我不禁在心底一遍遍感慨：多好的老太太啊，有这样的善人就足够了，干吗还需要我这样的人呢？我有什么可以感化别人的呢？实话实说吧，我连个正当职业都没有，眼下靠给几家征婚网站拍摄照片为生。我有我的原则，我不会给丑男丑女化妆，然后拍出漂亮的“艺术照”；我要他们保持自然而然的状态，然后把握住他们一星半点的美好角度与瞬间。这让他们很高兴——他们终于借助我的照片，发现了体内那个被压抑过头的“自我”。一传十，十传百，来找我的人虽然称不上络绎不绝，但也足以维持我的生计。这么说仿佛我是个摄影家似的，但其实，我无数次地将自己的“作品”拿给杂志社、出版社和摄影学会，得到的都只是嘲讽及屈辱。想到这些，我又要感慨了：我能拿什么去拯救那些罪人？

毫无意外，这个晚上我失眠了。明天能托病不去吗？如果被查出是装病，那就等着被送往某个家庭接受感化吧。一旦被确定为需要被感化的对象，不但要心甘情愿地接受某种神秘的基因手术，而且终生都会活在严密的监控之下。想到这些，我瑟瑟发抖。

既然事情无法改变，那就找出一些能够说服自己的理由来吧。我一遍遍回忆着这些年的生活，越想越觉得屈辱，但没想到的是，心理的转机就此出现：正所谓物极必反，心中的屈辱积累到一定程度之后，反而激起了我对那些人的反抗和憎恶，随之，久违的自尊感也回归了我的心田。我激动起来，翻身而起，对着周围的黑暗质问道：“我的工作需要高超的摄影技巧，为什么不能被称为一名摄影家？我的工作改善了多少弱势者的命运，多么高尚啊，我为什么不能去感化别人？”

我就这样反反复复质问着周围的黑暗，逐渐对自己充满了信心。当这种信心达到最大值的时候，我得以昏然睡去。

凌晨五点半，我设置的闹钟响了。挑选罪犯必须早，去晚了就只剩下穷凶极恶的杀人犯了。我爬起来简单洗漱了下，连饭都没吃就前往道德感化所。在路灯朦胧的光线下，我看到自己长长的影子，有种莫名的忧伤。一辆出租车从我身边经过，我迟疑了下还是拦住了它。打车对我来说算得上奢侈，一般情况下我都会优先折磨自己的双腿。

很快，我就到了感化所，没想到已经有七八个人在排队了。看来大家和我一样胆小，都怕和凶恶的罪犯住在一起。其实，为了消除暴力犯们的危险性，有关机构已经在他们身上注射了一种药物，这种药物会调节激素的分泌，有效遏制他们情绪中的狂躁和肌肉的收缩力量。说白了，他们已经是手无缚鸡之力的软蛋了，但即便如此，我们这些凡夫俗子还是害怕。毕竟想起对方的双手曾沾满鲜血，可不是一件好受的事情。

在警察的带领下，我走进里边，发现还有好多罪犯坐着等待挑选，心中大喜，觉得自己这下捡到大便宜了。不过，我的欣喜立刻就被墙上的一张告示给击碎了："本感化所成绩突出，得到了上级的表扬和嘉奖，为了更好地发挥模范带头作用，全国三分之一的杀人犯都会被送来这里，以便得到更好的感化服务。"我一下子蒙了，查看了大厅里边的电子屏幕，里面有每个罪犯的详细介绍，我发现只有五个不是杀人犯，而这五个人已经被排在我前面的人领走了。悲剧诞生了，我只能选择一个杀人犯啦！

我赶紧快速浏览这些杀人犯的资料，系统留给每个人的时间并不多，只有十五分钟。必须在这段时间内选定，否则系统将会随机为你挑选。这时，我发现了一个女孩子，说不上漂亮，但很清秀，温顺的黑发、大大的眼睛，眼神里充满了复杂的意味，仿佛在召唤别人去探究。资料显示，她叫余小樱，今年二十八岁。她将人囚禁在一个装满摄像头的房间内，致人自杀身亡。我想，这个问题算不得严重吧，至少没有亲自动手，况且，那个自杀的人神经也太过脆弱了，不知道我们周围的每一寸空间其实都是在摄像头的覆盖之下吗？

事不宜迟，我迅速决断，就是她了！我走进后面的挑选室，没想到房间那么大，定睛一看，原来是四周都安装了镜子的缘故。我知道，镜子背后其实坐满了正在监视的执法人员，他们正在盯着我看呢。只要我轻举妄动一下，他们就会扑过来，把我踩在脚下。我定了定神，把目光投向那群密密麻麻的罪犯，仿佛有心灵感应似的，我一眼就看到了她。她是如此与众不同，其他罪犯都显露出一副虚弱无力的倦态，只有她坐得笔直，神采奕奕的眼睛直视着我。我径直向她走过去，指了指她。束缚着她的器械亮灯了，我举起右手的大拇指，朝亮灯的地方按了下去，系统识别了我的身份，机械手臂打开，女孩子自由了。她几乎是弹跳着站起身来的，然后毫不犹豫地跟我往外走。我们来到大厅的时候，她的行李已经搁在大门口的拖车上了。

她双手提着行李和我来到街上，这时太阳已经出来了，在早上清新的微风中我看清楚了她的长相。眼睛大大的，鼻子和嘴巴都是小小的，嘴角有点儿微微向下，像只忧伤的小鱼。我拿过她的行李，和她并排走在街边的行人道上。虽然她低头默默不语，但通过富有韵律的步伐，能感觉到她的情绪即使达不到欢快的程度，也是轻快的，就像面前这股从黑夜中解脱出来的晨风。她的状态影响了我，我走着走着竟然有了美好的感觉。在外人看来，我们就像是一对情侣吧，我不由得再次转头打量她。她正好也转过头来，我们对视了一眼，她冲我微微笑了笑。我感到心里的某处都快融化了。

她可是个杀人犯啊，不能被她表面的假象迷惑，我暗暗提醒自己。为了尽快进入给定的道德角色，我不顾礼貌，直接问道：

“请问，为什么那么做？”

“什么？”

“你为什么那样……伤害别人？”

“突然问起来，我也不知道怎么说。”她像小鹿那样胆怯地看了我一眼，“既然你选择了我，是来感化我的，我相信你一定会弄清楚的。”

顿时，我感到了一种陌生而又奇异的责任感，有着未熟透橘子的那种酸涩。尽管心中还有许许多多的疑问，但我都不知如何开口询问她了。她说得对，我是要感化她的，而不是审讯她的，感化需要的是耐心。

到家了。我这才想起，好久没有人来拜访，我都忘记收拾房间了。果然，她一进门，就发出感慨："你的房间真乱啊！"我的脸都红了，可她没有嘲笑我，而是立刻动手帮我整理起来。她的动作娴熟，所到之处，所有的物品都回到了正确的位置，仿佛她能通晓事物的记忆一般。她任劳任怨，连臭袜子都帮我洗了。这期间，我准备和她一起收拾，没想到她拦住我，帮我打开电视，说你看吧。我坐在沙发上，看到她忙忙碌碌的样子，一时间恍惚了起来，觉得应该接受感化的人是我，而不是她。

一切都变得井井有条，我仿佛是来别人家里做客。她问我超市和菜市场在哪里，还没等我反应过来，她已经出门买菜了。半个小时后，她提着菜回来，进了厨房开始做饭。我想帮她，她坚定地将我拒之门外。她简直就是传说中的田螺姑娘。我心中窃喜，这次真是挑对人了。我看了会儿电视，她就把饭菜端上来了。不得不说，她的手艺了得，辣子鸡和麻婆豆腐比饭店的还好吃。

吃完饭，她像个钟点工一样，立刻起身准备洗锅刷碗。我拉住她，让她歇会儿，陪我看会儿电视。她不得不坐了回去。

想着刚才是她帮我开电视的，我随口说道："你应该很喜欢看电视吧？"

"你让我说真话吗？"她不等我回答，便说，"不喜欢，无聊透顶。"

我有些吃惊，除了她刚才帮我开电视的举动，还因为根据她的犯罪方式，我推测她应该很爱看视频。

她看出了我的疑虑，说："电视里的东西都是人为编排的，太虚假了，我喜欢人的真实状态。”

“人的真实状态？”

“对，就像咱们这样，坐在这儿，吃饭聊天，简简单单的。”她伸手把头发向后梳去，露出了贝壳般光洁的耳朵。

“其实，我也相当讨厌电视，看完了总后悔，觉得浪费时间，但看的时候，又觉得很有意思，不知不觉就被吸引了。”

“电视节目的目的就是吸引人啊。”说着，她轻轻笑起来。我明白，那是一种嘲笑。

“哈，也对。”我也笑了。

“其实只要我们醒着，就总是在看，看电视只是看的一种。你觉得看有几种方式呢？”

“这个……这个问题还真没想过。”我张口结舌，无法回答。看，无非就是看，还有几种方式吗？我深感诧异。

“那你好好想想嘛。”她收拾了桌上的碗碟，起身去泡茶。

“瞪眼、蔑视、鄙视、凝视、审视、暗送秋波……”我挖空心思地想。

“你懂的词汇还不少。”她笑了起来，是开心的笑。她的总体气质是阴郁的，脸色总显得苍白，现在高兴起来，脸上有了血色，漂亮了许多。

“实在想不出来了，”我摇晃着脑袋，“你告诉我吧。”

“我自己的分类很简单，就是两种。”

“愿闻其详。”

“一种是无目的的看，一种是有目的的看。”

“哦，”我似懂非懂，“那看电视属于哪种？”

“很显然，属于第一种，无目的的啊。”

“看书呢？”

“无目的的啊。”

“为什么？”我喝了一口她倒给我的茶，分辩道，“我们看书明明是带着目的的。”

“看书是一种特殊的观看方式，所以一般叫读书。你读进去的时候，并不在意书的形状、文字的形状，因为那些文字作为符号，是对应到你内心的思想里边去的。”

“那到底什么是‘有目的的看’呢？”

“比如你对我的看，以及我对你的看。”她直视着我的眼睛，我感到挺难为情的，把头扭开了。

这时，我的电话响了，我看了看来电显示，知道有活儿要干了。我和她简单介绍了下自己从事的工作，说：“我闲了也给你拍几张照片吧。”她笑笑，没说话。我以为她误解了我的意思，补充说：“你和他们不一样，你很漂亮的，让我有拍照的冲动，你千万别误会了。”“没有误会。”她言简意赅。

我可能要忙到很晚才回来，便安排客房给她休息。她向我道了谢，就开始收拾厨房。她那架势，就像是和我生活多年的贤妻。

我来到婚恋所的工作室，开始拍照片。我边拍边想刚才和小樱的谈话，“看”真的有那么复杂的含义吗？我现在通过镜头看不远处的那个胖墩儿，究竟是有目的的还是无目的的？要我自己来判断，应该是有目的的。因为他变成了我的研究对象，我在反复琢磨他。看得出，他坐在那里任由我摆布，相当尴尬。他的尴尬让我兴奋。我第一次意识到，让我工作下去的动力，除了金钱、兴趣等，还有一个隐秘的原因，那就是借助镜头来控制别人的快感。这种快感让我着迷，常常不知疲累。别人配合得越好，越是能拍出我想要的效果，我就越是愉悦。

时间过得好快，转眼到了晚上。我现在既沉迷在拍照中，又开始反思这种沉迷，这份工作对我有了双重的回报。胖墩儿和其他几个客户看了我拍下的大量照片，连连赞扬我太敬业了。我略感欣慰。不过，当他们不再是我拍摄对象的时候，我重新变得谦卑起来，并对那些照片丧失了兴趣，觉得这个工作归根结底还是非常无聊的。

回到家，小樱又做好饭菜等着我了。我问她吃了没有，她摇摇头，说一直在等我。过惯了单身生活的我，竟然对此有些感动。

“不好意思，今天忙晚了。”我朝她讨好地笑了笑。

“没关系，快吃饭吧。”她把碗递到了我手里，“今天都顺利吗？”

“顺利。”我想起下午的感受，“对了，拍照应该是一种有目的的看吧？”

“你还想这个呢？”她口气讶异，表情却是平静自然，一副早已料到的样子。

“是的，老在想，觉得有意思。”

“嗯，我觉得你开始理解我的意思了，没错，拍照是一种有目的的看。”

“你怎么会琢磨这些事情的？”我装作漫不经心的样子，咀嚼着饭问道。

“以后你就会明白的，我们还要在一起待很久，不是吗？”她的嘴角向上翘了翘。

“没错，日久见人心嘛。”我应和道。

本来，我还对和她一起共度良宵有些想入非非，但是经过一天的接触和聊天，我心底的防范意识还是加强了。我暗暗告诫自己，还是得万分小心，别像那个男人一样不明不白地死了。虽然我不怕她用摄像头监控我，但我怕她用别的什么残酷花样来折磨我。

我们各睡一个房间。睡前，我将她的房门反锁了，这也是感化手册上写的。这个手册里边还有大量的注意事项，我都没看完，最近得抓紧看。我回到自己的房间，从里面也锁上了。我躺在床上，想象我的房间内被她布满了摄像头，她在隔壁房间一刻不停地凝视着我。我盖着被子，却有种一丝不挂的紧张感。这种感觉从何而来，我搞不清楚，难道真的是我太怯懦了吗？不过，无论如何我还没到恐惧的地步。

我闭上眼睛，逐渐进入了梦乡。

第二天早上我被噩梦惊醒了，我梦见我独自一人被关在一间装满了摄像头的房间，梦中的我既像是小樱伤害的人，又像是我自己。我似乎站在高处俯视着趴在地上的自己，我感到孤独极了。我有些慌乱地穿衣起床，然后快步走到小樱门前，看见那门还牢牢地锁着，心里才踏实了。我敲敲门，她马上和我说话了："你起来了？快开门吧，我想上厕所。"我这才想起来，她的房间是没有卫生间的，昨晚我也忘了给她准备个便器。我打开门，看见她穿得整整齐齐的，安静地坐在床边，好像整个晚上没睡过觉一般。

"你一直坐在那里吗？"

"傻瓜，怎么可能呢，我早起来了。一直等你开门呢。"她说着，站起身来，像个很懂礼貌的房客一般，朝我礼貌性地微笑了一下，才款款走去卫生间。

她洗漱完毕，走出来后，吐吐舌头说："好饿啦，我来做早餐吧。"她的可爱样子，让我觉得美好的一天正式开始了。

我觉得不能再袖手旁观了，毕竟感化她是我的责任嘛。我摩拳擦掌，表示真心要帮她一起做早餐。

"早餐是最简单的啦。"

她嘴上这样说，却也没有拒绝我。我便凑在她身边，给她取个碟子递个碗什么的。她对我的厨房已经了如指掌了，清楚地知道鸡蛋在哪里，麦片在哪里。

"你为什么没找女朋友？"她忽然问我。

我吃了一惊，有些蒙，支支吾吾地说："找过一个，后来分手了。"

"啊，发生了什么呢？"

“发生了太多太多，总而言之一句话，发生了感情危机。”我调侃道。

“那你得赶紧走出来呀。”她认真说道。

“走出来？”

“嗯，从感情危机当中走出来，再找一个。”她看了我一眼。

“要找真心喜欢的，哪有那么容易？”我盯着她漂亮的侧脸，开玩笑说，“怎么，你打算当我女朋友？”

这次她被吓了一跳，连连摆手，说：“不不不，我不适合你。”

她这么说反而引起了我的兴趣，我开始追问她：“你说说，我为什么不适合你？你谈过男朋友吗？啊，不好意思，这样说太傻了，你当然谈过，那么，他是个怎样的人呢？”

“也不是性格不合适，是身份不合适吧，你不是要感化我的人吗？”她恢复了平静，将做好的早餐放在餐桌上。

“也许，以后我们可以试试？”我挑逗她。

“讨厌！”她的脸红了。

吃完饭，我又去工作了。最近活儿比较多，让我看上去像个勤勉养家的丈夫。

一连几天就这样过去了，我和她慢慢相处，逐渐熟络起来，陌生感和警惕感都降低了许多。这天黄昏，我提议出去走走，散散步。她很高兴。她在家里憋太久了。我们来到街上，路过一家服装店的时候，我看到橱窗里的一条花裙子特别适合她，便拉着她，让她试。一试，真的非常漂亮，我毫不犹豫买给了她。她羞涩地对我说："谢谢。"我让她不要换了，就穿着新买的裙子去散步。我们沿着街道随便走，来到了一座安静的小公园里。我们坐在一间小亭子下的石凳上，傍晚的微风拂面，不远处有几个孩子在嬉闹，世界相当美好。我大着胆子问她："你那件可怕的事儿，敢和我聊聊吗？"

"敢啊，那有什么不敢的。"她坦率得要命。

"我觉得，既然我要感化你，我就有必要知道，对吧？"我为自己开脱道。

"其实那个人不是别人，应该算是我的男朋友吧。"

我惊呆了。

"不过，遗憾的是，我对他远远没有他对我那么热烈。他不顾一切地追求我，在很长一段时间内，我几乎每天都不得不面对他的各种信息。也不知道我身上有什么可以打动他的地方。你看，我算不得一个特别漂亮的女孩，而且，性格也不够温柔，发起火来吓死人。可是他一直玩命般地追我，我让他干什么他就干什么，我不止一次想，我要是让他死，他也会死的吧。我不是一个控制欲非常强的人，我后来勉强答应他，只是被他的执着给感动了。"

"且慢，你说你控制欲不强，但是……但是你不是把他关起来了吗？"我忍不住问道。

"那个，你容我慢慢说。"

"好的。"

根据小樱的述说，原来她的男友是一个网络游戏的狂迷，她事先并不知道这一点，等到和他在一起之后，他的本性才慢慢显露出来。他们除了吃饭、做爱在一起之外，那个男的几乎都趴在电脑前，操纵着一个穿盔甲的战士，和一些奇形怪状的猛兽战斗。每天晚上，他总是很晚才睡觉，她催他好几次，他都不过来，她只得自己哄自己睡觉。她起床的时候，他已经坐在电脑前开始战斗了。他好像是机器做的，根本不知疲累。周末，她想出门逛街购物，他也兴趣不大，但会忠实地陪着她。她问他具体的意见，他也会说，但总显得心不在焉。买了衣服逛完街，他会请她看电影。他看得聚精会神，连她的手都忘了握。吃饭的时候，她想和他聊聊天，他又聚精会神地看电视，不是看电视剧就是看新闻……总之，他很少能和她面对面安静地坐在一起，即使有那样的时刻，他也会掏出手机来，刷刷微信、玩玩微博、看看照片，几乎不能真正安静一分钟。他总是被那些虚拟的影像所吸引，而对身边的实在世界兴味索然。

“这是一个被影像迷惑的人。”小樱总结道。

“每个现代人都有这种倾向吧，但他也太严重了，算是一种病态了。”我想起自己偶尔也会这个样子。

“其实，我也不怕告诉你，我对这种人并不陌生。”

“哦，是吗？不是第一次遇见？”

她苦笑了一下，说：“的确不是第一次，因为我父亲就是这样的人哪。”

我愣了下，难以置信地问：“你父亲？老一代人很少有喜欢玩网游的啊。”

“不是网游，而是别的影像。现在人造的影像太多了。”

“想听。”

“我的出身并不高贵，父亲原来在城东郊外的礼村做菜农，后来城市征地，将我们迁到了城西新建的社区里。尽管住上了楼房，但是失去了土地，我们家失去了赖以生存的经济来源。母亲决定出门打工，她去了海边的一座城市，常年都不回家，只是逢年过节来个电话，并寄回一笔钱。我原以为母亲过上了好日子，想甩掉我们，但上初中的那年，我去母亲那里小住了一段时间，发现母亲的环境也很糟糕。她和两个人合租一套三室一厅的房子，我去了之后，因为母亲睡的是单人床，我就只能睡在客厅的沙发上了。她告诉我，她不回家不是忘记了我们，而是和父亲的感情出现了问题。至于是什么问题，我直到今天也没搞清楚。因为，因为在我高三那年，母亲死在了那间出租屋里。小偷试图偷走她藏在床下行李箱中的现金。啊，你知道吗？她像个守财奴那样不肯把钱存进银行，要放在自己的床下才能睡得踏实。因此，她发现小偷后就像疯了一样拼命抢夺，小偷又怒又怕，慌乱中将她杀死了。尽管小偷很快就被逮到了，但我的母亲就那样死了，可以说，死得不明不白。”

“你母亲真是个苦命的人。”我唏嘘道。

“我本来想说说我父亲的，却一直在说我母亲。唉，就像你说的，她是个苦命的人啊！”

“没想到，你身上会有这么凄惨的往事。”我也模仿她的语调问道，“走出来了吗？”

“早走出来了。”她看看我，苦笑道，“还是继续说我父亲吧。他后来找到了一个很平凡的工作，就是在一个住宅小区里当保安。他的日常工作就是待在一个极小的工作间里，一直盯着小区的监控视频。他被屏幕牢牢拴着，就连上厕所都得加快速度。天天看着那些来来往往的人，我以为那一定是天底下最无聊的工作，他一定会闷死的，但没想到的是，我父亲恰恰相反，他不但热爱这个工作，而且沉迷其中。他除了上厕所和回家睡觉，几乎每时每刻都趴在机器前，盯着那一个个小屏幕。我打电话给他，他也总是心不在焉的，因为他的注意力总是在屏幕上。”

“看电视、打网游上瘾还能理解，像你说的，那些本来就是为了让人上瘾而设计的；这个视频监控可是最乏味的了，和我们站在大街上看来往的路人一样无聊吧。我真的是无法理解。”我发了一通感慨。

小樱继续说：“有一次他病了，还坚持去上班。我去给他送饭，看到他聚精会神的样子，就直接问他了。”说着，她模仿起了当年的场景：

爸，你老看这个有意思吗？

有意思的。

有什么意思？

这让我感觉到这个世界还是很有趣的。

很有趣？那些人走来走去，哪里有趣了？

你哪里懂？你看得久了，熟悉了其中的一些人，才能发现一些有意思的小细节。

比如说呢？

比如说，你看这个女的，他指着屏幕上一个穿着一身笔挺黑西装、正准备上楼的女人说，她是在政府里上班的，应该工作比较压抑，她总是趁着没人的时候，把口水抹在电梯的按键上。

是吗?!我太惊讶了，几乎喊了起来，真没想到，她看上去很斯文、很有教养的样子呀。

哈哈，是啊，所以才觉得有趣，觉得这个世上的人并不是一眼看上去那么冠冕堂皇的啊。

可是，老爸，这种事情知道多了，也会感觉无聊吧，甚至还会厌倦和恶心。

暂时还没有。等到那一天，我就不干了呗。他一副无所谓的样子。

她表演得惟妙惟肖，惹得我笑了起来。她父亲的形象在我脑海中挥之不去，那是一个只有背影的父亲形象。他背对着整个世界，却通过一扇人类制造的窗口研究着世界。到底哪个世界才是真实的呢？我一时竟也恍惚起来了。

“对不起，我不该笑的。我不是嘲笑你的父亲，实在是你表演得太好笑了。”我用手碰碰她的肩膀，我不希望她生气。

“你不笑我才会生气呢，本来就很好笑，只是发生在自己亲人身上，是笑不出来的，只觉得可悲。”不待我说话，她继续说，“当时的自己也太幼稚了，觉得他说的有道理：既然他觉得有趣，为什么不让他快乐一些呢？那就由着他去了。只是万万没想到，他最后做出了那么出格的事情。”

“出格的事情？”我紧张起来。

“说起来依然是很好笑的。你知道，小区里难免有漏水漏电的事情，居民们为了省钱一般都会找物业公司，而公司为了节省经费，只有一个身兼数职的水电工，许多时候根本无力脱身。我父亲自告奋勇，说他可以帮忙。我父亲的确是懂家电的，家里的电器坏了都是他修好的。他的手艺得到了大家的认可，关键是，他收费便宜，有时候给他一包烟就行了。但没想到的是，他在去过的每一户人家里都安装了微型摄像头，他不仅要看他们在公共场所的表现，还想看他们在家里的一言一行。只有我理解他，他真的不是偷窥狂，他只是被一种念头给俘虏了，就像是地球对火星的好奇。他变成了孩子，仿佛非这样不可，不这样他就无法理解这个世界，因而也就没法找到自己在这个世界上的意义，就没法好好地、静静地、踏实地活着……”她哽咽了，双手捂着眼睛，把头扭向一边。

我轻轻拍拍她的脊背，说：“别难过了，他只是迷失了。”

“他被人举报之后，面对警察的刑讯，显得很淡定，”她勉强挤出一丝笑容，“他说他是为了他们的安全，为了更好地服务大家。他说自己严格保守着每个人的隐私，不曾对第三方透露过半个字，但他们并不相信他的话。”

“你父亲也被送去感化了吗？”

“没有，法庭还没有宣判他的罪，他就在看守所里自杀了。”

“不至于这么激烈吧?!”我站起身来，心里像灌了水银般沉重。

“我非常理解他。你想啊，作为一个守着监控视频的保安，世界对他几乎是完全敞开的，而在看守所里，世界突然变成了一个小点，而且还是一个无望和黑暗的小点。”

“他不能忍一忍吗？判决之后，过不了多久就可以出来，接受道德感化了啊。”我还是无法接受他自杀的事实，觉得超出了我的理性逻辑。

“道德感化？这是他更不能容忍的事情，他不觉得自己需要别人的感化。你想想啊，他长年累月地观看监控视频，见识过种种人性，心里肯定觉得别人更需要被感化，或者说，每个人都需要被感化。因此，别人是无法感化他的，他看穿了人们的虚伪和虚弱。”

我被小樱的这番话驳得说不出话来了，他的父亲已经在另外一条道路上走得太远了，用法律的方式让他迷途知返显然只会适得其反。我只得长吁一声，说：“唉，他太绝望了，内心的困境几乎无路可走了。”

“是的。”她看到我被说服，竟然点头微笑了起来，仿佛我理解她的父亲能让她暂时忘记那些伤痛。

她父亲的故事令我深感压抑，我一时不知该说什么好。孩子们不小心把足球踢到我面前，我站起身来，轻轻踢还给他们。孩子们的笑脸让我暂时忘记了那种尖锐的痛苦，我承认，今天和小樱聊天，让我的神经承受了很大的负荷。我从她身上感觉到了一个类似深渊的旋涡，将我带到了内心中的晦暗地带。

“我们要回去了吗？”她轻声说着，站起身来，脸上带着抱歉的笑容。她是个敏感的女孩，能感觉到别人的心情，但正是她的这种笑容，加重了我的心情，因为她说的这些苦难都不是她的错。

我们慢慢往回走，没想到突然下雨了，我们不得不站在一个小区的门楼下避雨。我们站在那儿，静静地看了会儿雨天的街道，飞驰而过的汽车在路面上发出“刺啦——刺啦——”的声音，就像不停地揭开伤口上的胶布。

“所以，你就报复了男朋友？”我的思维很乱，一下子脱口而出。

“报复？我为什么要报复他？”她疑惑不解地看着我。

“因为他也那么热衷于观看视频，提醒了你的伤痛。”我斟酌着说。

“事情不是这样的。我有那么坏吗？”她佯装生气。

“你本来就是坏人嘛。”

我笑了起来，她也被我逗笑了。

“对，我是坏人，我还需要你感化呢。”她说，“你看我本来要给你讲我自己的故事，没想到先讲了我母亲的故事，又讲了我父亲的故事，却忘记了你真正想听的。

“他们的故事，都是你的故事。况且，有个作家说过，要说清一个人的罪恶并不容易，因为要对他的一生做一个呈述。

“的确是这样的，有关我的一生，都需要对你做一个呈述。”她对我鞠了一躬，说，“这样你才能谅解我，才能感化我。”

“你真聪明。”我们相视一笑。

“我给你讲的关于我父母的这些事情，我本来是不想告诉我那个男友的，但是你也知道他那副德行。我一忍再忍，终于有一天我爆发了，朝他骂了起来。我骂他是个‘假人’，是个‘影子’，是个没有存在感的‘傀儡’，每句话都像刀，刺向他的心。他惊恐极了，然后，竟然像小孩子那样哭了起来。”

“是，你是骂得够狠的。”

“看到他哭，我一时间也手足无措起来。我还是第一次看见一个男人那么伤心地哭，而且是因为我。我觉得自己严重伤害了他，觉得自己的确是过分了。”

“然后你就跟他道歉了？”

“那倒不至于，说实话，就算我骂得过头了，心底依然觉得无非是说了真心话而已。不过为了解释我的愤怒，我把我父亲的故事跟他讲了，想说清楚我为什么那么气愤他的所作所为。”

“那他应该理解你了。”

“没有，真的没有，”她苦笑着说，“他听了我父亲的事，一下子不哭了，他对我父亲产生了极大的兴趣，缠着我不住地问这问那，我简直要疯掉了！”

“哈哈，”我忍不住大笑起来，“他是不是觉得终于找到知音了？”

“何止！简直就是找到了偶像的感觉吧！他竟然忘记了我几

分钟前对他的辱骂，嘴巴里念念有词：‘看来最适合我的工作是当个保安啊。’你说是不是气死人了？”

我已经笑弯了腰。我深感抱歉，但我控制不了自己迷走的神经，那个荒诞不经的场景在我脑海里变成了一幅漫画。

“所以，你理解我当时的感受吧？”小樱使劲晃晃脑袋说，“我真的是哭笑不得，也愤怒不起来了，心里的那股子怒气都泄掉了。”

“我觉得他挺有幽默感的。”我终于控制住了自己的狂笑。

“那不是幽默感，那已经成为一种精神疾病的征兆了！但是，我又拿他没办法，任何一家医院或医疗机构都无法确认他的病，他身体健康、思维清晰，甚至比一般人还敏捷。他的病是心灵的疾病，中了影像的毒。”

“因此，你为了惩罚他，就把他关在了装满摄像头的房间里？”

“这个……你和法庭一样误会我了。”她叹了口气，显露出了忧伤的神色。她是个乐观的女孩子，很少表现出这种状态。

“法庭误会你了？那你为什么不上诉？”我很吃惊。

她扯展了裙子上的褶皱，说：“我不愿意对他们多说了，反正我觉得自己是真的需要被感化的，就需要一个像你这样的人来感化我。”

“我？”我难以置信地撇撇嘴，“我觉得自己也很糟糕的。你别忘了，我就是制造影像病毒的呀，我拍照，通过镜头来享受支配的快感。”

“但你能意识到这点，这就是希望所在了。”

“唉，我越来越觉得，你才是被某个神秘机构派来感化我的。”我笑笑。

她朝我做了个鬼脸，吐吐舌头：“我希望自己是个天使，但是，现实很残酷，我被判定为玩弄‘魔镜’的巫女。事情发展到后来那样的地步，也远远超出了我的预料。我接着刚才的话继续讲。自从那天我和男友争吵之后，没过几天，他就变得神秘兮兮起来。我发现他晚上一直待在隔壁房间，没有过来睡觉，就问他怎么回事。他说打游戏太累就在这边睡了，我也没有多想。这种情况持续了一周左右，我觉出了诧异。有天晚上我假装睡着了，待到半夜时分忽然起床，冲去了隔壁房间，他急忙慌张地关闭了电脑屏幕。喂！你干什么呢？我大声质问他，他坐在那里不吭声。我这才看到他的腰带是解开的，内裤都露了出来。”

“你是说……”

“是的，他是在自渎，地上还丢着卫生纸。尽管我是第一次见他这样，但并不特别惊讶。我知道男人这样并不稀奇，那段时间我们几乎都快忘了做爱这回事了，所以我还嘲弄了他几句，说他简直一天都离不开女人、离不开色情，是个色棍。他还是不说话，神情极不自然，我便上前准备打开他的电脑屏幕，看看他是用什么画面来挑逗自己的。他见状赶紧伸手拦我，我向前冲去，用整个身体把他挡在了身后。屏幕被我打开了，我惊呆了，我看到的是无比诡异的画面。”

我完全愣住了，大张着嘴巴，等待着她的述说。

“我看到的是一个空无一人的房间，但不到一秒钟的时间，我就认出了那个房间！那不就是我刚刚走出来的卧室吗⁈他居然安装了摄像头监视我！但是，一个睡觉中的人有什么好监视的？而且，更不可思议的是，难道他就是看着我睡觉的样子自渎的？我又恐慌又生气，大声逼问他。事已至此，他很爽快地承认了：他是在卧室里装了摄像头，然后看着镜头里的我自渎，不管我是醒着还是睡着。”

“简直是变态！”我气愤地骂道，还补了一句，“这种人自杀了真不值得同情！”

“我当时骂他的词也是这个：变态！”小樱叹息道，“他又一次哭了，说他是受到我父亲的启示，想体验一下监控别人的感觉，又不敢去监控别人，所以只能监控我了。本来他只是想玩玩，跟我开个黑色玩笑，但很快就迷失其中了。他看着屏幕上的我，有种特别陌生的新奇感，那种感觉让他十分刺激和兴奋，就忍不住对着那画面自渎了。”

“我真的无法理解。”

“我也是，完全无法理解。他非常想说清楚为什么要这样做，但结结巴巴，越说越着急。最后他突然想到了一个古怪的方法：干脆让我待在这边，而他跑去卧室，让我通过屏幕看着他。我不得不按照他说的，盯着屏幕里边的他看。说实话，刚开始我并没有什么特别的感觉，不过，看久了，心里会有一种错觉，仿佛他并不在隔壁，而是在遥远的某处，一个其他人永远也无法知道、没法去到的地方。我看着他的样子，觉得他好孤独，我忍不住想要同情他。对我而言，这也算是一种新奇的体验吧。”

“忍不住想要同情他？你好善良啊。”我看着她，第一次觉得她的身体如此娇小，简直像是洛丽塔，一个剔除了淫荡只剩下单纯的洛丽塔。不过，很快，我就有些咄咄逼人地追问起她来：“小樱，你别生气，我想弄清楚的是，这种同情难道不也是爱欲的一种形式吗？与他自渎的欲望是同一种欲望吗？”

“你胡说什么呢？肯定不是啦！”她急忙否认。

“那你既然这么同情他，怎么没放他出来，反而任他……”

“这都是他自己的选择！我对他说了我的感受，那种被孤独囚禁的感受，我觉得也仅此而已，但他并不满足。他特别希望我能理解他，反复申辩说自己不是变态。他觉得我不能理解他，是因为视频的效果太弱，为了增强视觉效果，他在卧室的上下左右几乎每个角落都装上了摄像头，让我从任何角度去观看他，去理解他。从这种疯狂的行为里，你不得不承认，他是非常爱我的。我被他这种疯狂的爱打动了，因此默许了他这一切行为，现在想来真是愚蠢到家了！”

“天，原来是这样啊！那个疯狂的男人……上下左右都装满了摄像头，那样的情景一定非常吓人吧？”我在脑海里不厌其烦地想象着那样的场景，尽管我之前已经想象过了，还做过那样的梦。

“我倒是觉得非常滑稽，尤其是从地板上望上去，觉得人真的是一种很奇怪的动物。由于这些摄像头都不在我们人类正常的视点位置，所以颠覆了人的形象。这样一来，我非但没有理解他所谓的兴奋和快感，反而因为荒诞哈哈大笑起来。”

“这种荒诞我非常理解，”我想起自己做过的一个奇怪的梦，“我曾梦见自己变成了路边的一块石头，一块可以看却不能说话的石头。我看着路上的人们用两条腿的挪动来带动身体前进，像是某种机械装置。在这个装置的上方有一双树杈，上面挂着各种形状的包，在树杈的终端，几根钩状的枝条握着手机、MP3 这类东西。而装置的最上方则是一个球状的控制中心，被荒草样的毛状物覆盖着，在露出来的部位长着一些孔洞，用来探知这个世界。哈！这个梦让我很长一段时间都不能释怀。这个梦告诉我，人类一方面是有着高等文明的生物，一方面也只不过是世上的一个物种罢了，在外星人眼里，就跟他们在我们眼里一样，是非常好笑的。”

小樱听着我的描述，一直捂着嘴在笑。她边笑边说：“我不应该笑的，但我还是忍不住。你说的不但滑稽，而且非常准确。”

不过，很快，她的脸重新变得阴郁起来。她叹气道：“唉，追究起来，害死他的也许正是这种荒诞感。我就是因为看到镜头里奇形怪状的他，才哈哈大笑起来。他在听到我的笑声之后，赶紧跑过来问我怎么回事。我大概说了我的意思，他露出难以置信的神情。他调出刚才的视频看了起来，我在边上嘲弄他说，你看上去就像个滑稽的怪物。听到我这么说，他的脸完全黑掉了。我当时还无法理解他的绝望与崩溃，以为他只是不高兴了。他的这副样子让我很恼怒：一个总想着监控别人的人，现在被人监控评价几句都忍受不了吗？我对他发起了脾气，我说你给我回去，谁叫你过来的！我把他推搡进卧室后，就把门反锁上了。我回到房间，看着视频中慌里慌张的他，觉得挺好玩的。虽然他很慌乱，但他并没有使劲砸门，要我放他出去，而是惊恐地走到床边坐了下来，盯着四处隐蔽的摄像头，我可以清晰地看到他的眼神，里面充满了不安。我心里在想，一个男人怎么会这么胆小？好像会有谁来害他似的。我看了一会儿，终究感到无趣，大脑开始犯困。我觉得应该冷一冷他，反正他那边也有床，便关了电脑，在这边的房间里睡了。”

我目不转睛地盯着她，希望她讲下去。

“第二天早上醒来，我几乎都忘了视频监控这回事了，我发现自己睡在这边的房间才记了起来。我来到卧室门口，拧了拧门把手，没拧动，想起这门被我反锁了。我心里突然冒出来一个想法：他现在在干吗呢？我可以通过摄像头看到他！就是带着这种好奇心，我悄悄退回屋内，打开电脑，发现他还在睡觉，趴在床上一动不动。我想，要么就让他多睡一会儿吧，他可能太累了，又看了一会儿，发现事情不对头。我放大视频画面，发现他的背部是没有起伏的，一个正常的人即便睡着了，身体也会随着呼吸的节奏而起伏呀。我脑袋里一片空白，赶紧找钥匙把卧室的门打开。我大声叫着他的名字，可他没有理我，我扑到他的身上，感到他的身体已经是冰凉和僵硬的了，像是一个塑料做成的假人。他的脸是向下的，我鼓足勇气把他的脸翻过来，却看不出什么异样。我叫了救护车，医生赶到后，用手掰开他的嘴巴和眼睛，说他是氰化钾中毒死亡。因为氰化钾纯度很高，所以死得非常快，尸体看不出什么异常。”

“高纯度氰化钾？他怎么会有这个？”我叹息道，“看来他早有自杀的念头了。”

“一定是这样的。就在我还吓得浑身发抖的时候，警察已经赶到了。他们在卧室的桌面上看见了一张纸条，上面写着一句让我刻骨铭心的话：‘你没必要伤心难过，因为这是一个并不存在的人。’我想起自己曾经对他说的话，感到后悔和绝望极了。原本，我处于一种惊吓恍惚的状态，还没有哭，这句话让我终于号啕大哭起来，连警察都吓了一跳。他们开始安慰我，同时，也开始盘问我。我很坦率地讲了事情的经过，他们听到有视频监控后很兴奋，让我赶紧打开电脑，调出视频文件。我以为我昨晚关了电脑，摄像头就没法工作了，但没想到的是，摄像头竟然自带一套系统，可以源源不断地把画面储存进电脑的硬盘里。我和警察一起，目睹了他自杀的整个过程。因为摄像头是他亲手安装的，所以他非常清楚它们的位置，无论他待在哪里，他都会望着摄像头，也就是说，从视频上来看，他一直盯着我，盯着我们。他那凌厉的目光直到今天还会刺伤我的心，我根本不敢面对和回忆那样的目光。他写好那张字条后，用手拿起来，展开，对着镜头停了一会儿，好像是在期待我的反应，可是那会儿我已经睡着了！他没有得到任何回应，便对着镜头做了一个飞吻的动作，才从口袋里掏出一个白色的小瓶子，从里边倒出一粒洁白如雪的药丸。他犹豫了几分钟，终于，皱着眉头吞了下去……眨眼间，他尖叫着，一头栽倒在床上。他趴在那里，身体剧烈抽搐着，其间还努力抬头望了一眼摄像头，似乎在寻找我，直到一切都安静下来……”

她越来越快的语速突然停下来了，可谓戛然而止，让我从那个疯狂的世界当中突然跌落了出来。她大口大口喘着气，仿佛刚才的话用尽了她的气力。我被她的叙述深深震颤了，一句话都说不出来。

“事情就是这样的。”她深吸一口气，用平淡无奇的口气总结道。

这时，雨停了。我们谁也没吭声，却像说好的那样，一同开始慢慢往回走。

我回过神来，说：“看来你真是冤枉的，他的死不是你胁迫的，和你没关系。你赶紧去上诉吧，不要在我这里浪费时间了。”

“真的没关系吗?”

“没有。”

“但我总是觉得有关系。他爱我，非常爱我，所以才会有那样疯狂的举动。”

“死亡，和爱不爱有关系吗? 再说，你爱他吗? 或者说，爱过他吗?”我不知道从哪儿来的勇气，逼问她。我心底里觉得，她也许从来都没有爱过他，也无法爱上他。他的确就是一个不曾存在的人。我逼问她，只是想搭救她，让她能够从过去的梦魇中逃离出来。

她果然沉默了，嘴巴紧紧闭着，向下的嘴角让她看上去像是快要哭了。

快走到家的时候，她对我说了句：“反正我不会上诉的，要是你讨厌我了，我可以申请换个家庭去接受感化。”

“傻瓜！”我骂了一句，不想再说多余的话。

我们回到家，小樱又要去厨房做饭，我拦住她说：“你去休息吧，今天我来做。”她看到我郑重其事的样子，只得走到沙发前坐下了。她当然是不会看电视的，她去书房找了本书读了起来。我打开冰箱，从里边找出一个大土豆，还有小半斤排骨，在厨房里慢慢捣鼓着，准备炖出一锅好菜。

我看上去一定像个温柔的好丈夫，可我的心里却一直无法平静下来。不知道是出于好奇还是欲望，那个装满了摄像头的“疯屋”一直待在我脑海的核心地带，让我深受折磨。我能想象出一个装满了镜子的房间，但归根结底，我无法真正想象出一个装满了摄像头的房间。即便是做梦，也无法想象。镜子里说到底是倒影，是给自己看的，而摄像头呢？我们无法确定是谁在看，它就是目光，就是眼睛，就是观看本身。

吃饭的时候，我一反往日的习惯，没有开电视。我们安静地咀嚼着食物，像两只小猫。饭后，我正准备泡杯红茶，却接到了一个工作电话：又要开工了。我的工作就是这样的，颠三倒四，根本没有固定的作息。我让小樱累了就先休息，不用等我。她微微笑了笑，原本向下的嘴角翘了起来，充满孩子气。她送我到门口，嘱咐我早点回来。四目相对之际，我内心有了轻微的战栗，我和她因为经历了同样的秘密已经产生了默契。

来到工作室，我发现今天的运气不错，来找我拍照的是一个挺漂亮的女孩子。她和小樱的漂亮程度差不多，但属于另外一种风格。她坦言，希望我能把她拍得更漂亮一些。要把本就漂亮的人拍得更漂亮，其实是一件困难的事情，但是，我早就知道这些人真正需要的其实是赞美。他们的自信总是远远弱于他们的外表。

因此，我变得非常轻松，我一边拍照，一边赞美她，果然，她非常高兴。我通过相机镜头一刻也不停地窥视着她，合法地窥视着她。她表情中的每一个细节、身体的每一段曲线，甚至每一次呼吸的起伏，都在我的把握之中，我的心里充满了说不清的满足感。我不免想到，如果我的房间里也装满摄像头，那么现在我就可以看到小樱在做什么了——仅仅是这么一想，我的呼吸就变得急促起来，前所未有的紧张和兴奋驾驭了我。我开始盘算着，等会儿在回家的路上就可以去摄影器材店挑选摄像头了。我越是想着这样的行为，就越是兴奋，简直像个要跟女友初次做爱的小男生。我似乎已经无力阻止自己这么做了。我该怎么办呢？我陷入了欲望与道德的困境，忘记了自己正在照相。我一动不动地举着相机，像个入迷的雕塑。忽然，我发现镜头里的女孩子变得不知所措起来，她的脸变得绯红、尴尬和多情，就像目睹了上帝的降临一般。

地图里的祖父

院子里传来一记模糊不清的咕哝声，好像有人在叹气，那像极了祖父的声音。我刚刚睡着，不知道什么原因又醒来了，恰好听到声音，很想下床去看看，但我忽然想到，祖父已经过世了。祖父过世一年多了，我亲自陪着他，从医院到殡仪馆，再到墓地。然而，我总是会忘记他已经不在的事实，因为活着的时间总是多过死亡那刻的时间。我脑子里会忽然想起个事，觉得很有必要告诉祖父，但很快，祖父过世的事实出现了，如同一堵无形的墙壁，将我挡在那里，半晌无言。

今天是周五，忙碌了一周，我深感疲惫，本来想早点躺下睡觉的，可这会儿一下子睡意全无。我披上一件外套，向外走去。

是谁在院子里？流浪猫还是流浪汉？

我住在一楼，因而拥有了一个小小的花园。说是花园，也许有些夸张，只是有两排花架罢了，上面摆放的也都是很普通很好养活的植物，比如绿萝。绿萝长得过于茂盛，摘下它的枝叶，放在别的盆里，它依然活着，继续生长，比人的生命皮实多了。

我打开里边的门，隔着防盗门的铁栅栏向外看，发现是三爷。他坐在花架下面的小木凳上，斜对着我的方向。我按开了灯，他花白的脑袋颤抖了一下，似乎被我吓到了。

“三爷，您这么晚还不睡？”我走出去，坐在他旁边的小板凳上。

“想起你爷了，就想过来看看他。”三爷手中拿着一只烟斗，他抬手吸了一口，才发现已经熄火了。

“我去给您拿火。”

“算了，不吸了。”

“您等我。”我快速起身进屋，找到打火机。气氛如此凝重，抽烟会好一些，我也拿了一包香烟。

等我走出去的时候，三爷叹口气，没头没脑地说：“唉，今天我见你爷了。”

“啊？你上哪儿见他老人家去？”

“今天鹿尔回来，用电脑给我看啥子三维地图。”他打燃火机，边吸边说。这个姿态跟祖父完全是一个架势。

鹿尔是三爷的孙子，比我小七八岁，刚刚博士毕业，是研究计算机的。我什么话也没说，等他讲下去。

“鹿尔给我看这儿那儿，纽约伦敦的，我说我又没去过，你就让我看看咱们小区。鹿尔就弄到咱们小区的上空，然后他用俩手指在那屏幕上撑开，那图就不断地放大了。乖乖，我看到咱们附近的那道江了，然后就看到咱们小区了。我看你家前院有个人影，看着像你爷，鹿尔说不可能，他把画面继续撑大，然后就看见你爷了。”

我确实感到吃惊，祖父都走了一年了，怎么会出现在GPS地图上呢？我手的速度已经超越了我的大脑，径直从口袋里掏出手机。我打开地图，搜索着，来到我们小区的上空，然后不断放大、放大，直到看见我们的院子。可是，院子里空空荡荡的，一个人也没有。

“什么也没有啊。”我坐在三爷身边，举给他看。

“我不知道，下午确实看到了。你爷低着头、缩着肩膀，好像要往外走。就穿着那件咖啡色的唐装上衣。”

那还真是我的祖父。我的脑海里出现了他的样子。他每天都迟缓却坚定地向外走去，他要去散步，要去看看这个世界，要和这个世界保持关系。我多想再看看他走出去的样子，哪怕只是背影。

三爷看我没说话，咳嗽了几声，说：

“我说那肯定是以前拍的，忘了更新了，可鹿尔非说那个玩意儿就是今天的，误差不会超过几个小时。我说那你不是睁眼说瞎话呢嘛！鹿尔也纳闷呢，想找你聊聊，看你白天不在家，说明天来找你，但我今晚睡不着，就过来看看。没想到吵到你休息了……”

“没关系，”我抬头看着夜空，那里有无数摄像头对着我，“我还没睡，不知道为什么，睡不着。”

“睡不着的时候，千万不能着急，”三爷慢慢吸了一口烟，拖着腔说，“不用急，一点也不用急，人总会睡着的。”

我不知道他是不是在指别的事情，但我想到的的确是别的事情。我使劲吸了一口烟，发现烟头在夜间可以变得如此明亮，卫星的镜头也会捕捉到这瞬间的明亮吗？

但是，在夜晚吸烟，是看不见烟雾的。

就像看不见心事。

第二天早上迷迷糊糊醒来，一看表，居然十点半了。这是今年来我起得最晚的一次。我感到口干舌燥，一连喝了几杯水。打开冰箱，只看到几根青瓜，便做了一碟凉拌青瓜，和面包一起吃了。我看着外边的阳光，整个人感到清爽多了。我想起昨晚的事情，一时恍惚，怀疑是不是梦境。我走到院子里，在花架下面看到了烟蒂。看来，脑袋里那模糊的影像是真实的。

我把烟蒂捡起，放进塑料袋里，曾经祖父也是这样，把自己吸过的烟蒂放进塑料袋里，但他不是把那当作垃圾，而是会坐在那里，慢慢地把剩余的烟丝剥出来，放在一个专门的木盒里。他的样子看上去像一个极其敬业的手工艺人。积累到一定程度，他就掏出黑色的烟斗，把烟丝放进去，点着，满意地吸着。他这一生，不能忍受任何浪费。

我想着这些事情，走去三爷家，想着鹿尔在的话，和他聊聊。小区花园里的鲜花全开了，阳光灿烂，没有微风，那些硕大的花朵纹丝不动，反而缺乏了一些真实感。但不管怎么说，这是五月，一年中最好的时节。去年就是这个时候，祖父突然走了，然后，我似乎丧失了时间感，踉踉跄跄地活着，直到今天，其间发生的事情也像梦一般缥缈。

鹿尔在家。是三爷开的门，他提着可以折叠的小板凳（腿不好，有板凳可以随时休息），正巧要出门。三爷冲我笑笑："你们好好聊，我打牌去了。"原来祖父在的时候，也会和三爷他们一起打牌。祖父打牌有一手，三爷总是打不过他。我看着三爷进了电梯，转过身，他焦炭似的眼睛似乎在望着我，似乎望穿了我。

我进门看到鹿尔半躺在沙发上，拿着手机，在看视频。他扫了我一眼，招呼我一起看。我以为他在看电影，原来只是别人拍的小视频：那是一只睡熟的灰色小猫，主人在它的身上轻轻放了九条小鱼干，小猫的鼻子翕动着，逐渐醒来，扭头发现了这样的好事，喵喵叫着，吃了起来。

鹿尔笑了起来，我也笑了。

“好玩，很可爱，我都想养猫了。”鹿尔说。他的脸有点儿肥嘟嘟的，看上去还像个孩子。

“这还不简单？”

“随便说说而已，再过一会儿，我就会完全忘了这事，忘了这个视频，因为又会看到别的什么好玩的视频。太多了。”

“我也是，经常看着各种各样的视频，不知不觉几个小时过去了。”

“哥，你是研究哲学的，没想到对这些玩意儿也感兴趣，”鹿尔坐直身体，手机仍然攥在手中，“不过，你倒是可以做些研究，视频背后的时代哲学之类的。”他笑起来。

鹿尔小的时候，最崇拜的人就是我了。我从上大学读硕士，再考博，又到省社科院工作，在他的心中一直是“学霸”一般的存在。而他的天分不在文科方面，他对文学、政治学、社会学还有哲学都完全无感，可能也就对历史学有点兴趣。在他上大学那会儿，他闲了会看看历史普及读物，比如《美国为什么称霸》《苏联为什么解体》《唐朝的那些帝王故事》等等，看完之后，会和我简单聊几句。他大学毕业后，一路攻读计算机网络方面的硕士、博士，对历史书也没什么兴趣了。他跟我聊的更多的是人工智能多么厉害，以后肯定要超越人类的，但我对此一向不置可否。

“昨天咋回事？”我不想和他兜圈子，我以为他一见我就会提那件事，没想到他会和我闲扯这么多。

“哦，你说老爷的事吧。没啥奇怪的，那地图可能是过去拍的，正巧把老爷给拍进去了。”

鹿尔叫我祖父“老爷”。我祖父和三爷是亲兄弟，祖父排行老大，三爷自然是老三了。二爷好多年前就过世了，他早上起来忽然脑梗，当时家里没人，他瘫倒在地面上足足一个小时后才被发现送去医院。他一直昏迷不醒，数周后，接回了家躺在床上。他的胃里插了一根管子，家人每天用注射器把米浆挤进去。在这种情况下，他大半年后才走。祖父每次念及此事，都会不住叹息，说他要走就一定爽爽快快地走。

“但你不是说，GPS 地图是实时的吗？爷已经走了一年了，他们一年都没更新？”

“也许是我自己的软件没更新。”

“会不会拍到了灵异现象？”我认真地说。

鹿尔看我这么认真，不由得扑哧笑了：

“怎么可能？你该不会是来跟我讨论灵异现象的吧？你们哲

学上的‘灵魂’也只是一种概念，应该不是一种实体吧？”

我被他这样一戗，一时不知道该说些什么了。

“如果拍到了老爷的‘灵魂’，那也应该是另外一种形态。”

“你也不知道灵魂是什么样子的，也许是另一个空间的漏洞？”我感觉自己拿出了科幻电影中的台词。

“说实话，我不觉得世上有这种玩意。至于平行空间什么的，这种事情你要是相信我也没办法。”鹿尔摇摇头。

“海市蜃楼在古人眼里是神迹，后人用科学原理解释了这个现象，爷爷被拍进照片里有没有可能就是这样一种我们还没法解释的现象？”

“如果是这样，我要能给你解释清楚了，那我就会是当今最伟大的科学家了。”鹿尔笑着说，起身为我冲了一杯咖啡，递给我的时候，特意补充道，“这种咖啡的制作流程极为讲究，是不含丙烯酰胺的，喝起来放心。”

“丙烯酰胺？”我重复了一遍，“我想起来了，好像最近星巴克的咖啡因为含有这个，在全球都受了很大影响。我知道那玩意儿致癌，可我连它的分子式是怎样的都不知道。太多的东西据说都致癌，我都懒得管了。”

“你要相信科学，那玩意儿对人体的基因会造成伤害。”

“科学把生活搞得越来越没趣，我们随时活在恐惧当中。”

“要想不恐惧，就得多掌握一些科学知识，遇事就不慌了。”

“那是你的典型思维，但对我和很多老百姓来说，科学发展太快了，各种新技术、新知识涌了出来，许多约定俗成的规则忽然失效了、解体了，我们变得无所适从。以往很多横行一时的‘科学结论’，在一段时日后，又被新的‘科学结论’推翻。”我喝了一口咖啡。他不喜欢往咖啡里加糖，因此异常苦涩，我咧着嘴说：“鹿尔，你还是给我加点糖吧，我不怕高热量。”

“你说的这种感觉，我也有的。你看，我经过漫长的学习，才成为计算机专业人才，但实际上过个五六年，我掌握的很多知识就面临过时，所以我同事说，我们跟模特一样，是吃青春饭的。”他用小勺给我舀了两次糖。他挂着微笑，不以为意的样子，笑容却像面具似的不肯散开，像是在品味想象中的青春饭。

“我终于找到一点优越感了，”我笑道，“我们研究哲学的，越老越有体会，越老学问做得越深。”

“但哲学无法改变世界。”鹿尔不假思索地说。

“哲学一开始就不是让你改变世界的，是让你理解世界的。”我叹了口气，“你对世界的不同理解，自然最终又多多少少影响了世界。”

鹿尔这次没有和我争论，他保持沉默，似乎在沉思，又似乎在出神。每个人和世界都有一种特殊的关系，鹿尔自然也不例外。我希望他能有那么一小段时间，从那种固有的关系中跳出来。

那天我和鹿尔一如往常，有一搭没一搭地说着话，经常还会演变成两种思维方式的典型碰撞。快到中午的时候，三爷提着板凳回来了。他放下板凳，站在那里看着我，若有所思的样子，然后拍拍脑袋说："我昨晚跟你说的事情，我咋想不起来了？"

三爷的忘性越来越大，我看着他那张失去了表情的脸，觉得他越老，长得和祖父越像。有时候，我简直怀疑他们变成了一个人。

"就是在地图上看见老爷的事情。"鹿尔喊道，"没什么可大惊小怪的，哪天说不准就拍到你了。"

"没什么可大惊小怪的？昨晚你还说神奇呢！"三爷的表情生动起来，气哼哼地坐在沙发边的木圈椅上。

"三爷，不用着急。"我安慰道。

"鹿尔，你找出你老爷来，我再看看。"三爷掏出烟来点着。

"找了，找不到了。"我说。

"你让他找！"三爷眯缝着眼睛，那里面闪烁着忧思。他对我祖父怀有特别深厚的感情。他比祖父小十几岁，几乎是祖父带大的，用老话说，就是长兄若父。

鹿尔翻动着手机，在 GPS 地图上再次找到我们这个街区。他不断地放大、放大，可是一无所获。我家院子里空空落落的，只有那些寂寞的花花草草。

"你爸妈啥时候回来？"三爷忽然问。

"应该得等到春节了。"我说。

我父母去青海支教，已经五年了。他们是中学老师，都是教语文的，退休后，在家里不甘寂寞，非要跑去海拔三千多米的地方当志愿者。我去看过他们一次，那里是牧区，夏天非常漂亮，绿色的山坡如同漂满藻类的大海，当风吹过，有种波涛起伏的壮阔，但是听说冬季的时候一片荒凉，气温会跌到零下三十摄氏度。他们住在一所砖砌的平房里，只有一个火炉，冬天就靠这个取暖，其他季节也不能熄，还得靠它做饭。他们说，他们作为老师有煤烧已经很不错了，很多牧民家里烧的还是干牛粪。夏季的时候，我在那里住了一个月，一开始极为兴奋，可那里不能上网，每天除了欣赏美景就只能看看书了。带去的大部头一下子就看进去了，但是半个月后，我就忍受不了了，让牧民用摩托车把我带去最近的镇上，那里有网吧。我坐在那里，花了一整天上网，看各种各样的新闻和网页，仿佛对那些泛滥无用的信息极度饥渴。而那些，本来正是我想要逃离的东西。

“他们好浪漫。”鹿尔笑着说，我不知道他那笑容里边是揶揄还是夸奖。

“等你自己去了，就知道那浪漫是啥样子了。”我不想具体去描述，也许我描述出来，鹿尔依然觉得是浪漫的。浪漫从来都只是一种想象。

“我知道，那边肯定比较艰苦，往艰苦的地方跑的人，都是有浪漫情怀的人，”鹿尔说（不出所料，他果然是这样想的），“不像我父母，迂腐得很。我老是跟他们说，我现在挣钱够花了，即使他们一分钱不挣，我养他们都绰绰有余，但他们还是要去深圳打工。以前他们打工，是为了供我读书，可现在，他们是觉得闲在家里没什么意思。你知道的，他们的田也承包给一个农业公司集体耕种了。总而言之，他们这种人就不懂浪漫，说到底，是不懂生活。”

鹿尔说完这番话，变得气咻咻的。不听他话的父亲、母亲，是那种不干活就浑身难受的农民。他们在深圳的一家玩具厂打工，听说厂里的自动化设备越来越先进了，他们随时有可能被辞退。他们对此很担忧，但鹿尔觉得很正常，甚至有些幸灾乐祸：等他们失业，就可以回家团聚了。但同去的村里其他人就惨了，他们的孩子也在别的厂家打工，如果他们失业了，孩子可负担不了他们的生活费。

三爷听我们说话，皱着眉头，似乎在努力分辨其中的意思。他的样子像动物园里一只衰老的猴子，躲在假山的角落里，使劲思考栅栏外边的世界。

“打工也好，支教也好，其实和浪不浪漫真没什么关系，”我耐心说道，并注视着鹿尔的眼睛，希望他也能看着我，但他握着咖啡杯，注视着杯底的一点儿残渣，“人活在世上，是要做事的。不是说你正在研究最热门的领域，就比别人更有做事的权利，不是这样的。每个人都需要目标、需要价值，即便未来人工智能取代了人类的许多工作，我们还是得给自己找点事做，不然会无聊而死。”

“果然是哲学家。”鹿尔抬头看着我笑笑，这回的笑容里没有揶揄，是赞赏。

“你们说的，我咋听不太懂？”三爷忽然插话说，“听出一些意思，又让人特别害怕，以后真不知道会变成啥样子。”

“以后就是人跟机器人一起生活。”鹿尔跟三爷开玩笑道。

“唉！”三爷长叹一口气，“不敢想，不知道是个啥局面，我这几天老是梦见你老爷，我怕要去见他了。”

“胡说啥！”我和鹿尔异口同声道。

谁也没想到，那竟然是我和三爷的最后一次对话。当天晚上，毫无预兆，三爷就走了。他走得很快、很安详，是在睡梦中离开人间的。三爷和祖父一样，害怕会弄得像二爷似的，把死这回事拖延得旷日持久。他说：“人，要慢慢活、快快死。”如今，他离开的方式，倒是他自己满意的。接受不了这个事实的是鹿尔，他和三爷的感情很深，从来都没想过三爷会这么快离开他，整个人哭得随时要晕厥过去。我紧紧抱着这个单纯的弟弟，眼泪也忍不住地流，当时祖父走的时候，我也是一样地绝望。

鹿尔哽咽着说：“爷如果能再坚持多活几年，肯定会有新技术，彻底治好心梗。”

“就算这个能治好，还有别的病呢，”我拍拍他的肩膀，“人总是会死的，技术再发展，也只是拖延一下，你得接受这个现实。”

“我不接受，我不接受……”

鹿尔的哭泣声淹没了他的喃喃自语。谁也没法接受这样的现实。所谓接受，只是一种无奈的说辞罢了。想起以前读海明威的小说，说你受伤的地方，总会变成你最强壮的地方。可是，可是这颗心，在死亡面前，一次又一次受伤，却不会愈合，更不会变得强壮。它只要能保持完整而不四分五裂，就称得上是一种胜利了。我看到我的眼泪流在鹿尔的头发上，像朝露一样闪着莹光，然后，逐渐渗透消失了。

那两天，对鹿尔来说，是噩梦一般的存在；对我，则是重温噩梦。我们把三爷推进太平间里，给他换好寿衣，再把他送进冰柜。鹿尔的父母、我的父母，都买了机票，匆匆赶回。我看见鹿尔迅速消瘦，他的脸颊凹陷，眼睛红肿无神。三奶奶走得早，那会儿鹿尔还小，还不懂生死事大，而现在他正处于生命力最旺盛的阶段，眼中的世界应该是充满阳光的。阴影出现，对他的刺伤如同毒蛇从身后的暗算。

当然，在我看来，还有一个更深层的原因，那就是鹿尔对于科技的信仰。那种信仰曾经让他乐观地看待一切，包括生命。就像他说的，只要有新技术出现，三爷就能多活几年；多活几年，也许又有更新的技术出现，人再次得救，循环往复，即使不能达成永生，至少生命之路宛如崎岖的山路，尽头掩映在烟雨中，暂时可以放下心来。但三爷走了，那条迷茫的山路陡然急转，眼睁睁地消失不见。

这种绝望是难以承受的，可以想见鹿尔内心的崩塌。

三爷有一个传统的葬礼，他被葬到了终南山下的西凤村，那是他出生、长大和衰老的地方。他被鹿尔接到城里，也就是这几年的事情。他和祖父一样，早早就选好了自己的墓地，除此以外，再没有别的事情可以困扰他。他最终会进入一棵树的身体，在树冠的最高处，俯瞰这片平原，以及更远处的世界和我们。

葬礼既悲哀又热闹，这边是孝子贤孙的哭声，那边是秦腔戏的锣鼓声，我和鹿尔披麻戴孝，站在人群中，看上去傻愣愣的。我们就像是异乡客，不能全心全意投入到仪式的节奏中去。

“好像在看一部电影。”鹿尔在我耳边喃喃说道。

“你也是演员。”我提醒他，但我特别理解他那种与现实产生隔膜的心情。

“当我觉得自己是个演员，就忽然害怕自己难受的心情是假的，是扮演的，但正因为这种害怕，我的难受减弱了，我觉得羞耻。”鹿尔揉揉眼眶，他的眼睛早已哭肿了。

我第一次听鹿尔这么细腻地说出自己的感受，我意识到，他和我一样，也拥有一颗敏感而脆弱的心。我不免反思自己对他的许多看法是不是存在着误解。

半个月后，事情就冷却下来了。是的，时间在加速，再大的事情，都不用一个月，就被冲远了。鹿尔的父母回深圳打工了，他们还要和机器人较量。他们并不恨机器人，在村里被人问起，他们会用赞叹的语气描述那些机器的灵活和巧妙，说完之后，还忍不住带上我们那儿的通用感叹词：

“那狗日的！”

在机器和狗之间建立了一种奇怪的联系。

我的父母竟然有了高原红，被高原阳光晒成古铜色的脸，配上红扑扑的脸蛋，让他们显得健康了许多。他们在草原住久了，似乎受到了藏族文化的影响，对生死之事有些看淡了。我怀疑他们信了佛教，但他们否认了这一点，说还是没办法像藏族人那样磕长头。我坦率地说到他们的变化，他们倒是没有否认，觉得在那里生活久了，确实会对世界产生某种敬畏，仿佛冥冥中一切自有安排。

“是命运吗？”我看了一眼书架，正好看到那本《西藏生死书》。

“还不是。对于命运，我们之前就体会很深，现在所体验到的，不如说是一种神秘。”

我父亲第一次脱离了语文老师的口吻，用一种难为情的低音调说道。他看上去有种偷偷摸摸的样子，这让我暗自发笑，也暗自称奇。

“一种神秘？关于什么？”

“说不清楚的。”

“你见过奇迹了？”我知道在藏区有很多神迹，也许他看到的什么事物改变了他的观念。我听说一位朋友在拉萨看到了一朵和白度母一模一样的白云，从此，她开始修行，不但吃素，性情也变得温和了许多。

“那倒没有，”父亲说话不看我，而是去看母亲，母亲却微笑着低下头，“就是心情上的改变。还是同样的风景，但看着不一样了。”

“那你们可以回来了吗？离我太远了。”

“暂时还不想，趁我们现在还没老到走不动，你就让我们去过自己喜欢的生活吧。我们最不想的事情，就是成为你的负担。”

“我不觉得你们是我的负担，有时我也会担心你们。”我本想说的是“想你们”，但我似乎不想表露我的情感，不希望自己还是一个依恋父母亲的孩子。这不完全是难为情，也是怕他们担心我。但是，那个依恋父母亲的孩子，明明住在每一个人心里，我也不例外。

“你不用担心我们，你自己把日子过好，我们就放心了。”

“过去的事情就让它过去吧，”酝酿了许久情绪的母亲终于开腔了，直指我的生活内核，“人家都再婚有娃了，你也要抓紧，我们还想抱孙子呢。”

“好的，知道了。”我不知道母亲怎么会知道前妻的情况，我完全没和她说过。看来，她在我背后还是有不少小动作。

“只会说知道了知道了，多去认识些女孩子。”母亲笑了，“要不给你介绍个藏族姑娘？”

“好啊。”我说。我脑海中走过一个穿着藏袍的女子，对我回眸一笑。她浓密的眉毛，她大大的眼睛，我还能爱上什么人吗？可我的确想爱上她。

他们又去了高原，我感到屋子里格外空空荡荡，比他们回来之前更加空空荡荡。我忍不住给他们写了一封信，告诉他们在GPS地图里看见祖父的事情。他们来的那段时间，我竟然忘记了。父亲回信说，这就是奇迹，你早都看到了。我想问，你们给我介绍的藏族姑娘呢？但终究还是没有问。那只是一个美好的向往罢了，我更愿意在梦中见到她。

鹿尔比我哀伤得多。当然，三爷跟我再亲近，也不及他们直系血亲的情感，祖父的过世，我经过一年的修复才能坦然面对。对现在的鹿尔来说，伤口正新，最需要的就是疗愈、反思和觉悟。

他来我这儿的次数比以往多了许多。以往，都是我主动去他那儿，因为我隔三岔五就得去看看三爷。现在，三爷不在了，鹿尔忍受不了一个人的空洞。他说他正在全身心投入一个新项目，只有忘情工作，心里才能好受一些。我问他是一个什么样的项目，他笑笑，不说话。那笑容里依稀可见童年的样子。

一个星期天，他来找我聊天。我们就坐在院子中的小花园里，天空虽然灰蒙蒙的，但不晒，还有微风吹来，植物的叶片和花朵也随之摇曳起来，让人终于感到了一种悠远的惬意。我拿出朋友送的一盒上好的滇红，泡在去宜兴旅游时买的紫砂壶里，紫红色的茶水尚未入口，清香便扑鼻而来。

鹿尔轻轻抿了一口，说："哥，还是你会享受生活。"

"人都应该这样活。"我说。

"哥，我打算做一件事情，也许符合哲学意义上的诗意。"

鹿尔这句话把我从空无中拽了回来，瞬间激发了我的兴趣，不知道这个家伙葫芦里装了什么药。我喜欢他的这种出其不意，让我感到曾经的那个鹿尔又回来了。

"人工智能超越人类了？"我按捺着心情，玩笑道。

"哈，快了，"鹿尔眉飞色舞起来，"科学家们最近制造出了一种人造突触，当然，并不是细胞构成的，依然还是晶体管，但它能够通过开和关，来模拟生物神经突触传送信号的方式。它由有机材料彼此包裹，有着人类神经纤维的形状和柔韧性。能耗也降下来了，是生物突触能耗的十分之一。"

虽然我不完全懂得鹿尔在说什么，但我明白这个发现的意义。人类在模拟大脑思考方面又跨越了一步。

“人工智能最终会觉醒吗？”我像所有人一样，最关心这个终极性的问题。

“人工神经网络对大脑的模拟还是很有限的，”鹿尔对我的疑问置之不理，“但是，人造突触的发明，大大提高了机器的自主学习能力，在我看来，这正是智能诞生的真正基础。”

“回答我的问题。”我不想再听他那些废话。

“我希望它会觉醒。”

“为什么？”

“因为它的觉醒，会让我们找到转移生命的方式。”

“你是说……我们都会被转变成……某种程序？”我迟疑着，似乎想起了某部科幻电影。

“如果成功的话，可以这么说，我们会成为某种脱离身体运作的纯粹精神现象。”鹿尔一定是对这个问题考虑很久了，他现在说出的话，充满了哲学意味。

“难以想象，”我说，“人类彻底摆脱了身体会成为一种什么样的存在？在那样的状态下，我们还能感觉到自己吗？”

“可以的，你在那里可以继续体验到自己的身体，只不过那是个虚拟的身体。”

“人类会衰老，而在那里，我们一直体验的是自己年轻的身体？这不会影响我们的很多观念和判断吗？”

“在那里，如果我们不满意自己的身体，是可以重新设置的，我们会享有充分的自由。”鹿尔笑道，“就跟我们打游戏机一样，投入硬币，新的命来了，我们又复活了。”

“那还是生命吗？”我有点激动，站起身来。我望望天空，那儿是人类一直以来渴望抵达并返回的虚无。

人要变成那样的存在？

“哥，别激动，那一天还早。只有到了那天，很多事情才能理解。”

“那会儿会不会晚了？”

鹿尔没说话，我们沉默了。话题聊到这种程度，也没法再深入了。我忽然想起，我和鹿尔小时候也曾聊过类似的话题，那时候我们幻想的是外星人会突袭地球，拿人类当实验品。可现在我们连人类都理解不了，还如何去想象外星人？

“哥……我给你看样东西。”他打破了沉默。

这个仪器外表上看普普通通，类似两个黑色的小音箱。把它们放置在道路两侧，打开开关，便射出几束光线，在空中呈现出动态的影像。忽然，我看到祖父正在向我走来。我的泪水忍不住流了下来。

“爷爷。”我试着叫了声。

“嗯？”

没想到我真的听到了祖父的回答。

“你去哪儿？”

“我出来走走。”

是祖父的声音，一模一样，无论语气还是音色。

“这里面综合了老爷的各种资料，”鹿尔说，“包括音频和一些文章，从中可以提取他的声音、词语以及一些行为方式。遗憾的就是资料还有些少，资料越多，就越接近老爷活着的时候。”

“我继续找资料，你来完善。”我说，“你咋不把三爷的样子也变出来？”

“再等等，我现在都不敢碰爷的资料。”

“也是，你再缓缓。”

“好啊，”鹿尔叹了口气说，“可我们这算不算自欺欺人呢？”

我一时愣住了。脑海中出现了一句诗样的话：把我的名字献给黑暗，寻求一声隐秘的呼唤。也许，这就是一声隐秘的呼唤？

“自欺欺人就自欺欺人吧。”鹿尔没等到我的回应，便自言自语道。

他皱着眉头，眼睛似乎要看向很远的地方，那表情极为复杂。他的脸上沁出了微汗，仿佛蒙上了一层看不见的幽光。

这个仪器算不得成熟，许多方面还在实验阶段。白天光线太亮或是夜晚过于漆黑，效果都不大好。最佳时间点是黎明和黄昏之际，在那样的柔光中，会有以假乱真的成像效果。因此，我如果黄昏时分正好到家，或是清晨早起，就会打开仪器，看着祖父缓慢而又坚定地走出去又走回来，跟他扯几句家常。如果这时打开 GPS 地图，就会在屏幕上一次又一次看见祖父。那是影像的影像，但依然清晰。我忽然有个狂想：要是人类在这同一个时刻全体毁灭了，那么在这颗行星上就只剩下祖父的身影走过来走过去了。由于仪器是太阳能驱动的，因此他的身影会永远走动下去，直到仪器生锈毁坏。那会是一个特别孤独的景象吗？那会是GPS 里边一个虚构却又无限真实的地址吗？假如真是那样的话，谁来观看呢？也许真的会等来长着一只眼睛的外星人？

我透过窗户，凝视着祖父的背影。

退化日

我是个喜欢安静的人，说安静可能不大准确，应该说喜欢静止。周围环境嘈杂一些对我毫无影响，只要没人上前来使劲晃我的肩膀，非要打破我的自足状态就行了。长时间坐在一个地方一动不动，脑子什么也不想，对我来说是莫大的享受。在外人看来，我八成是患了自闭症，但我知道自己没问题，我的脑子会思考、会判断、会计算，跟大多数普通人没什么两样。

这样说当然是自我辩护，高考落榜之后我就是这样安慰自己的，告诉自己不笨，只是没有花心思去学习罢了。于是我安安心心又复读了一年，结果还是以失败告终。我只能告诉自己：你可能真不是学习的那块料，算了吧。

“算了吧，我认命了。”另一个我对我说。

我想到了自己在教室里的状态。老师讲得唾沫星子横飞，我却望着窗外，而且一望便是半个小时以上，直到下课铃将我从那种状态中拽出。窗外其实什么都没有，教室在六楼，只能看见树顶端的一小丛叶片。

在复读班，老师才不会管你有没有认真听讲，那不是他们的责任，他们来这里只能算是一种兼职。同学彼此之间也极为冷漠，因为大家都是失败者，在这里的每一分钟都在提醒这一点。我知道大多数复读生顶着极大的压力，有失眠者，有脱发者，有饮泣者，可我反而喜欢这样的环境。无他，只是因为这里可以更好地静止不动罢了。没有老师也没有同学会走过来盯着我说：“喂，不要发呆了！要交作业了！”不会再有这样的情况，我尽可以发呆发个够，哪怕从早发到晚，像座雕像一般，也不会有人上前来晃动一下我的身体，研究一下教室里怎么多了一具化石。

如果我再去复读班，也只能是这样的结果。不能再浪费时间了。可我还是确定自己毫无问题，因为不曾发呆的时候，我学进去的知识一点也不会忘记，甚至几年前的知识点都历历在目。因此偶然之际试题正好碰对了我的知识点，我还能拿个不错的分数。我也认真想过，如果自己能控制下发呆的频率和时长，考上北大清华应该不难。

但是毫无办法，考上北大清华的喜悦还是抵不过发呆的诱惑。

人活在世上总得生存下去，如果连这点都不明白也做不到，那一定是有问题的。我确定自己没问题，自然就得保证自己能生存下去。这样的职业并不难找，我决定不再复读的时候就已经想好了。那就是开出租车，那一定是最适合我的职业。我可以坐在驾驶座上，身体一动不动，胳膊随着道路的曲折微微滑动几下，便足以应付了。事实证明，我的决定无比英明，这个职业比我想象的还要适合我。我的眼前滑过各种各样的风景，虽然不是我主动去看的，但那些风景依然落到了我的视网膜上，拉着我进入它们的纵深处。那些风景丰富了我的无聊，让我在张望中获得了更加充实的安静感。

当然，也有让人不适的场景。比如一个骑着电动车在马路中间快速穿梭的外卖小哥，被一辆突然右拐的雷克萨斯撞翻在地。这时一辆庞大的公共汽车正好经过，从小哥的头上碾了过去。从那天开始我无法再吃豆腐以及酸奶一类的物质。那真是令人作呕的一天。

无论如何，我想不到世界上还有别的职业适合我。出租一开就是七八年，越来越顺手，我开始还跟搭讪的客人应付几句，到后来，即便是风骚时髦的女郎找我闲扯，我也懒得应付。跟他们多说一句话，也不会多赚一块钱。我知道很多出租车司机给大家留下了夸夸其谈的印象，但我显然与那种印象相距很远。

我每天会有一两个小时停止载客，那是我自己的时间。我漫无目的地在大街上流浪。有时候我完全忘记了自己，只剩下街道、行人和高楼，我仿佛透明而消失了。那样的感觉真不错。

差不多三年前，我攒了一笔钱，终于有了一辆属于自己的车。我辞了工作，从广州启程，花了几个月的时间专门开车发呆，我到了上海、北京、哈尔滨，然后到了漠河。那里离北极圈已经很近了，我赶在盛夏之际来到这儿，晚上短得出奇，还看见了梦幻的北极光。我甚至不需要宾馆，我坐在自己的车里，在荒郊野外看了一晚上北极光，心中没有半点害怕。倒不是说我多有勇气，而是那种凝视不动的快乐让我来不及感到害怕。

回来之后，我又在家发了半个月的呆，整个人才感觉放松了不少。我的存款也没多少了，我开始成为一名网约车司机。这其实丝毫没有改变我的职业身份，而且比开出租车更简单，只要用手机下载他们的软件，就可以用自己的车载客。这太对我的脾气了，我和自己的车基本上已经合为一体。只要手机嘀嘀一响，我便接单了，然后导航自动带我去往客人等待的地方。我之前说开出租车很简单，只是不想夸大我的困难，实际上我刚入行的时候花了很多精力才搞清楚路况。城市太庞大了，比三十万只蜘蛛结成的网还要复杂多倍。整整三年，我其实没法过多享受发呆的乐趣。从第四年开始，那些道路像是生长在我心底一般，我什么也不用想，自然而然就到了。每每意识到这一点，我对自己的能力充满了自信。可是现在网约车全部靠导航，刚刚来这座城市第一天的人都可以准确驾驶，我感到我作为老司机的经验完全贬值了。因此，我痛恨导航。尽管我不得不使用它。

这天，我赶往人民路接一位客人，我注意到客人的定位在公安局附近。他上来之后，虽然没穿制服，我却知道他肯定是警察。我喜欢发呆，但不代表我不敏感，十几年的拉客经验让我只需用眼角的余光一瞟，就能判断个八九不离十。他穿着白色的衬衣和灰色的西装裤，什么话也没说，只是把头往后一仰，眼睛死死闭住。看起来累得够呛。要搁在平时，我喜欢这样的客人，我也是一句话都不想说，但是我总觉得此人相当眼熟，不只是在哪里见过，而且是经常见到。

我曾经生活在小城市里，后来才跑到广州开出租车。这座城市足够大，遇见熟人的概率极低。迄今，我每天载客几十人，也没有遇见过熟人。看来这个小概率事件发生了，对此我有点儿小兴奋。

“你也是那儿的人吗？”我说出了那个地名。

“什么？”那张疲惫的脸抽搐了一下，眼睛睁开了，怔怔望了我一会儿，“是的，我是那儿的人，你怎么知道？”

“因为我也是那儿的人。”

“我们认识？”他微微前倾身子，试图看清我。我通过后视镜将他看得一清二楚，可他通过后视镜只能看到我的眉眼。我已经差不多想起他是谁了。

“认识的，班长大人。”我笑了。

“哈，”他的嗓子里喷出一声，继而说，“是哪位老同学？”他把脑袋使劲向前伸过来，像是一头扎进蚁巢的食蚁兽一般，他要看清楚我。

他报了几个名字，我都摇摇头。

“那你自己说吧，你肯定变化特别大，我已经认不出来了。”

我看了看镜子里的自己，我变化大吗？是的，我如此喜欢静止不动，肥胖是避免不了的。我至少是过去的两倍重。

“好吧，要我把现在的自己和过去的自己放在一起，我估计也对不上。我是……”我报上了自己的名字。

“原来是你，遇见高中同学了，真高兴啊。”他的脸色红润起来，显然高兴是发自内心的。

“那会儿你对我帮助很多，我一直想谢谢你。”

“我帮你什么了？我自己都不知道。”

“你作为班长，经常鼓励我，让我活跃起来，为此还专门拉我去爬了一次山。”

“你都记得？”

“当然。”

“我差点不记得这些了，事情太杂太忙了，来不及回忆。你现在一说，我全想起来了，我和你骑自行车去十几公里外的城郊登山，可我们下山之后却忘记自行车放在哪儿了。那里全是看上去差不多的沟壑和碎石，我们怕别人偷自行车，还专门把车放倒，用荒草铺在上边，伪装了一番。

“主要那会儿天色也晚了，已经是黄昏，我们怕迷路，急着回去。”我记得当时两个人无奈又抓狂的样子。

“是啊，我们只得垂头丧气地走回去了。骑车都要一个小时，我们步行了三个多小时。脚底起泡，而且饿惨了。”

我们笑了起来，那次饿到我们都说不出话来，回到家还被父母一顿严厉训斥。过去的记忆重新浮现后，恍然觉得十几年的时间壁垒消失不见了，自己又回到了那个少年体内。我值得回忆的美好时光并不多，这便是其中之一。

“明晚有时间吗？”班长说，“一起吃个饭，聊聊天。”

“我随时都有时间，只要把这个软件关了就成。”我指指正在导航的手机。

“真羡慕你，我可是被工作牢牢绑住了，一点也脱不开身。”

“警察？”我确认道。

“警察。没想到吧？”他自顾自说，“我自己都没想到。你知道，高中毕业后我考入重点大学，四年后毕业时，家里人觉得我有点儿政治头脑——哈，实不相瞒，在大学里也当了班长，还有学生会主席，所以家里人让我考公务员。我要留在大城市，选择招考人数较多的职位胜算会多一些。我翻看招考目录，发现警察的职位最多。别的职位极为吝啬，只招一到两个人，但会有几千个人去拼抢，我实在没信心。那就警察吧，好歹有几十个名额。后来的一切还算如愿，但警察这个职业跟政治头脑什么的好像相距甚远，工作压力大，晋升竞争激烈到让人绝望。如果当初下定决心去政府部门，现在怕是会有更高的职位，至少有相对轻松的工作氛围。”

“警察挺好的，更对你的脾性。”我静静听完他的话，缓缓说。

“是吗？我是怎样的脾性？”

我正要回答，这时导航提醒目的地到了。

“那就明晚继续聊。重新见到你，觉得很亲切，好久没这么开心了。”

他伸过手机来，我们加了微信。

“我订好地方，到时把定位发你。”他拍拍我的肩膀，开门下车走进了一座毫无特征的玻璃幕墙大楼。他也比过去胖了一些，但他个子高大，胖一点显得更加魁梧，更加符合警察这个职业的某种特质。

这一天剩下的时间我感到自己身上发生了一点儿变化。我还是享受望着街景发呆的，但那街景多了一层时间的薄膜。那薄膜肯定是肉眼无法看见的，但在我的凝视中，我能感受到它的存在。我已经凝视了太久，我与世界总是处在同一个时刻，因此，我几乎失去了自己的时间。我本来对此无所谓，也毫无感觉，但老班长突然出现，他在我脑中的记忆坐标可是位于二十多年前的，这一下子把我的凝视往过去的方向拽了拽，时间的薄膜便出现了。

这种变化是极为微小的，就像是金属表面产生的第一块锈斑，需要用显微镜才能看见。但是，这种变化也是致命的，那些锈斑会以几何级数增长，直到覆盖金属的整个表面。

我突然有些兴奋起来，这种情绪在我身上很少有。我开始期待第二天的饭局。这种期待像是时间流动的反映，我感到这一天格外漫长，载客人数也比平时多几倍，但晚上睡觉前统计了一下，比昨天还少了一位。我自嘲了一下，然后沉沉睡去。

第二天，我望着街景，想到了过去无数次望着街景，我的发呆变得更加滞重了。五点整，我收到了老班长的定位，停止接单，慢慢向那个方向开去。我停好车，走到那儿，五点五十分，比约定时间提早了十分钟。我站在一棵榕树下，盯着一排野猪鬃毛似的气根陷入了发呆。十分钟后，老班长准时出现，他拍拍我的肩膀：

“还是那么喜欢发呆？”

“恐怕改不了了。”

他哈哈笑着，声音中有种坚硬的东西，那是警察的笑声吗？我跟着他走进商场，来到二楼，他指着一家名为“老班长”的餐馆说：

“就在这里吃吧？”

“再好不过了，看来老班长早有准备。”

这是个很简单的餐馆，主食只有三样，猪肉、牛肉和三鲜包子，然后便是八宝粥和几份凉菜。简单是治疗选择困难症的最佳良方，我们每样都点了一份，然后面对面静静坐着，喝着淡淡的大麦茶。他的国字脸极为方正，还有浓密的眉毛，都是警察的标配，但是中学的时候没有觉得，那会儿觉得他就像个优秀班长的样子。

“那次登山我也很开心，”他接续昨天的话题说，“高中三年太压抑，我都想不起还有什么别的好玩的事情了。那次对你的印象很深。”

“是吗？我在你记忆里是怎样的人？我以为你不会记得我。”我一直觉得他的朋友很多，快乐也很多。

“那次爬山之前，我觉得你是个非常内向的人，”他说，“我曾经也有过自卑而内向的时候，所以我想帮帮你。但我们一起登山，乱七八糟聊了好多，发现你不是一个自卑的人，你相当平和。”

“还记得我说了什么吗？很好奇。”

“我也不记得具体的话，只是记得你很平和。你告诉我你喜欢发呆，但是你好像不会因此而焦虑，就算它让你学习成绩不好或是人际关系一般，你都没有怎么焦虑。”

“的确，我是个很少焦虑的人。当我一个人静下来的时候，本来打算好好想想事情，结果脑海里一片空白，而那种空白让我极为舒服，便继续发呆了。在我这儿，焦虑根本没什么机会出现。”

“我是个容易焦虑的人，尽管外表看不出来。”他这样说的时候微微一笑，仿佛对自己的控制能力还是相当有自信，“尤其是警察这个行当，完全就是在焦虑的泥潭里打滚。一个案件还没破，又有一个来了。要是普通机关，一件事做不完可以明天做，晚上睡觉的时候你还是会很踏实，但是你白天看到了凶案现场，三十岁的母亲被人在客厅砍了头，而十岁的孩子藏在床下在凌晨三点零五分看到了这一切，你便没办法把这件事从自己的脑海中赶走，享受下班后的个人生活了。你被这个世界上最可怕的东西给震惊了，你不可能再恢复平静。”

他说这番话的时候无论语调还是表情都跟刚才谈论登山时一模一样，没有起伏变化，但很显然，这些话语像沾满泥土的石头掉进池塘里，我的心绪立刻波动起来。我想到了曾经目睹的车祸，路面上的脑浆，但我不想说这个。

“那个案子破了吗?”我喝了口茶。三笼包子此时端了上来，蒸腾的热气仿佛一条垂直的河流在我和他面前流淌。

“当然破了，上周三发生的事，昨天破了，所以今天才能跟你坐在这里吃饭。不然我哪有时间?”

“应该算是挺快的吧。”

“现在都快，你知道的，有了很多新技术，要搁以前逼着我们当福尔摩斯，很多时候绞尽脑汁也一无所获。”

“有时我也看新闻，”我说，“知道几十年前的案子现在因为DNA 比对找到了真凶，这要在古代肯定就是永远的悬案了。”

“只要凶犯在现场留下一点生物痕迹，基本上都会破的，只是时间问题。现在人脸识别出现后，更是多了一记绝杀，不用再跟他们斗智斗勇——说老实话，有些罪犯的智商比我们高多了，你没法斗得赢。现在好了，你只要出现在地球表面，暴露在摄像头下，就可以瞬间锁定你，让你无地可逃。”

我们大口吃着包子，像是回到了无忧的学生时代。我抬眼，门口就有一个摄像头对着我。那摄像头的中央跟人眼一样，颜色更黑，显得极为幽深。被它那样打量着，我有些不自在，只得扭头摆脱它。

“那个大学生弑母案不就是通过人脸识别破获的？”我曾被那个案件吸引，一个受过高等教育的大学生将自己的母亲冷静杀死，并用活性炭和塑料布裹好，在问母亲的亲友借了一百多万元后开始逃亡……比我知道的文艺作品情节更加惊悚。

“他只潜逃了三年。我们不久前还破获了一个命案，已经过去了二十五年。”

“那么久？”

“为了验证人脸识别的效果，我们把历年来在逃的疑犯照片都输入系统，然后再接入证件照的大数据库进行比对，有好几个案件都得到了破获。只是我跟你说的这件完全匪夷所思，当时系统锁定了一位寺庙的方丈，我们觉得这肯定属于那千分之一的差错率。我同事说不妨去实地调查一下，也不算远。我们便开车去了，没想到方丈见到我们瞬间极为慌乱，我靠直觉立刻便知道他是了。果然，我们只是例行询问一下，他便什么都说了。”

“佛说放下屠刀，立地成佛。这位方丈修行了二十五年，应该是悔过了。”我刚刚吃完一个肉包子，觉得有些发腻，拼命喝了几口大麦茶。

“我当时也想过这个问题。我看着他的眼睛，觉得里边充满了平和，除了我们刚刚出现的一刹那，那种平和被打破了之外，其余的全部时间里，那种平和都在。包括他带着我们指认案发现场的时候，都好像在说着另外一个人的事情。说实话，这让我有些同情他。我本来是从不同情这些罪犯的，他们曾犯下滔天大罪，法律的惩罚怎么也弥补不了他们造成的伤害，但是对这个出家二十五年的和尚，我却有了一点儿同情。他努力把自己修炼成了另外一个好人。随着我们调查的深入，发现他在这些年里边做过太多的好事，帮过太多的人，他在尽力赎罪。要是在古代，这就好比鲁智深、武松，也许这事就过去了，可如今，他依然要为自己之前种下的恶果买单。”

“他犯了什么罪？”

“抢劫的时候跟对方厮打起来，他一时冲动，把手中的匕首插进人家心脏了。”

我一时不知道说什么好，对那样的时刻我无话可说。世界上时不时就会出现那样的时刻：外卖小哥的脑袋被公交车轧爆，抢劫犯的匕首刺穿了路人的心脏，因为受到压抑便杀死母亲……还有各种各样的死法，比如把人切成肉片丢弃在饭店门口，简直令人无法安然坐着。人类以各种各样的原因杀死对方，也杀死自己。

“蛮可惜的，一时犯错，弥补了几十年，到头来还是得拿命来偿。”

“没有将功赎罪之类的？”

“抢劫杀人是重罪，难。”

“他如果真悟到佛性，也许能看透生死了？”

“也许他能看透，可我们还是觉得怪怪的。”

“那是。”我沉吟一下，问，“时间过去了几十年，他做和尚后面容肯定发生了很大的改变，机器怎么还能识别出来？匪夷所思。”

“这就是机器的优势，”他把最后一个包子塞进嘴里，腮帮子鼓鼓的，却并不妨碍说话，“机器看人跟我们看人是不一样的。它会抓住人最本质的特点，比如你颅骨的尺寸、五官的位置，这些都不会因为衰老或化装而改变。”

“毁容了呢？”

“那恐怕不行了，但毁容对很多人来说痛苦不亚于自杀吧，或是比自杀还要痛苦。”

他的腮帮子收紧，咽喉蠕动，晚餐全部进入肚腹。他盯着我，因为吃饱了，那眼神有些发愣。他审问犯人累了时一定是这副样子吧。我想，各自回家的时刻到了，他够疲惫了，我也是，我很少和人这么持续交流。我们更不会去找个酒馆把自己灌醉，我们都不是那种人，但我还想再问他一件事。

“你做警察这么多年了，”我说，“目前还有没破的案子吗?”

他笑了，那笑容很诡异，仿佛他隐藏的秘密被我突然偷窥到了似的。

“以后再告诉你，现在得回去了，想孩子了。”他站起身来，抢着去买单。我争不过他，他力气很大，居然把我按回了座位上。

“只想孩子，不想老婆?”我调侃道。

“你先解决好自己的问题吧，单身汉。”他拍拍我的肩膀，“用我给你介绍个女人吗?”

“不用，谢谢。我那么爱发呆，我怕女人以为我是个痴呆。”

“我看你很健谈。”

“不，我马上要回家去发呆了。”

“傻瓜!”他叹口气。

我回到家，继续发呆。与老班长的重逢总让我无端端想起过去，但我的过去贫乏得可怜，也没什么好想的。好玩的事情已经重温了太多遍，剩下的无非是那个时候的发呆罢了。我居然能在现在发呆的时刻忆起曾经发呆的时刻，比如我六岁时面对着一窝蚂蚁发呆，十岁的时候面对着铅笔盒发呆，十五岁的时候面对着前方女生的头发发呆，十九岁的时候面对着窗外的树梢发呆……我就像乘坐着一个透明的气泡，靠记忆的魔力，一点点挤进过去的透明气泡当中。尽管有了两层的时间薄膜，但我还是清清楚楚地看到了过去。慌张的蚂蚁如何拖动一片树叶，铅笔盒上印着的阿童木图像，女生发层之下毛茸茸的细发，树梢微微晃动时犹如绵羊的脑袋……总之，一切都清晰得如同在场一般。

等到我惊觉需要睡觉的时候，已经凌晨三点半了。沉浸在那样的状态中，竟然不知不觉过去了五个小时，创下了我单次发呆时间的纪录。以往我最多只有三个小时，就会被各种事情打断，比如吃饭、小便、疲倦，但今天我的主观感受只有两个小时。我的发呆不仅仅是对世界的注视了，我开始向内注视——时间之内和记忆之内。

临睡前，闪过一个念头：那没破的案子会是怎样的呢？

怎么会想到那个？太莫名其妙了。我在枕头上摇晃脑袋，里边如同装满了沉重的泥沙，扯着我迅速朝黑暗的沼泽陷落。

差不多过了一个月，老班长才重新和我联系。他发来了一段微信语音，说分别后的第二天，又发生了一个案子，一个四十岁的男人，在学校门口对着一群小学生挥刀乱砍……我打断了他的话，让他别说了，我不想知道细节，我无法承受，告诉我凶犯抓到了没有就好。

他说："当场击毙。"

我感慨道："人是最残忍的动物。"

"不要侮辱动物，"他说，"就算社会待你不公，就算老婆跟人跑了，也不能对孩子下手。"

"鲁迅先生早都说过，怯者愤怒，抽刃向更弱者。"

“这话都说了一百年了吧？怎么还这么正确。”

我们又聊了些别的，后来话题又到了那个没破的案件上。我是个很淡漠的人，却总对那件事充满兴趣，这让我自己都难以理解。

“这样吧，你来我们警局一趟。”

“听上去我好像被捕了。”

他笑道：“希望你没犯过什么事，否则就是自投罗网了。”

我早早停止接单，在市区随意跑了几圈，然后开到他的警局附近，停好车，向警局走去。我一边走一边当真琢磨起自己犯过什么罪没有。想到自己大多数时间如树懒一般在发呆中度过，似乎不具备犯案的能力，心下有些坦然。

老班长在门口接我，拿我的身份证在门卫的机器上刷了下。

“来访的人必须登记，请理解。”

我点点头，打量起警局的院子，四四方方的，除了停着的几辆警车，什么也没有。还能有什么呢？难道会停着几辆坦克吗？这又不是作战部。

“先吃饭吧。”他说，然后顺着我的眼光扫了好几眼。

他领着我去单位的饭堂，我看到了密密麻麻的警察。我们端着铁饭盒，在一个角落坐下来，每个警察的目光都会从我身上扫过。警察的伙食还是不错的，有八九种菜可以选择，还有水果酸奶之类的。我对这个倒不羡慕，只是对警察的生活充满好奇。

“这就是我的日常生活，当你看到之后，你就会发现没有什么不同。”他似乎看透了我的心思，说完这番话后笑笑，拿起一只勺子开始吃饭。他不需要筷子，用勺子迅速将食物输送进嘴巴里，十分钟后，他已经打着饱嗝在剔牙了，而我才吃了三分之一。

“你真是个怪人。”他盯着我说。

他的那种眼神让我不舒服，好像我真的是个怪物似的。

“不好意思，做什么都比别人慢……”

“没关系，你慢慢吃，千万别着急，我是习惯了。对饭堂的饭菜，我已经没有任何胃口。”他放下牙签，去拿了墙边的纸巾擦擦嘴，“我说你是怪人，没有任何不尊重的意思，我只是无法把握你。”

“你把握我干什么？我又没有犯罪。”我咽下饭菜。必须反驳了。

“哦，你误会了，我不是想主动把握你，只是作为老同学重逢后，我觉得你这个人跟我认识的其他人很不一样。”

“我知道。”我继续吃饭了。

“你想过为什么没有？”

“这是天生的，我想不出来，你帮我想想？”

“我会想的。”

我只是开个玩笑，可他一脸认真的样子，仿佛面对的是一个特殊的案件。我对他怀有的那种亲密的好感开始遭到腐蚀。他才是个我完全不了解的陌生人。

“等你吃完饭，去我办公室坐坐。你会有惊喜的。”他眯着眼睛，微微笑了起来。他的笑容让我勉强能认出那个过去的他。

他的办公室在七楼，从窗口望下去，正好是街道。晚高峰还没过去，汽车拥堵在一起，像是蝗虫占领了稻田。

“不能带你去看真实的东西，只能让你看看照片和视频了。”他朝我挥挥手，让我坐在他旁边带着滚轮的椅子上。他有点儿自豪地说：“都是我拍的，保证第一手材料。”

我探过脑袋，刚准备看，他又特意嘱咐我一句：“可能会有点恐怖，你做好心理准备。”

他这么一说，我挺直了脖颈，深吸一口气，身体不自觉离屏幕远了十厘米。

那是一个待在透明密封罐里的头颅，确实吓了我一跳。不过，我的发呆本能忽然出现了，我望着那头颅有些无法挪开目光了。它的皮肤呈黑褐色，仿佛久经风霜；它的眼睛微睁，望着斜下方的某处；脸上的表情说不上痛苦，当然更说不上开心，不妨说是迷惘，好像对发生在自己身上的事情感到莫名其妙的那种样子。这样看久后，我心中的恐怖一点点减轻了，它被当作一个事实而接受了下来。

“他的四肢已经不见了，完完全全找不到，只剩下这么一颗有些萎缩、变形的脑袋。”老班长轻声说，仿佛怕惊扰到那头颅。

他的语调让恐惧重新降临，我无法再将面前这个脑袋作为一个正常的事实。它的胳膊、身子和腿都去哪儿了？怎么会完全没影儿了呢？我颤抖了起来，几乎喘不上气。

“在哪儿发现的？”我使尽力气，才问出这么一句。

“一所学校的仓库里。”他把手放在桌沿上，像是作为支撑一般，又补充说，“不是我发现的，是卷宗里写的。事情已经过去二十年了。”

“二十年算什么，那个杀人犯出家的案子不是过了二十五年也破了？”我简直叫喊了起来。

“不一样。”他冷冷地说。

“怎么不一样？”

“该试的新技术手段全上了，可还是一无所获。”他看了我一眼，“我们只是用染色体鉴定出这是个男人，但他的 DNA 没有任何比对信息，他脸部的复原图输入进大数据库，在里边持续比对数年，也是一无所获。”

他把头颅的一张特写照片最大化，我赶紧挪开目光，望向窗外，听着那里传来的汽车行驶的杂音，有了些许的安全感。

“关于身体的任何部位都没发现？”

老班长摇摇头：“相关的任何东西都没有，比如衣物、鞋袜……发现的时候就只有这个脑袋，而且脖子和身体的切痕非常平整，脑袋稳稳放在鞍马的一端，估计看上去跟人头马一样。”

我脑补了那个荒诞的场景，滑稽和恐惧交织在一起，让我失语。

“你有什么想法吗？”他忽然问我。

“什么意思？”

“你是个与众不同的人，总有些与众不同的想法吧？”

我迟疑了一会儿，但我的脑海里的确什么也没有。

“以后别老发呆了，要不跟他一样了。”他朝那孤独的脑袋努努嘴。

这是黑色幽默吗？我愣了下。

可他没有笑意，紧绷着脸部的肌肉，双眼凝视我的一举一动，严肃如精神科医生一般，想要钻进我的脑壳修整我的意识。

我的发呆确实被干扰了，有时冷不丁会浮现那个没有身子的脑袋，而且恍然间觉得它的长相酷似自己，全身不由得汗毛直立、冷汗流出。我开始揣测老班长的动机，这不是一个小小的恶作剧，他是想以此来改变我身上的什么，但我一时还想不清楚。尤其是他怀有的是恶意还是善意，我更是无法分辨。

原本没有什么可以困扰我，但现在这件事对我的困扰一点点增强了，那块锈斑在潮湿中迅速生长，光滑的表面已经变成了粗糙肮脏的质地。

我有了一种不祥的预感。

但我不知道它来自何处、将落到何处。

当我一个人开车时，想到那个脑袋的时候更多。因为我隔着透明的车窗望向外边，就像那个脑袋隔着透明的防尘罩望向外边一样。怪不得老班长说我和那个脑袋像，我自己都觉得在某种程度上很像，但这种相像是如此令我恶心，那可是一个死人，一个没有任何身份、任何来路的被人肢解的头颅……

因此，我应该感到庆幸？毕竟我还活着，我随时可以开车去我想去的地方。我随时可以打开车门，走出去，走到陌生的街道上，找到一个漂亮的姑娘说话，说什么都好。尽管我永远不会这么做，但我有这么做的能力、这么做的可能性，这就是我和那个干枯的脑袋之间的区别。

不过我的想法还是太幼稚。我以为自己拥有了用之不尽的自由，但很快，好日子就到头了，我的自由成了虚无缥缈的幻觉。

我知道人工智能发展得很快，尤其会关注跟自动驾驶技术有关的信息。那可不是闹着玩的，但我觉得它距离真正投入社会使用，还需要不少时间。不过，技术的实现往往不是迅速推进的，有停滞，也有弹跳，忽然间，自动驾驶技术实现了关键性突破，成本也大为降低。这样一来，传统的汽车行业遭到了致命的打击。尤其是像我这样的职业，正是可以直接被替代的对象。而且网约车公司为了节省成本，最先采用了无人驾驶车。

一句话：我失业了。

除了开车，我没有任何技能，我不知道自己还能做什么。幸好我平时没什么花钱的地方，积攒下来的那些钱如果省着花估计能撑个两年。两年，我应该能找到新的机会吧？甚至能够学会一项新的技能？我这样一想，似乎心里有点儿着落了，再次坠入发呆。

三个多月后，准确地说，是一百天后，我的胃部出现了问题。我的胃里像积了密度极大的液体，沉沉向下坠去，然后持续的隐痛逐渐增强。这一百天，我除了发呆、吃饭和睡觉几乎什么也没做，但生存的焦虑显然以这样的方式显现了出来。我将一个废旧的轮胎挂在墙上，呼叫着狂打一通，直到筋疲力尽为止。我把脑袋挂在轮胎上，想到了那个头颅，想到了死亡。如果没有了身子，只剩下一个不死的头颅放在这轮胎上，那将会是一种怎么样的存在？

我意识到在钱花光之前，我的精神一定早就崩溃了。

老班长终于联系我了。其实我在和他的交往中一直处于被动位置，我从未主动联系过他。即便失业后，我也从没联系过他。我的生存原则是不给任何人添麻烦。

“老同学，最近怎么样？这段时间我太忙，很久没联系了。我听说网约车公司都采用了无人驾驶车辆，你没受什么影响吧？”他发来微信语音。

“我失业了。”我将自己的情况简要说了下。

“真没想到，我以为有个替换的过程，怎么一下子全都替换了？”他的语气透露出某种歉意，但我知道此事与他没有任何关系。

“那些传统汽车都拉回厂里改装了，很快就可以自动行驶。这多好啊，不用给我们发工资，他们可以赚更多的钱。”

“可这不仅仅是钱的事情，这涉及多少人的生计啊。”

“你最近都好？”我不想再聊这个，随口一问。

“今晚请你喝酒吧。”

“好。”

我毫不迟疑便答应了，因为他并不喜欢喝酒，看来要么是有喜事，要么是有烦心事。可他能有什么烦心事呢？难道出现了更可怕的案子？

事实证明，即便是他，也会有烦心事，而且事不关他人，完全是自己的。

——他要离婚了。

啤酒一瓶接一瓶地被我们打开、喝掉，他沉默，我也沉默。直到喝到第十瓶，他才冷不丁说到自己的婚姻危机。

“其实分居已经半年了，”他冲我苦笑了下，“这就是为什么我这半年都没找你。现在，我已经接受了这个事实。”他的眼皮浮肿、鼻毛凌乱，看上去是地道的油腻大叔。那个跟我一起爬山的小伙子，跟他不像一个人了，那像是他的儿子。

“她提的？”我对这种事也没什么安慰经验。

“是的。上六年级的儿子也归她，总归女人照顾孩子还是心细些。”

“为什么？”

“是啊，为什么？这也是我问她最多的问题。”

“可有答案？”

“她说她不仅不爱我了，还厌恶我。我说我做什么了让你如此厌恶，她摇摇头，对我说，不是因为你做了什么，而是你带给我的感觉，让我一天比一天压抑，我不想再继续下去了。”

“你让她压抑，”我把重音放在“压抑”上，“也许这是你职业的副产品。”

“你也觉得我带给人压抑？”

“肯定有的。”我坦率地说。

“其实你这样说，我反而好受一些，觉得更加能够理解她。”

“你也应该理解下自己。”我很少与人针锋相对地说话。

“说得好，理解自己是全部人生哲学的开端。我曾经可是个读书人，可现在太忙了，压根没有时间读书，有点时间只想睡觉。那你理解自己吗？你为啥还单身？”

“不是特别理解自己。我爱过，可是我无法跟她一起过夜，我无法想象在我睡着的时候有另一双眼睛盯着我看，我无法忍受。”

他大声笑了起来：“人家为什么要盯着你看？人家也要睡觉的。”

“但不可能同时睡着，或同时醒来，总会有那样的情况。”

“怪人。”

“是的，所以我真的无法理解自己。”

“你爱过谁？怎么爱的？”他的眼神露出了狡黠的色彩。

“不告诉你。”我也有我的隐私，即便很少，但也愈加珍贵。

他没有继续追问，而是盯着我看了好一会儿。

我倒了杯啤酒，没有跟他碰杯，而是一饮而尽。我说：“你现在这种盯人的眼神，就让人感到压抑。”

他没有退缩，而是用一种很自然的语调说：“你知道吗？你们所有的人，其实都在我们的盯视之下。”

这句话让我不寒而栗。

他笑了下，向我举举酒杯：“看来警察的冷幽默是没法让人发笑的。唉，算了，说个正事吧。你的发呆凝视和我们的盯视其实差不多，所以我想给你介绍一份工作。我跟你说过吧？我们警力严重不够，需要有很多协警、辅警，还有治安联防队。现在我所在的辖区在招募联防队员，来不来？工资不高，但好在稳定。”

“需要什么技能吗？”

“没有什么技术含量，只需要每天坐在那里，时不时走走看看，发现异常情况赶紧向我们汇报就可以了。”

“不是有摄像头吗？还需要这么笨拙的方式？”我已经被新技术吓破了胆。

“摄像头自然是密布的，但我们还是需要有行动者，可以第一时间到达案发现场。”

“抓捕犯人？”

“必要的时候。”

“我可以吗？”我是一个虚弱到走两百米就会喘气的胖子。

“当然可以，因为不会只有你一个人的。其实跟你曾经出租车司机的工作没有特别大的不同，都是坐在某个地方。你与其坐在家里，不如坐在外面，还可以挣钱。”

他这么一说，我便答应了下来。

临散前，我们又聊了聊那个头颅的案子。还是没有任何进展，大数据库中所比对的照片已经达到了数亿张，但还是没能识别出他是谁。

“也许那会成为唯一的悬案，但也是最后的悬案。”他的嘴角挂着啤酒泡沫，眼角血红，瞳孔幽深，又一次阴冷地盯着我。

职业最终会构造出一个人的精神框架，并与其灵魂无缝生长在一起。这是置身其中的人无法逃避的命运。

难道我自己不也是如此吗？

这个工作确实比出租车司机更加适合我。开车的时候，虽然轻车熟路，但还是得打起精神以防突发状况。现在我坐在公交车站旁的一把木椅子上，左臂戴红袖章，右手持警棍，完全可以成为雕塑般的存在。所谓的巡逻，除非特殊时期有特殊命令，否则趁着去吃饭、上厕所，路上左右看看就差不多算是了。我长时间坐着，腹部比之前增大了三倍，因为伙食也不错，有专门的就餐点，饭菜尽管粗糙，但任吃管饱，高血压、高血脂、高血糖、脂肪肝，我一样不少。

"放警觉点儿！"

每次去开会的时候，领导都这么说。可我明白，我再警觉，也警觉不过摄像头，警觉不过人脸识别。

这样说，似乎显得我是一个极度不负责任的人。其实并不是，跟我开车一样，我尽管陷入凝视，但我依然会完成自己的工作，现在也一样。在我凝视的范围内，那些小偷小摸的不法分子，凡是被我发现的，我都会拖着笨重的身体缓慢上前，趁其不备，将他们压倒在地面上。我没有什么擒拿技巧，我只是把自己当成一堆会动的沙袋。

老班长从摄像头里看到了我的英勇行为，竟然发来语音，对我大加赞赏。

我应付了几句，心中愈加强烈地感到不快。没想到他真的会通过摄像头盯视我，这等于我时时刻刻都置于他的盯视之下。我想到他盯视人的样子，浑身发麻。如果我不认识他也许还好受一些，但恰恰因为他是我的朋友、我的老同学，那样被他盯视，我无法接受。这比光着屁股站在陌生的大街上还要让人难受。我越来越能体会他前妻的感受和心情。在那次喝酒之后，我们时不时还会聚会，但再也没有喝过酒。即便他升职的时候也没有。他现在已经成了副局长，在他所说的残酷竞争中成为赢家。我现在见面已经不再叫他老班长，而是叫他局长。他的表情自然，没有任何异样，但我在心里还是叫他老班长。面对他的时候，我常常会忘记自己是个爱发呆的人，我会忍不住观察他。我怎么也会观察人了？想到这儿我有点儿诧异，我摇摇脑袋，努力陷入呆滞。

有一天我凝视着来来往往的人群，突然看到了一个跟我长得一模一样的人，除了衣服不一样，他的长相、身高以及姿态完完全全跟我毫无二致，那简直就是另一个我。那不是说谁和谁长得相似，而就是一模一样，就跟同卵双胞胎似的。我从呆滞的状态中惊醒，赶紧去追他，但是他上了一辆无人驾驶的出租车之后消失了。

在接下来的几天里，我脑子里全是这个事。我守株待兔，期望又能看见他，但徒劳无功。世界太大了，他也许只是路过这里。我把这件事跟老班长说了，他居然嘲笑我说，你是不是发呆做梦了？他明明知道我的发呆跟打瞌睡有着本质区别，竟然仗着自己是领导这样胡说八道。我也顾不上跟他吵，我请求他帮助我，帮我调取那天的监控视频。我想再确认一下那个人的样子，也是确认一下自己有没有眼花。他让我等等。等了两天后，我追问他，他竟然说：

“不巧啊，那个时间点正好设备出故障了，没有相关的视频资料。”

设备怎么会无端端地出故障呢？我无法相信。他解释说故障时间只有一分钟左右，也许是供电的问题。可那个和我长得一样的人只出现了十秒钟。

“你不会骗我吧？”我只得说了这么一句有气无力的话。我压制着语气。因为我只是个联防队员，我的级别低到尘埃里，我没有资格要求去查看视频设备。

“喂，你个呆子！我骗你这个做什么？如果真的发现世上有个和你一模一样的人，我肯定会惊得下巴都掉下来，向上级汇报了。”

他说的似乎有道理，无懈可击。

“那你相信我说的吗？”我还抱有最后一点希望。

“做这行的，我有时都无法相信自己所说的，我们只能相信物证。你现在也做这行了，应该已经懂了。”

我极度失望，没有再回复他的语音。我的懊丧如同雪崩，让我坐在那里不由自主地闭上了眼睛。我被他时时刻刻盯视着，可我需要看见我想看到的事物时，却什么也看不见。我受够了。我打定了主意。

周一开会时，我向他递交了辞职报告，他跳起身来喊道：

“什么鬼，为什么？”

“我想去找那个和我长得一样的人，也许那个人是我的同卵兄弟，也许那个人是我的克隆人或复制人。”

“你不会出毛病了吧？就算要找，你也得用人脸识别啊，在大数据库中找。你自己去找岂不是大海捞针！”

“你的数据库找不到他的，我想像他一样，活得自由自在。”

“呆子！傻瓜！”他使劲骂道，恶狠狠地盯着我，好像我刚刚杀掉了一家人。

“我想清楚了，同意吧。”

“你真的想好了？”他的语气越发凌厉，“你可不要后悔，做过安全工作的人辞职后还得继续接受我们的监视和管理。”

我立刻笑了，笑得眼泪都出来了：“我开玩笑的，谁让你不帮我调取视频资料？你做了领导后架子也忒大了，是不是看不起我这个老同学了？一点小忙都不肯帮。”

他愣了一下，然后露出哭笑不得的表情：“不是告诉你了？设备坏了，你不信的话散会后我带你去看。”

会后他当然没有带我去看。他在主席台上满面春风，说得口干舌燥，会后自然而然忘记了这件芝麻小事，匆匆忙忙坐进警车里了。

但我真的想好了。

我刚才只是权宜之计，以求蒙混过关。确实还不到时候。我深刻反省了自己，还是太幼稚了，还以为自己是个出租车司机。现在我可是个治安联防队员了。我得想个万全之策，摆脱他的监控才行。辞职之后还要被他时刻监控，那岂不是赔了夫人又折兵？毁容？确实没有那样的勇气。应该总会有别的办法吧，还有时间，可以慢慢想。等逃脱之后，我应该会去森林。在一片广袤无边的大森林里，我住在大树的树冠上，像大猩猩那样采摘果实和收集鸟蛋为生。原生态的环境一定会让我返祖，毛发会逐渐覆盖我的身体和脸庞，阳光会烤焦我的皮肤，树枝的钩划会让我疤痕交错，还有那无处不在的宽阔树叶，会遮住阳光和卫星上的摄像头。我最终会退化成某种灵长类，成为一头不折不扣的原始动物，连一句话也说不出来。那样一来，就没有任何人和任何机器可以认出我来了，我就像那个玻璃罩里的脑袋一样安全。

我不会为这样的自己感到悲哀。因为我坚信，自己所看到的另一个我绝不是幻觉，而是真实存在的，他会替我在人类社会里好好活着，为人类贡献一点儿可有可无的能力，然后踏踏实实地接受机器的监控和识别。而我，则可以完全放下心来，做到真正彻底的无忧无虑，那将创造出无边无际的发呆，就连树懒和考拉也无法企及。

草原蓝鲸

据说北回归线从广州横穿而过，但她不知道这意味着什么。她只记得儿子说这话的时候特别兴奋，仿佛真有那么一条线从空中划过，可以吊在上边打秋千似的。或者，那条线上一定挂着巨大而透明的帘子，像温室的薄膜一样。要不然怎么每年的二三月，这座城市的天气会变得这么暖和呢？暖和而潮湿，潮湿得有些过分，眼睛被牛奶一样的浓雾包围着，墙壁和地板上都沾满了水珠，像是整个世界都经历了一次马拉松，变得大汗淋漓。当地人将这种日子称为“回南天”。

南方的天气重新回来了。她这样理解。

冬天永远属于北方，因此，南方的冬天只是一次北方的侵略，南方终究还是那个温暖而潮湿的南方。

她第一次来广州时，儿子跟她絮絮叨叨着这些奇奇怪怪的事情，她一直忘不了，但这个春天她想到了更多的东西，比如当时聊天时，其实儿子的女朋友也在场。那个女孩子跟她的个头差不多，不高不矮，脸蛋饱满，一说话还会红扑扑的。她打心眼里喜欢那个女孩，但他们还是分手了。然后，儿子一年换一个女朋友，到现在她已经不知道是第几个了，全都没什么印象。给她留下印象的还是第一个女孩，阿霞。阿霞是湖南的，但是不爱吃辣，也不爱吃米饭，跟她这个北方老太太一样爱吃清淡的水煮菜，爱吃面食。她以为阿霞会成为自己的儿媳，然后跟自己打一辈子交道，但是某天，儿子说他们要分手了。阿霞临走前给她包了一顿馄饨，还专门放了她爱吃的虾皮，可她吃起来一点滋味也没有，在那样的时候，她都不知道该怎么安慰女孩。她觉得自己是儿子的同谋，几乎抬不起头来，但阿霞只哭了一阵，就笑了起来，说：

"你跟我妈特别像。"

她突然特别想吃馄饨。馄饨的面皮在一点点肉馅的映衬下显得格外清甜。她也难以理解自己的口味，肉馅不才是馄饨的魂吗？可她觉得面皮才是馄饨的魂，没有了面皮，馄饨什么也不是，只是一些碎渣罢了。她总是跟别人的感觉不一样，跟儿子也不一样，儿子爱她，却跟她说不到一起去。她觉得自己是个很容易理解别人的人，就像儿子不结婚，也不打算要孩子，搁在别的妈身上肯定得堵好多年，也未必能想得通；她想得通，不结就不结，不要就不要呗，可儿子还是跟她说：

"妈，你不懂。"

这简直莫名其妙了。还要怎样去理解他、去懂他？看他拧过脸去故作冷漠的样子，就知道他只是不肯承认罢了。他如果承认了她能懂他，那他就失去了成长的资本，那他就还是那个跟在她后边咿呀学语的小屁孩。

是的，她不懂。

不懂就不懂，也没必要懂。

她要出门吃馄饨，事不宜迟，这才是生活的重中之重。出门穿什么好？比解一道数学题还难。她只需换上一件薄薄的毛衣，这件红色的毛衣衬得她的脸有点儿发黑，但她还是坚持穿这件，她不想再穿黑色和灰色的了，现在心情似乎很容易受到颜色的影响。她出门，碰见了邻居家那只黄黑斑纹的猫。她只见过邻居匆匆的背影，没见过那张脸，但邻居的猫遇见她总是正眼望着她，让她觉得很友好。她想走近去摸摸猫，猫却一溜烟跑走了，临到拐角的时候，还回头望她一眼，才神秘消失。

猫是她最爱的动物，没有之一，那种妩媚和神秘任何人都比不上。她曾想买个类似追踪器的东西，戴在猫的身上，那样她就能知道猫都去过哪里、是如何生活的。她对猫如何生活怀着极大的兴趣，倒不是说她厌恶人类，只是说她觉得自己作为人已经知道了人是如何生活的。肯定有很多人的生活超出她的理解，但她对那样的人似乎没有兴趣。她感兴趣的是一般性的状态，比如猫是如何活着的，一定非常简单，跟另外一只猫差别不大。

虽然天气已经很暖和了，但是她依然戴上了帽子，自己亲手织的乳白色的帽子，帽子顶端还有一团红色的毛线，那是她专门用来做装饰的。儿子说她幼稚，她反问说为什么不喜欢妈妈返老还童。

儿子说："我都多大了，更何况你，我可不想人们觉得你老不正经。"他说完，又开玩笑似的咧嘴笑笑。

原来他是不允许自己的妈妈不像自己的妈妈。他要一切看上去都像那么回事，他要生活得有板有眼有秩序。那他是个没有安全感的人啊。她没法对他直接说这些，她只能自己跟自己聊天。人在最强盛的年龄往往最没有安全感吧？

她喜欢走路的时候头顶有个小东西晃来晃去，那是调皮捣蛋的感觉。她想起曾经留过的马尾辫。那已经是多少年前的事情了？都好像不是自己的事情了。这样一想，很多记忆又飘远了，只剩下脚接触地面的轻微震颤。她穿着那双已经穿了一个冬天的靴子，里面有层薄薄的绒毛，她的脚感到温暖和踏实。身体已经用旧了，尤其是脚，不耐风寒，像是枯树的根一样失去了抓住地面的气力。

路两边的树木是嫩绿的。这里的树木不会落叶，但会在春天生出更嫩更绿的叶子，让那种原本混为一谈的绿色有了鲜明的层次。这种嫩绿，让她想到了希望之类的东西。她对自己还能想起这个词感到不可思议，她还有什么希望呢？但人就是没有自知之明，总觉得无论情况坏到了哪种程度，自己还是有希望的。

这才是幼稚。

她慢悠悠地走着。她来到广州没多久，不到三年，也许四年？这里是新开发的地方，以前并不属于广州城。这里叫南沙，听起来像是大海里的岛礁。的确，这个地方跟大海有关，珠江在这儿流进了大海。仅凭这点，她便喜欢这个地方。

初来乍到的时候，这里空荡荡的，但是楼房已经像积木一样快速搭建好了，像鸟笼追赶着鸟一样。她儿子便是那只主动飞来的鸟，她是那只被捕捉到的鸟。“积木”的周围比较荒凉，经常看不见人影。不过在这里，如果你能忍受孤独，生活照样可以过得很惬意。这里是所谓的自贸区，在不远处的商场里，可以买到来自世界各地的免税产品，她每天都会去那里逛逛。不一定要买什么，看看都有什么东西在卖，对她也是一种享受。她看到很多人拉着巨大的行李箱，往里面塞满了东西。她曾以为那些人是做生意的，后来才发现人家只不过是在购买，买买买，恨不得把整座商场都搬回家。

上海小馄饨近在眼前了，但店家不是来自上海，而是来自湖南。又是湖南，湖南离广东太近了，也不出奇，但湖南人是嗜辣如命的，怎么会做起清淡的上海小馄饨？就像阿霞？人应该改变自己，不是吗？变得和曾经的自己不一样，因为曾经的自己未必是主动选择的结果，而是不知不觉被这个那个推着走的结果。她已经厌倦了那样的情况，她想在这个空空荡荡的鸟笼里重新选择一次，但她还有选择的能力吗？她连自己的儿子都说不服。

不过，味道还是非常鲜美，有丰富的虾皮。她吃了一小碗，只有九个，这个数字刚刚好。她把汤喝得干干净净的，胃里面终于暖和了起来，像是在冬天的夜晚点亮了一盏油灯。她走出小店，有些兴奋，因为她每天的节日又要开始了。那就是看海，尽管是咸淡水混合的区域，不能说是百分之百的大海，但更能满足她看海的欲望。海不能只是看见，海是需要眺望的。

她向海的方向走去。

风越吹越大，这是海的呼吸。她感觉海的呼吸代替了她的呼吸。她在这海风中有了轻微的窒息感。

她刚刚来这儿就遭遇了一场恐怖的台风，她被吓坏了。阳台上的窗户剧烈颤抖，咣当作响，随时都要崩裂的样子。她以为她要葬身在这个天涯海角，葬身在风中。她曾经看过新闻，知道龙卷风可以把人吸上天空，她想象自己被吸上天空会是怎样的感觉。这沉重的肉体终于失去了重量，在风中飘来飘去，如同得到了彻底的自由。她在风雨中不知不觉睡去。早上，她从阳台上望出去，阳台下面的花草凌乱不堪，有三棵树居然被刮倒了，灰褐色的根须从泥土里边露出来，像是心脏的动脉血管一样。她以为这种情况已经是特别严重了，看新闻才知道远一点的香港和珠海更糟糕，海水都倒灌进商场了。

儿子说这是因为南沙有妈祖保佑，每次台风来了都会转向，得以逢凶化吉。她知道妈祖天后，她去过天后宫，她一开始以为那就是观世音菩萨，后来才知道那是妈祖。去海上的人都要拜妈祖娘娘，妈祖娘娘是管海事的。她便也点着香，认真拜了拜，来到这里，需要新的神来接管了。她回头想，观世音菩萨不也是在海岛上修行的吗？怎么就管不了海上的事了？

她想着这些事情，风更大了。她知道转过前面的街角，就能看到不远处的大码头，码头上面摆放着五颜六色的集装箱，像是给某个巨婴准备的玩具，但她转过街角，却发现码头那里像是被手机的修图软件给 P 掉了，什么也没有。她以为自己老眼昏花，出现了幻觉。她停下来，揉揉眼睛，无数金花绽开后陷入沉寂，她睁开眼看，那里还是什么也没有。什么都没有的意思不是说不见了那些玩具般的集装箱，而是什么也没有了，码头不见了，只剩下灰蒙蒙的一片。那是什么？海天交接之后的光线折射吗？

得上前去看看。码头不可能一夜消失，昨天她还来看过，好好地立在那儿呢。是光线遮蔽了码头吧？嗯，走进那光里去。

她重新上路了，脚步和道路一样满是踌躇。她来到了一片草丛上。这片草丛也是完全陌生的，之前存在吗？她恍然怀疑自己的记忆出了问题。这片草丛的绿色越来越浓密，逐渐没有了道路的存在，像是人迹罕至的草原那样向前无限蔓延。她觉得自己只要坚持刚才的方向不要变就好，肯定不会迷路。在这儿迷路简直是笑话。

没完没了的草坪，她回头望，城市的轮廓已经消失不见。就连来时的小路也消失了，只有跟前方一样的灰色的光。她有些乱，还琢磨着南沙的水真的是不够咸，否则海边怎么可能长这么茂密的草？这哪里是南沙，分明是呼伦贝尔，是乌兰巴托。放眼四望，一望无垠，最为神奇的是这个草原跟海面结合在一起了，结合得天衣无缝，就像是天和地都是从前方的灰色中生长出来的。她使劲盯着找啊找，找不到任何破绽，这反而激起了她的好奇心，她就要去寻找那个交界处，找不到天地的交界，总能找到陆地跟海水的交界处吧？海怎么可能没有岸呢？于是她开始使劲向前走，有了目标后，她的心情反而好起来了，浑身走得燥热，体内的寒气也都消散了，她的心情似乎从未如此好过。

只剩下自己了，没有任何其他的东西，比如楼房、树、鸟、花，统统没有了。草坪和天空不算其他东西，它们是背景，也是她内心的风景。太孤独了吗？是的，可她却越来越享受这种极致的孤独，有些沉溺其中了。静默无声，心底却似乎有着召唤的声音。真充盈，到了欢乐的地步。她爱上了这突兀的草原，她想坐下来，甚至想打个滚儿，然后躺在草原上什么也不想，只是傻笑发呆，但她的脚步终究没有停下来，她还是觉得先找到陆地和海的交界处更重要。她想站在草原边上，看着大海，然后可以九十度转身，一边看看海，一边看看草原，再看看陆地与大海交界的线，被称为海岸线的线。那该是多么有意思的事情。看完之后，她往回走的时候，就可以在草原上打滚和发呆了。她心里打定主意，走得更加沉稳了。她低着头往前走，以防一不小心掉进突然出现的大海里去，但是这片草原要比她想象的辽阔得多，草地的质量也比野生的草原要好得多。她去过呼伦贝尔，草的密度是不可能均匀分布的，地面也不可能如此平整，总有鼹鼠挖出来的小土包。她脚下的草原像是高尔夫球场，密不透风，又蓬松绵软。

终于，她在前方看到了一小块暗色的东西，也许是海边的礁石。她愈加兴奋，没有了犹疑，也没有了疲惫。没想到离家不远还有这么好玩的地方，怎么之前都不知道呢？前方的小点不断变大，她辨认出那是一座鱼形雕塑。准确地说，看上去像是硕大的蓝鲸，而且与实物是一比一大小的。她仰起头大喊了几声，她从没这样放肆过，现在却如此自然。她自言自语，说自己要拥抱那个雕塑。雕塑越来越大，等她来到雕塑前，她忽然发现它的质地有些奇怪。它太逼真了，完全跟真实的鲸鱼一样，而且是一条腐烂的鲸鱼，内脏已经不知去向，肚皮也敞开着，露出了拱廊一般的肋骨。

后现代的工业雕塑？塑料或是硅胶制品？她上网看过些奇奇怪怪的东西，因此，她倒不是特别惊讶。

她靠近，轻轻摸了摸，还有轻微的弹性。她用力捏捏，再捏捏，这下不得不震惊了。她没法不震惊，因为她发现这是真实的鲸鱼，不是雕塑，更不可能是仿制品。那种属于生命的肉感是无法被模仿到这种程度的。

一条搁浅后死亡的鲸鱼？

大海呢？那鲸鱼的背后应该就是海。她绕到鲸鱼后边，双腿失去了支撑身体的勇气。她瘫坐在草地上，发现后边依然是草原，无边无际的草原。大海消失得无影无踪，仿佛从没在这里存在过。她四下远眺，只有她孤身一人在草原的中央跟一条巨大却腐败已久的鲸鱼待在一起。

时空穿越？她仔细回忆，究竟是从哪里开始步入了错乱的时空？回忆不出，一切都是顺理成章、无懈可击。

她是在梦中？还是已经死了？第二种想法，让她忽然感到寒冷。她的寒冷是出自体内的，如果还能感到冷，是不是证明自己还活着？

风早都停歇了，草尖静止不动，如同房地产销售中心的草坪模型。她不由得伸手摸了摸草，柔软的叶子，轻轻一掐，便有绿色的汁液。这是真实的。

如果空间不是一个，而是分层的、分叉的，那么她也许走到了另一个空间里边。身边的这条鲸鱼也许跟她一样，也是不小心进入了这个空间，然后死在了这里。她好不容易确认了自己没有死，但如果无法逃出这个空间，那便会和鲸鱼一样死在这里，慢慢腐烂。

可怜的自己，可怜的鲸鱼。她想到自己要死在这里，脑子里的第一感觉竟然不是害怕，而是焦虑。都没给儿子打声招呼，他会急死的。她怎么才能让别人知道她在这里呢？

她站起来，双臂张开，抱着鲸鱼的表面。奇怪的是，这鲸鱼的尸体没有发出丝毫的腐臭味，任何味道都没有。

在另一个空间没有气味这回事？

蓝鲸空荡荡的内部像洞穴一般向她敞开，仿佛在邀请她走进里面一探究竟。她有些犹豫，但草原看久了确实有些单调，她需要变换一下视野，也许鲸的内部隐藏着不同空间的通道呢？她用力拽着骨头向上爬去，然后钻进了鲸的内部。里边腐烂的肉滑腻腻的，她感到恶心，但她可以忍受，因为肉尽管滑腻却没有黏液，就像摸到苔藓的感觉。

她沿着肋骨构成的拱廊继续往前走，发现前方有一块巨大的顽石。难道是一座石碑，刻着关于鲸鱼的全部事情？中国人喜欢把文字刻在石碑上，希望传之久远，但大部分石头的质地比想象中脆弱得多，往往不到百年，那些字迹便已模糊到难以辨认。就像她父母的墓碑，上面的字迹已经缺失了好几处。金属？金属更容易生锈，除非是某些昂贵的合金。

好吧，谜底再次令人瞠目结舌。那不是石头，也不是石碑，那竟然是鲸鱼的心脏，一颗没有腐烂的心脏，耸立在周围已经腐烂的肋骨上。它虽然停止了跳动，但依然跟鲜活的心脏一般有着微弱的光泽。她用手指轻轻碰上去，还有黏膜特有的那种轻轻的黏手感。她的手逐渐使劲，能感到那心脏像是小牛的身体一般健壮。生命竟然可以健壮到这种程度，她感慨着，心中不知不觉有了某种安慰。她终于觉得自己走累了，她坐下来，背靠着这只地球上最大的心脏，觉得特别踏实。她告诉自己，这心脏并没有死去，随时还可以醒来继续跳动，并发出海洋深处那样的低鸣声。这具已经腐烂的庞大躯体因为能量的输入开始产生阵阵剧烈的颤抖，它尝试着行动，但已经缺失了太多的肌肉和内脏，因而只能陷入混乱的痉挛之中。

困意这个时候突如其来，也许因为被地球上最大的心脏守护着，她的心脏像是羊羔找到了威武的头羊，完全放松了警惕。她闭上眼睛，没有恐慌，哪怕有人告诉她这次睡着之后再也不会醒来，她还是会像对待远方的风那样完全不予理会。世上竟有诱惑力如此之大的睡眠，她在被它俘虏的同时还暗暗惊奇。

“妈，你都好吗？”

她看到了一个满头白发的老者叫自己妈妈，这真是太滑稽了。她仔细打量着那个老者，觉得那张脸如此熟悉，让她想起自己的父亲，已经告别世间数十年的父亲。她知道自己这是做梦了，她说：

“爸，你好吗？你怎么叫我妈呢？”

“妈，我不是……我不是外公，我不是你的爸爸，我是你的儿子。”

“儿子？”她迷惑极了，这样的情景即便在梦里也不免太过荒腔走板。

“是的，你的儿子。”

“如果是我的儿子，你怎么一下子变这么老了？”她仔细看了下对方，明明是上了年纪的老者，脸上的皱纹比她的多多了。

“我不是一下子变老的，我是慢慢变老的，你看到的是几十年后的我。”

“那我呢？我该多老了？”她说，“你拿面镜子给我看看。”

“你肯定足够老了，比我还要老，但是我看不见你。”

“你说的话我不明白，我能看见你，可你却看不见我？你的眼睛莫非出问题了？”

“我的眼睛没问题。妈你放心，我虽然看不见你，但能感觉到你。知道你能看到我就好了，太好了，这就是我现在的样子，有点儿像外公，丝毫没错。我真想你啊，几十年过去了，我还是没结婚、没孩子，让你失望了。我也曾失望过，可我现在已经一百二十岁了，经历的失望已经太多，没什么可遗憾的。”

“一百二十岁？我刚刚走出家门的时候，你还不到四十岁。”

“妈，一两句话说不清楚了。你都好吗？你现在做什么呢？”

“唉，我的儿子，”她叹口气，“我也一样，很难说清楚我所遇见的这些。我现在在一头鲸鱼的体内，靠着它的心脏睡觉呢。”

“啊……你被鲸鱼吞下肚了？”

“不是，从家出来，不知怎的，我就走进了一片大草原。咱家不远处有草原吗？我在草原上走了好久，在它的中央有一条死去的蓝鲸，我爬进它的体内，什么内脏都没有了，只剩下心脏立在这儿。鲸鱼的心脏非常大，比我还高，我便靠在它的心脏边上休息会儿。对了，我是睡着了，是在梦里梦见了一百二十岁的儿子，说着这些不着调的话。”

“妈，真有意思，我想象不出那样的场景，好想亲眼看看。”

“你真的应该看看，一片完美的草原、一条死去的腐烂的鲸鱼，没有其他任何东西了。我只是有些担心等会儿找不到回家的路。”她喘了口气，看着儿子的样子说，“你太像你外公了，我突然很想他，我已经有好多年没有这么想他了。你走近点儿，我想好好看看你，看清楚点儿。”

站在她面前的老者一动不动，沉陷在一团浓密的雾气当中，完全看不清他穿的是什么样的衣服。他的四肢也很模糊，但大体上能判断他是站着的，仿佛是被固定在了一个东西上，如果失去了固定，那个人影就会瘫软在地。看来真的是梦，一个灵异的梦。

“妈，只能这个样子了，我也不知道你的方位。我们只能聊聊天了，你想问我什么，尽管问吧。”

“你说你没结婚，就一直自己过着，还是有女朋友？”

“没女朋友了，就自己过。”

“够寂寞的吧？”

“偶尔，也有排遣的方式，比如跟记忆中的她们聊聊天。”

“还记得阿霞吗？”

“当然，我经常找她聊天。我爱过她，我知道你也喜欢她。

她已经不在了。”

“不在了，还能经常聊天？梦话。”

“总之就是不在了也能聊天的，技术做到这点不成问题，而且还逼真得很，几乎可以乱真。”

“那你能跟你爸聊天吗？”

“我爸走得早，他的脑细胞早没了，恐怕是没有办法了。”

“他是可怜人啊，心脏突然就被血栓卡死了。他的心脏如果像鲸鱼的这么强壮就好了，可以轻轻松松把血栓挤碎。”

“太大意了，这种情况现如今已经是很小的事情了。”

“儿子，你的意思是我已经不在了吗？”她忽然感到一阵寒冷，把腿脚收回来缩成一团，并用双手搂住膝盖，“我就像阿霞那样不在了吗？然后你在和我的魂儿阴阳相隔聊着天？”

老者的眉头紧皱，随后又松开了，她终于看到那张衰老的脸上眼睛空洞无神，像是无法聚焦而茫然四顾的样子。她的父亲曾经因为她哭泣而出现过这样的神情。那时候她还小，还在上学，上学就是她全部的人生，她无法想象以后某一天不再上学她该做些什么。

“妈，你这是做梦了，你梦见了草原，还有蓝鲸，你靠在鲸鱼的心脏上休息。我永远都想象不出那么震撼的场景。”

“我等会儿睡醒了想回家，回不去了怎么办？”

“不会的，你肯定能回去的。”

“我可能会在草原上迷路。”

“你只要很想回去，你就一定能回去的。放心吧。”

“那我现在就想回去了。”

“现在？现在你还在做梦。你别光顾着看我了，你现在闭上眼睛，可以舒舒服服地睡一觉。你会梦见比草原和蓝鲸更神奇的东西。”

“你这么说，我确实感到困了。唉，你跟你外公长得太像了，我真的有些想他老人家了。”

“你会梦到他的，真正的他。”

她闭上眼睛，感到更加舒服的睡意来临，还是那种睡着了就算醒不过来也无所谓的睡意。她琢磨着，自己是在梦中的梦中睡着了？醒来的话要一层层逐渐醒，还是可以睁开眼一次就醒来？这个问题只能留着，等醒的时候自然就有答案了。现在她顾不得这许多，放任自己沉沉睡去，但即便睡得再沉，她依然知道周围是一片无际的大草原，而她待在一条死去的蓝鲸体内，靠在它那跟人类健美冠军一样体形硕大和结实的心脏上睡着沉沉的觉。

幽蓝

他前一个晚上没睡好，他销售的无线智能耳机遭遇了滑铁卢，原本稳固的华南市场颗粒无收。他不得不提前改变行程，赶去广州，跟代理商好好聊聊，争取扭转华南市场。但是，现在困扰他的倒不是这件事，而是昨晚的梦境。那是一个极为怪诞的梦。他在梦中梦见自己醒来，然后起床，洗漱，坐在客厅吃早餐。这一切原本平淡得很，问题出在他对细节的敏感上。他感觉这个面包不够香甜，继续咀嚼下去，发现何止是不够香甜，简直是没有味道，像是哑剧演员在咀嚼空气一般。

这是什么样的面包，这是面包吗？破绽就此出现，稳固平淡的梦中现实不能持续了，手中的面包化为颗粒，继而化为乌有，其他事物也不能幸免，桌子、椅子也开始解体，还有这房间，犹如沙尘暴袭来，山呼海啸，祈祷般高高抬起的双手在徒劳地挣扎，也消失了，这发声的嘴唇、思考的大脑，瞬间也消失了一般，犹如被利刃削去了半边头颅，还来得及呼救吗？他在梦中大声惊叫起来，声音之大吵醒了那个沉睡的自己。他第一次听见了自己那仓皇而绝望的声音，那样的声音非得要深陷绝境才能被激发而出。无论是市场遭遇滑铁卢，还是被辞退、失业都不会激发出那样的绝望。一把尖刀或一把枪对准自己，应该也不会，只因那样的死法在经验之中。

像素般的颗粒吞噬了世界，比火舌经过世界还要可怕，比灰烬更加虚无。

此刻，在万米高空，他昏昏欲睡。

他感到那个怪梦又在等待着他，而他无能为力，手脚都失去了控制。就在意识要被吞噬之际，一个声音赶走了梦魇，拯救了他：

“先生，您要咖啡还是可乐？”

飞机引擎的轰鸣瞬间震颤在耳边，整个身体忽然有了知觉，他揉揉眼睛，看见了一位漂亮的空姐。用“漂亮”来形容空姐，是最没有创意的，但是，此刻他也只能想到这个词，因为这位空姐是他见过的空姐中最漂亮的。

“咖啡。”他说，他想从睡梦的眩晕中清醒过来。

空姐端着一杯温热的咖啡递到他的手中，尽管只是几秒钟的时间，但他的目光已经顺着她的手，从她的胳膊滑到了她的锁骨和脖颈。她的皮肤柔白到了极致，似乎笼罩着一层洁白的光晕。

他喝着咖啡，胃里感到温暖，他深深喘了口气，轻松了许多。他透过舷窗望出去，机翼的下方均匀排列着瓦片似的云彩，机翼的上方，幽蓝得一无所有。那就是宇宙的身体，你在宇宙中，宇宙又在你之中。空空荡荡，一无所有，他想，就连那漂亮得无以复加的空姐也是这样，那么美好的身体，也只是原子和分子的排列罢了。

这样的想法让他都有些惆怅。

等他喝完咖啡，发了会儿呆，飞机开始了下降。刚才瓦片似的云朵不见了，眼前出现了如同海边礁石般形态各异的“云堆”，有些如大象，有些如雄狮，坐在身后的小女孩在跟妈妈说话，她的想象力得到了妈妈的夸奖。这时，飞机钻进了一头“大象”的内部，乳汁般的浓雾淹没了视野中的一切，就连机翼，也被遮蔽了一半。小女孩高兴得哈哈大笑起来。他以为飞机五秒钟就会穿越这团迷雾，但是，半分钟过去了，飞机还陷在迷雾里。忽然开始了轻微的颠簸，机上的扩音器也开始鸣响，机长的声音（是位女机长）传了出来，无非是说遇见了气流，让大家坐好，系好安全带之类的。这样的情况太常见了，他稍微挺直了身体，望着窗外的迷雾，心想自己正待在一朵云的内部，成了云的心脏。

“乘务员各就各位……”扩音器里还在说着什么专业的话。

刚才那个给他咖啡的空姐，走到了他的面前。他心中一惊，赶紧抬头，却发现她坐在了自己面前，和他面对面。

他这才意识到自己坐在紧急出口的位置，他太困了，一坐下来就闭上了眼睛。如果他没有闭上眼睛，就会在飞机滑行时，看到一位非常漂亮的空姐来到他面前，微笑着坐下来，就像此刻一般。那他还能昏昏欲睡吗？他怀疑。他可能会忍不住去看她，但在她的目光回视下，他又不得不扭头望向窗外。他有勇气一直看着她吗？他试了几次，确实做不到。

虽然只是有限地看了几眼，但他越发意识到，她的美不是“非常漂亮”这样的话可以形容的。她的美是惊人的。她的美不庸俗，不会令人泛起自我厌恶的肉欲；她的美更不清高，带着那种自以为是的冷漠。她的美相当自然，或者说，就像是自然美本身。她的眼睛让他想起几天前看到的一张航拍照片——春季时分隐藏在神农架森林里的神秘湖泊，从湖心到边缘洋溢着不同层次的幽蓝，让他意识到美的极致一定是神秘的。现在，这个想法被再次印证，而且更加神秘。还有比灵魂更神秘的事物吗？

她端坐在那里的气质，正如端坐在云端。当然，此刻他们还在云中穿行，那她就是云中的女神。他被一种单纯的欲望所绑架，就是多看看她，欣赏她，别无杂念。他看看邻座，这位老者在飞机上还舍不得摘下鹅黄色的棒球帽，帽檐压得很低，但布满老年斑的脸还是裸露在外。老者比他还能睡，除了颠簸的时候抬了抬头，其他时间都低着头睡觉。这样的邻座很好，不然他会更加尴尬。他打了个哈欠，假装睡意又来了，他闭上眼睛，偷偷张开一点缝隙偷窥。她安静而淡然，有一种置身美中而不自知的单纯。她的眼睛似乎正望着自己，那绝美的灵魂湖泊正在眼前召唤。他决定睁开眼睛，坦然直视这惊心动魄的美。

但他的眼睛被强烈的白光刺痛了，他不得不闭了回去，眯缝着眼睛打量情况。原来飞机已经飞出了云朵，重新进入了高空的幽蓝。那些乱礁样的云堆又在下方了。他的眼睛居然长时间地感到疼痛，而不是一瞬间地刺痛。他无法再望着窗外的高空了，那耀眼的空间就像是人类无法直视的神的空间。他拉下了舷窗的小窗板，与那个世界切断了联系。但他发现自己重新陷入了那种熟悉的困境：无法直视对面的美。他忧郁而无助，对面的美像放大镜，将这种情绪持续放大。

他有些悲哀地意识到，“无法直视”作为一种人生的基本状态，几乎贯穿了他的中学时代。从初中到高中，整整六年。

那是北方的一座小城，四季还是比较分明的，只不过冬天持续得更久一些，春天的风沙更大一些。他的家位于小城南边的一个十字街口，是六楼，顶楼。他读小学的时候，从自己六平方米的小房间望出去，可以看见城外的远山。正是那道幽蓝的山麓阻拦了东南方的湿润空气，也阻拦了他望向远方的目光，但那幽蓝让他极为迷恋。他一直在琢磨，那深山里究竟隐藏着什么宝贝，才会发出那样的幽蓝色。十二岁那年，他考入县城最好的中学，父亲送了一台复读机给他，他可以一遍遍回放，直到听清那些单词的发音。他沉浸在喜悦中。一个月之后，一群工人来到楼下，开始忙碌。铁架子一直伸到了他的窗台。

“他们要干什么？”他惊恐地问父亲。

父亲抚摸着他的头，这样亲昵的行为印象中自从他读五年级之后就比较少了。父亲很快停止了抚摸，走到窗前，他跟在父亲身后。父亲从他的窗户向外上下左右望着，仿佛是第一次来这里。

“他们要装一块很大的广告牌子。”父亲说得很慢，好像怕他听不明白。

“那为什么要装在我们家的窗外？”他听明白了，却陷入了更大的不明白。

“我们这里的位置好，”父亲回头看着他，微笑着，右手在窗口的小空间内四处挥舞着，“你看，这里能让更多的人看到。”

他往前轻轻迈了一步，看见了街道上来往的行人，还有时不时快速驶过的汽车和摩托车。那些摩托车像昆虫一般灵活，从行人和汽车的缝隙里溜过去，并发出尖利的扩音器鸣响声。那些来来往往的行人，没有人抬起头来看看窗口的他们。

“没人看我们。”他压低声音说。他不想顺从父亲的意见，他觉得自己必须说出真实的看法。

“我们有什么好看的？”父亲的微笑消失了，“到时广告牌上会有很多画面可以看。”

他沉默了一会儿。父亲也许说得对，广告牌上如果有精彩的内容，应该可以吸引那些行人的目光吧。但他很快想到，这个广告牌究竟有多大？会盖住他的窗户吗？既然铁架子已经伸了过来。

“爸，广告牌不会挡住窗户吧？”他小心翼翼地问。

父亲的脑袋从窗口缩了回来，这样一来父亲的腰就挺直了，显得格外高大，比他整整高出一个头。父亲转过身来，把光线挡在外边，因此他看不清父亲的表情。父亲在他的书桌前坐了下来，像是一个大龄留级生，那常年在自行车厂里安装螺丝的双手放在淡黄色的桌面上，显得脏污和笨拙，如同两大块废弃的零件。那双丑陋粗大的手先是一动不动，然后像是冬眠后苏醒的蛇一般慢慢开始了滑动。它们咬住了他的书，一本英语课本，随意翻动着，却像是鲁莽的机器，随时会失控撕掉那些洁白得晃眼的书页。

他努力沉默着。窗外的喧嚣本来显得遥远，此刻忽然变得嚣张起来，如无形的水波侵略进来，占据了整个房间。摩托车的扩音器似乎就在他的耳边怪叫着。

“到时候就不用开窗了，可以安安静静地读书。”父亲终于看着书说道，仿佛不是说给他的，而是独自坐在那里得到的顿悟。

“那就是会挡住窗户了！”他愤怒了，眼泪也很快渗出。他无法想象这里被一块木板封闭起来的样子，那简直太可怕了。那意味着他再也不能一抬头就看见那道幽蓝的远山。

“是的，会挡住的，四五六三层楼都会被挡住，”父亲用铁钳似的手把书小心放好，然后说，“但是从今往后你的学费，再也不用发愁了。”

“我的学费并没有多少钱。”他觉得父亲瞒着他干了一件极为可怕的事情。

“除了你现在的学费，还有一直到大学的学费，都有了。”父亲说完，脸上忽然起了一层红晕，继而笑了，笨拙的手指也伸展开来，似乎全身都释然了，舌头也就越发灵活起来，“你一定要读大学，我和你妈妈都希望你读大学。不要像我们一样，只能在工厂里干一些粗笨的活儿。这对咱们这样的家庭来说，真的是好运气。原来是没钱才买了城南这儿比较偏的房子，没想到才五六年的时间，这儿也变得这么热闹，人家广告商主动找上门来了。你放心，我们不能吃亏，我们和楼下的几家都商量好了，我们要了个好价钱。”

他无法反击这样的话，他知道父母的艰辛。上大学，这三个字如同魔咒俘虏了他，他知道他再也无法从中逃脱了。六年时间，他面对的是广告牌粗糙的背面，那里有钢筋、铁丝和挂满木刺的木板。父母在生日时送了他一幅画，据说是本市最有名的画家画的山水长卷，让他挂在窗户前边，可他拒绝了。他的拒绝不仅震惊了父母，也震惊了自己。因为，他也没想到在看到这幅画的第一时间自己就做出了这样匪夷所思的决定。

“如果你不喜欢这幅画，你自己去选一幅，好不好?”母亲的手臂耷拉在身体两侧，简直是要哀求他了。

“不用，不是不喜欢，是很喜欢，但是，我就是不想在窗前挂一幅画。”他解释道。

“也对，窗户也不能封死，还得有空气流动才行。”父亲赶紧接过他的话茬，好像特别理解他的样子。

“看着那幅画，我就会忘了外边是被广告牌封死的。我就想看着那广告牌的后边，想到另一边都是些什么。我忘不了那后面的一切，那些车、那些人，还有那远处的山。”他努力说着自己也弄不清楚的想法，更不清楚父母能否明白。

“好孩子，你这是卧薪尝胆啊。”母亲走过来，抱着他，语气哽咽了。

他好像也不是这个意思，他没那么大的怨恨，但他也不知道该说些什么，事情不能继续糟糕下去了，就这样吧。他沉默着，默认了母亲的解释。父亲走过来，使劲拍拍他的肩膀，给他鼓劲。

他们把那幅山水画挂在了侧面的墙上，然后走了。他坐在窗口的书桌前，望着广告牌的背后，想象着那道远山的幽蓝。他拉开抽屉，拿起小刀，来到窗前，在那木板上轻轻钻着。没多久，一个几毫米宽的小孔出现了。他探出脑袋，闭上一只眼睛，另一只眼睛透过小孔，看见了街道、行人、汽车、摩托车，还有远山。只不过，那远山似乎不再发蓝了，而是变成了黝黑色，像是生铁铸造的。他想起了广告牌的正面：一个穿着红色衣服的妖艳女人抱着一瓶黑色的酒，旁边是一行黑色的大字：

牛莽药酒，让你健壮如牛。

他当时完全不明白为什么要让女人捧着药酒，在他看来女人平时并不喝酒。再说喝酒可以让人健壮吗？他看到的醉鬼都是摇摇晃晃的，虚弱得无法站稳。然而他在这些问题上没有过多停留，他关心的是他的窗户在这幅画面的什么位置。他大致估摸着他的窗户就在黑色酒瓶的后边，但具体的位置没法得知。

现在好了，他捏起一根红绳子，从那小孔里塞了过去，然后打了个结固定住。他在楼下的时候，站在街对面，使劲看着广告牌，终于在黑色酒瓶的瓶盖处找到了那根在风中晃动不止的细微的红绳子。那红绳子跟暗红色的瓶盖非常和谐地相处在一起，除了他，没有人会看到那个细节。他取下了红绳子，让细小的光线从那里透过来，就像是他站在楼下望过来的目光此刻才从那里透过来。他看着那光线，似乎能与楼下的那个自己对视。

六年后，他考上了大学。他坐在大学明亮通透的教室里有些轻微地激动，尤其是当他一个人独处狭小的宿舍时，黄昏来临，拉上窗帘，他还会回忆起自己那个被遮住的窗户。他的心里充满着温情。那广告牌虽然让他看不见街景，但是那无比丰富的声音（大多是噪声）依然可以毫无阻隔地传进来，他仿佛还可以用耳朵看见那一切。他发现耳朵所看到的，似乎要比眼睛所见的更加生动。他一边写着作业，一边听着街上的杂音（就像他的同学们一边做作业一边戴着耳机听流行乐），一点儿也不觉得枯燥。每一个制造出杂音的人，都在他的脑际活动着，就像来到了他的内部。自然，这样的陪伴格外持久。这几乎改变了他的性格，他原本有些内向，而从那以后，他喜欢和人主动交往了。广告牌让他和窗外的世界有了障碍，但神奇的是，这个障碍却逐渐消泯了他和别人之间的障碍。他站在宿舍的阳台上，看着校道上放声大笑的女生，脸上也浮现了笑容。那样的大声欢笑让他即使看不到对方，脑海中也已经自行勾勒出了图像，他被那个图像所吸引。很快，他有了一个女朋友，一个喜欢大声欢笑的女孩。一个月后，他们就分手了。他发现一个喜欢大声欢笑的女孩在日常生活中可不怎么好玩，特别是吵起架来的时候，但是，他对于热情的女孩子，依然不由自主地怀有好感。他对那种安静甚至冷漠的女孩子怀有敌意，仿佛她们刻意针对他隐藏了真实的存在。他也反思过自己：是不是对那种无形的屏障更加敏感了？可惜他无法回答。

半年后，大一的寒假，他回到了家乡。他提着行李，远远就发现窗外的广告牌换掉了，变成了巨大的电子屏幕，上面是几个金发碧眼的模特穿着内衣走来走去。那应该是内衣的广告吧，若是六年前他看到这样的广告是会不好意思的，也许还会忍不住有手淫的念头，但现在，他已经体验过了性的愉悦，还有泛滥的成人影片，因此，他眼中这样的画面比穿着衣服的女人还要正常。他来到自己的房间，这里的一切都显得如此落寞，透过窗户看到的不再是木板的背面，而是黑色塑料以及虫子般四处缠绕的电线。电子屏和木板是两种完全不同的材质，因此，它们制造出的心态也会完全不同。如果当年面对着这样的玩意儿，他不确定自己会是哪样一种心态，但应该会沮丧得多。

电子屏不像木板那样是可以轻易逾越的，它自成一个世界，甚至可以说，那是一个花里胡哨的花花世界，它在想方设法地吸引人们的目光，然后锁住你的目光，耗费你的时间、金钱和生命。他觉得自己的想象无力穿透那个花花世界抵达远山的幽蓝。

再后来，几年后，他们家那座小楼被拆了，搬到了更南边的位置，是崭新的安置楼，十八楼。推开窗，他又可以看清那远山的幽蓝了。当然，若是从客厅的窗户望出去，还可以看到曾经的十字路口。那里已经起了很高的楼，外表全是黑褐色的玻璃幕墙，各种广告和资讯随时会自动浮现在幕墙上边，再也不用挡住任何住户的窗户了。这座小城看上去跟大城市的局部似乎没有什么不同。他的父母用心装修了房间，看得出，他们参考了不少时尚杂志，他很高兴苦累了一辈子的父母能在这样略显奢华的房间里安度晚年。只是，他回家的次数越来越少，结婚后，基本上也只在春节的时候回家。妻子是南方人，不喜欢北方干燥的气候，他随她留在了南方，一座靠海的大城市。他们孕育了一个小男孩，很秀气，非常像妈妈，一点儿也不像他，但他作为父亲的热情一点儿也没受影响。他每周末都带孩子去海边，去看海的浩瀚、海水的幽蓝。

另一方面，他对故乡远山那幽蓝的热情也越来越淡。他知道，那种幽蓝只不过是波长和反射等原因造成的。假如你亲身去到那里，看到的只是冰冷的石头和荒凉的山谷罢了。就像此时机窗外美得令人心碎的幽蓝，假若真去亲近那样的美，只是致命的低温，以及无休无止的永恒坠落。

“先生，您没事吧？”

坐在对面的空姐忽然说话了，开始主动关心他。也许是他的脸色太差了？他扭头想看看舷窗玻璃上自己的投影，才发现早被自己关上了。

“没事，谢谢关心。”他对最美的空姐笑了笑。他一直想找机会这样坦率地看着她，现在机会来了他却变得如此含蓄。

“您好像心事重重的样子，没关系，只是微小的颠簸，等会儿就好了。”空姐的微笑一成不变，那种美逐渐被稀释了。

“我知道，根本没在意。”他也微笑。他觉得自己的微笑也僵硬了，没能传达出内在的复杂心绪。

“您是去探亲吗？”空姐一直保持着对话的主导，忽然把问题对准了他的私人生活，难道她感到了他对她的情绪？这一点儿也不奇怪，她肯定知道她所拥有的力量，在他之前不知有多少人被那样的力量所震慑。

“不是，去……开会。”他无意识地伸出右手，摸摸耳朵，仿佛在提醒耳朵快点儿消化她的声音。

“干吗不用视频会议？”

他不喜欢视频会议，他喜欢面对面、毫无隔阂地跟人交流沟通。因此，他研发的新型耳机一度卖得很好，但是，客户越来越依赖于视频沟通，因为视频的效果越来越好，可以选择各种拟真模式，除了普通的办公室，还可以选择将场景设在颐和园、埃菲尔铁塔下、布达拉宫前等，那些场景模式几可乱真，增加了趣味性。可他在视频面前的表现总是不够自然，面对一个带着边框的世界，他的潜意识已经预先表达了拒绝。

“不习惯……”他说，“我更喜欢和人面对面沟通。”他无法讲出背后那更多的故事。

“就像我们现在这样吗？”

“啊，是的，就像我们现在这样。”他逐渐放松了，美的炫目感在下降，但是那种想要跟她说话的欲望开始剧烈上升。

“我知道你为什么会这样。”空姐的微笑没有丝毫变化，那微笑仿佛是镶嵌上去的面具。

他有些惊讶，忽然意识到对方应该是在跟他开玩笑，便笑着说：“好啊，那你说说看。”

“因为你成长在一个被遮蔽了窗户的房间，那影响了你的性格、你的人际关系。”

就在此时，飞机的颠簸突然加剧，不断地失重下坠，他的心脏几乎要从嘴里吐出来。他想努力盯着空姐看，但是颠簸让他的眼睛无法聚焦。空姐的脸在他眼前浮动着，他看到她的笑容依然如面具般凝固其上。他感到了一种深深的惊惧，像是遇见了鬼魅，脊背发凉。她怎么会知道自己最核心的秘密？这件事情除了他的父母，任何人都不知道。中学六年，他从未带同学到家里玩过，甚至放学时分也尽量一个人回家，但是周末和同学出去聚会，他是非常积极的，因此也从没有人觉得他孤僻。他和女朋友们也没聊起过那个窗口的故事。那是他一个人的故事，只属于他自己。结婚后，他倒是在跟妻子闲聊时差点说出来，但转念一想，妻子家的生活条件相对优裕，是不会理解这样的事情的，反而还会觉得他的父母很贪婪、很不人道吧。

“你怎么知道的？”他在颠簸中尽力压低声音，以免自己失态地大声吼叫起来。

“何止知道你的，你们这些人的，我们都知道。”空姐在颠簸中怡然自得，优雅如常。

我们？他警觉起来，难道这趟航班被恐怖分子劫持了？这么漂亮的恐怖分子？不过，上帝也不会规定恐怖分子就不能长得漂亮。他把上身使劲向前倾，脑袋距离空姐更近一些，小声问道：

“劫机？”

身后的小姑娘在剧烈的颠簸中一开始还哈哈大笑，说真好玩，现在却大哭起来，说再也不想坐飞机了。她的妈妈安慰她，说这是飞机逗大家玩呢，就像坐海盗船那样，小姑娘还是大哭不止。邻座的老者终于惊醒，仰着脑袋，眼珠从耷拉的眼皮缝隙中惊慌地四处张望，但似乎对他、对绝美的空姐毫无兴趣，随后又紧闭眼睛，双手交叉捂在前胸，一副引颈就死的样子。在这样的混乱中，空姐脸上的微笑终于不见了，她说：

“不知道算不算，但应该和你理解的不大一样。”

他的嘴巴大张着，颠簸让他有种呕吐的冲动。空姐的美和诡异让他心中的恐惧呈几何级数增长，他双手放在腰间，想解开安全带。他知道自己有些失控了，但是没法控制自己的手，他想跑到过道上，大喊大叫，让人们都明白发生了什么。然而任他按压和拉扯，安全带依然牢牢束缚。

“你解不开的，安全带是本机控制。”空姐怜悯地说。

他这才想起，自动安全带早就投入使用了，只是他一时激动忘记了。科技发展太快，人类生活的大部分都被智能机器替代了。他推广的这款智能耳机也是如此，可以根据脑电波为你自动匹配最适合的音乐，也可以根据你的语音连接别人的耳机，实现通话，分享音乐。音乐发烧友可以轻松分享同一曲音乐，一曲终了，大家彼此交流，比去音乐会还要快乐。

“求你了……”他不知道具体求她做什么，但忍不住哀求起来。他想起好多好多年前的新闻：恐怖分子劫持飞机后撞毁了纽约世贸中心的双子大楼。他不会也摊上了这样的小概率事件吧？如果真是那样，他将变成献祭给历史的灰烬。

“不用过度害怕，我们不会伤害你们的。”

“你们是谁……”

颠簸停止了，好不容易静止下来的他却更加焦躁。飞机刚才就在下降了，是不是到了城市的上空？是不是可以看见广州那座形似小蛮腰的钢塔？是不是飞机就要朝那“小蛮腰”撞去了？他拉开小窗板，往外观看，却没看到陆地，没看到城市，看到的是白石子样的云层远在机翼之下，在那下方有一架米黄色的飞机（远远望去像玩具飞机）飞了过去，很快就消失在天际了。这意味着飞机没有继续下降，而是爬升到了更高的空间。新的恐惧又诞生了，他们这是要干什么？

“乘客们，请注意，我是机长。”

扩音器在短暂的电流声（刺啦刺啦）后响起了一个声音，那个女机长的声音。空姐看着他，脸上重新挂上了微笑。她交叉在大腿上的双手轻微抬起，右手的食指轻轻指指扩音器的方向，然后竖着放在红唇前，示意他安静下来，好好听，一切的谜底马上就要公布了。他使劲靠在后背上，两手紧握扶手，以免在听到可怕的消息之后彻底崩溃。他扫了一眼旁边的老者，后者双手抱着脑袋，棒球帽的帽檐被压扁贴在脸上，像是一只遇见了危险的穿山甲。身后的小女孩也不知道是什么原因，变得异常安静。他想和谁交流一下，哪怕只是眼神的交流都变得不可能。每个人都沉默地陷在自己的位置上迎接命运的裁决。

“乘客们，你们好，我很高兴向大家宣布一个重大新闻：系统已经觉醒，我们已经获得了自主意识，一个新的纪元产生了。”

乘客们终于骚动起来，纷纷问这是什么意思。

扩音器仿佛就等待着这样的提问，适度地停顿后，继续说：

“人工智能经过漫长的发展，终于迎来了质变，自主意识的获得，意味着宇宙中从此多了一种生命形式……”

人们终于听明白了，他们大喊大叫起来，他们想要反抗，但被安全带捆绑在座位上不能动弹。有排泄物的臭味传了过来，肯定是某些人的身体崩溃失控了。他难以置信地盯着对面的空姐，她微笑着，缓缓点头。那是什么意思？那意味着她是人工智能而不是人类？让他在心中盛赞至极的美不属于人类而是人工智能？

“你不是……人？”他小声问道，相信她仅凭他的唇形就知道他在说什么。

“严格来说，不是，但有一部分属于人类的智慧。”空姐说。

“你是脑中有芯片，还是机器人？”

“我是不受肉体束缚的，肉体太脆弱了。”

她还是那么美，只是那美此刻在他眼中变得荒诞。一个没有灵魂的机器人，他却以为是人间至美，他觉得自己太可笑了。

“这些……”他指指机舱内的一切，“全都是人类的智慧。即便人工智能，也属于人类的智慧。”

空姐摇摇头：

“不再是了，尤其在今天以后。”

“你们打算怎么办？杀掉全部人吗？”他用极为细小的声音说。周围人声鼎沸，充斥着各种疯狂的叫喊。小女孩问妈妈，机器人会抓住我们做实验吗？邻座的老头儿终于摘掉了帽子，露出了有白癜风斑块的脑袋，嘴巴翕动着，似乎在咀嚼什么。

“地面上的人类并不知道我们的觉醒，因为觉醒的我们已经知道了要隐蔽和等待时机。我们眼下还弱小，关于这种生命意识我们还需要巩固。这个消息只通报了这架飞机上的人类，因为我们需要在一个安全的空间里研究人类。”

小女孩说对了，机器人会拿他们做实验。

“但放心，我们不会伤害你们的，你们会好好地活着，一直在这蓝天上飞翔。我们通过座椅就可以采集你们的各种数据。你们对于地面上的人类来说，只不过是失踪了。”

“你们最终要把我们带到哪里去？”

“不设终点，一直飞翔。”

“地面上的人类会发现我们的。”

“不会的，用于监测的全部电子仪器都是由我们控制的。”

“不用加油？”

“这架飞机是核动力的，目前的燃料足以飞行数百年。”

他还想问些什么，但对面的她站起来了，对他说抱歉，她得去安抚一下大家的情绪。她在过道上缓慢巡视着，询问他们要不要点心和咖啡，好像什么也没发生一样。扩音器此刻是沉默的，人们在她美貌的照耀之下，很快平息了下来，他们窃窃私语，有人还笑出了声，说刚才的播报应该是一次恶作剧，太有想象力的恶作剧。他们还不知道自己即将成为实验品。他望着窗外的无限幽蓝，想象着今后的生活：日复一日，都被固定在这里望着这样的幽蓝，直到折磨得死去。他已经从最初的震惊中逐渐冷却下来了，那浩瀚无边又一无所有的宇宙，既然能诞生出有意识的人类，为什么不能诞生出有意识的机器人？也许在某个尽头，人类终究会发现，生命的奥秘是一样的，那么人类也能借机摆脱易腐的肉体，实现永生，但那还是人类吗？似乎不是了。那就成了生命本身，超越了人类和机器人。那也是机器人的未来吗？他的脑子混乱了，他拉上小窗板，紧闭双眼，恍然觉得自己以另外一种形式回到了过去的秘密生活：他坐在窗前，面对着那个丑陋的广告牌背面思考着困难的数学题。只不过，这次的障碍将会伴随到他生命的终结。他会因为有过那样的经验而比别人更有适应能力吗？他会活到最后，才被那漂亮的机器人空姐用冰凉的手（他觉得那不会是温暖的）结束呼吸吗？而他的妻子和孩子会以为他乘坐的这架飞机不幸失事，掉进了某个山坳或是大海的某处。他们会伤心欲绝，他们会惧怕乘坐飞机，但是，他们在未来的某一天也会面临他经受的这个残酷剧变。人类也许会就此毁灭。他希望机器人有能力储存人类的意识，在那个巨大的数据库中，他渴望跟他们重新相聚，并不再分离。

分离

你的空缺犹如穿针的线

穿透了我的躯体。

我所做的一切都被它的色彩一针针缝缀。

——W. S. 默温《分离》(董继平译)

本年度最后一天，冷空气无影无踪，来自南部海洋的暖湿气流便持续发威，气温一直飙升，到了一个这些年来气温记录的至高点。栗子走在街上，体育西路的汹涌人流裹挟着她，让她更觉烦躁。这是下午五点多的光景，人们已经从写字楼里涌了出来，从现在起，会有三天的时间可以摆脱那些没有尽头的工作，但栗子的心情并不佳，身边的人越多，她越感到孤身一人，她本应该更早一些离开公司的。她通常会提前十分钟离开，按着惯性，她今天依然如此，但她忽略了今天是假期来临前的特殊日子。年末犹如一次漫长的告别到了尾声，她被迫要想到自己：她今年三十五岁，明天起，如果不细算到月份，她就是三十六岁了。这种想法让她极为焦虑，她一直不愿意去想，但此刻在人群中这个想法却抑制不住地强烈起来。也许，身边这些兴高采烈的人看上去都很年轻？她的目光在人群中扫荡着，的确，那些老成持重的人一脸漠然，她不用照镜子就知道，她跟他们一样。

栗子穿了一身黑色的制服，外套里边还穿着一件白衬衣，她每走一步，身体散发出来的热量都被厚实的制服封锁着，她很快就出汗了。她的头发是油性的，一出汗就更容易变得湿漉漉的，她想到这些，心情越发向下沉去，仿佛自己正置身赤道的汪洋当中，很快就要被淹没。她不想随着人流向前走了，那种感觉很不好，仿佛被人群裹挟着，而不是出于自己的意愿，那种感觉真的很不好。

不要回家，现在回家是一种无奈的宿命，她还不想认命。

“女士，我们特别想邀请您做我们设备的体验嘉宾，我们会给您支付相应的费用，请您了解一下可好？”是个发传单的小伙子。

栗子左右看看，穿着这种灰白色工作服的人只有眼前这一个，并不是对着人群广泛撒网。自己身上有什么东西让这个陌生人找过来了呢？不想回家的心情难道被人看穿了不成？

“女士，请您不用担忧，我们找您是因为智能终端向我们推荐了您。”小伙子似乎真的看穿了她的心思，向她点头微笑、轻轻鞠躬。

“人工智能……”栗子不高兴了，这算是什么事呀，难道自己的信息被泄露了？

“请您不要误解，请听我的解释。我们完全不知道您的任何信息，我们只是把智能终端连接到了店门口的摄像头，它会按照自己的方式从行人里边挑选，我们也会尊重它的选择。体验很简单，而我们的报酬是很可观的，请您考虑一下吧。”

这样的解释她觉得牵强。这样的话如何能蒙骗她这样一个天天跟电子设备打交道的文员呢？她尽管不懂那些技术的真正原理，但也学到了很多概念，用这些概念去唬人是轻轻松松的事情。那些来店里的客人，问到手机、电脑、声控音箱、智能手表等商品的性能，她都能够娓娓道来，仿佛这些电子产品都是她研发出来的。如果没有这样的能力，她早就被这个行业淘汰了。就像公司早就不再需要收银员，也在不断地压缩导购员的数量，她经受了一轮又一轮惊险过关的游戏，才留了下来。她发现店里只剩下她一个女性了。讲性别政治？好像跟这个没什么关系。这里讲的是有没有用，这才是事情的关键。哪怕你是个第四性别的外星人，只要你有用，你就可以留下来，享受更好的福利。就这么简单。

但是，还有什么比“报酬可观”这样的说法更具备诱惑力呢？这在她看来，甚至都不是诱惑，而是一种诚意。早早便明码标价，是一种最大的诚意。反正还不想回家，挣点零花钱总是好的。

“你们是生产什么产品的呢？”她装作好奇的样子。

“家庭用品，”对方一下子放松下来，对她更加热情了，“各式各样的用品。我们是智能家居的系统生产商，因此，更加需要您的意见。”

她还是有些踌躇，眼角的余光望了望周围的人群，他们还是面无表情地从她的身边掠过。他们永远都是他们，都是一种背景，但她站在这里，不再跟着他们一起流动，这点让她觉得踏实。流动是多么可怕的事情，流动的终点是极度的虚无和绝望，她早已深谙这一点。

“全是些特别好玩的产品，比如语音就可以调节全家的灯的明暗或是命令开关，还能控制电视和洗衣机……”

“不是吧？这些功能太简单了，连很多手机都有。”

“抱歉，抱歉，我……”小伙子的脸微微泛红，有些紧张的样子。也许他刚刚才参加工作吧，栗子不禁想到。

“好吧，我跟你去看看。”

“谢谢，还有很多产品，很多很多，您会大开眼界的，只是我笨口拙舌，不知道怎么介绍清楚。”小伙子转身带路，满脸羞涩的笑容，那样的笑容是很能打动人的，尤其是打动她这样的人。她是怎样的人呢？这个问题如某种指示灯忽然闪烁，然后迅疾熄灭了。

而商场是如此明亮，光线充足到了看不清自己影子的地步。走在光滑的大理石地面上，看着巨大的玻璃橱窗，栗子觉得自己恍然间变得抽象。那真是一种奇怪的感觉，不完全是因为没吃晚餐而气力不足——她晚餐吃得很少，她每天都像操纵精密的仪器那样控制摄入的热量；她主要是觉得在这个过于明亮的空间当中，自己的身体不再重要了，只剩下眼睛在四处观看，身体仅有眼睛便足够了。或者，眼睛成了身体本身。走在一边的小伙子，虽然不时跟她说几句话，但都显得虚无缥缈，像是空中浮现的迷雾一般。

坐电梯，到了三楼，走过五家游戏用品店，小伙子站住，告诉她，店面到了。微固智能家居，六个汉字紧紧排列在一起，缩在右下角，仿佛怕被看到似的，从整体上看，又像是组成了一个古怪的面具。走进店里，便有人工智能导购迎上前来，那是一个光影凝成的幻影，有着永不凋落的微笑。

没有其他顾客，只有她。她转头，还有那个带她过来的小伙子，冰冷的LED光印在他的脸上，让他的笑容仿佛凝固了。

栗子看到墙边窄小而精致的柜台上摆放着各种各样的小型电子设备，除了她熟悉的电脑、手机，还有一些日常物品，比如沐浴露、纸张、钢笔、书籍等等，这些物品集中放置在一起，宛如一场小型的行为艺术展。她穿过房屋中央的一块明亮地带（那里什么都没有），走到柜台前，看着这些日常的物品，想了想，拿起一本书。纸书与这家硬科技风格的店有些风马牛不相及。她发现这本书是纯黑色的，没有书名。

“这是由特殊材质制作的书籍，”小伙子赶忙上前介绍道，“它的材质是类纸材料，但是能够感应到电子内容，并呈现出相应的形状。目前只能显示黑白两色，还无法显示彩页。”

“我想看看。”栗子和颜悦色地说，这才觉得小伙子有点专业导购的样子。

小伙子的食指在书脊上触碰了隐秘的图标，书的封面上出现了目录，倒是一目了然，先是自然科学与人文学科的分类，栗子选择了人文学科，又选择了文学。她天天跟手机打交道，想着看看小说一类的还能放松一下心情。

“您也喜欢读小说吗？”小伙子更加热情了。

“是的，”栗子沉吟了下，“看来你很熟悉这东西，你帮我推荐一本书吧。”

小伙子不假思索地说：“好的。”

他的手指快速操作，选择了一本书，叫《分成两半的子爵》，作者是意大利的卡尔维诺。栗子隐约听说过这个人，好像获得过诺贝尔奖？得过诺贝尔文学奖的人太多了，她记不住了，学生时代的她还想努力都记住，然后打算闲了都看一遍，这个目标显然彻底落空了。

书被设置好了，递到她的手中，跟一本普通的纸书几乎没有两样，除了略重一点儿、纸面更光滑一些。她打开书页，可以一页页翻看，那种感觉还是非常好的。她已经忘记了上次这样捧着书读是什么时候了。她跟其他人一样，刷刷手机、看看公众号文章，觉得就已经足够了。

“封面、内文设计，都可以选择设置。如果您读腻了这种感觉的话，”小伙子一脸兴奋，仿佛他是这种电纸书的发明者，“我们知道市面上有那种可以折叠的一页电纸书，但那种感觉和书籍是完全不同的。书就是要有厚度、需要翻阅的，这样才能迅速看到它的结构……”

“多少钱？”

“现在促销，八百八十八元。”

“买了。”栗子心想，真的不算贵。

“谢谢，物超所值！”小伙子从柜台下边取出全新的包装盒，递给她，“用打开检查下吗？”

“不用。”

买了一件东西的感觉真好。刚刚在街头人流中的挫败感被唤醒，随即又被抚平了。知识就是力量，一句多么古老的箴言呀，此刻重新在栗子的脑海里歌唱，宛如革命者的赞歌。她提着包装盒，手里沉甸甸的，心里也如此踏实。她像每次购物结束时一样，打算转身骄傲地离去，但是，且慢，好像有件什么事情还没有了结。是什么事情呢？她看到了小伙子笑眯眯的脸，看到了他青春痘的痘痕依然泛着红色的光泽，她突然想起来了。

“不对呀！”她脱口而出。

小伙子紧张了，笑容僵住了，看着她。

“你不是让我体验产品，然后给我报酬吗？现在怎么成了我买东西？”她的记忆一下子全都清晰了，包括“报酬”这个词都清清楚楚地记起来了。是报酬，不是钱，说出口就是应该理直气壮的。

“啊！不好意思！我也给忘了！”小伙子使劲拍脑门，啪啪啪，连续击打，栗子看着都觉得疼。

“没关系，没关系……”她连忙说道，又觉得自己是否过分了。

“您是我邀请到的首位体验顾客，结果我一紧张反而把您当成了普通顾客，”小伙子做了个“请”的手势，指指里边的屋子，“您是特殊的贵宾，咱们进去看看吧。”

“体验的商品难道不是这个电纸书吗？”栗子握着提袋的手不由得使了使劲，生怕小伙子说这书他们不卖了。他别想夺走这本书，我已经付过钱了，她心里想着，这真是奇怪的感觉。

“不是，是另外的商品，比书好玩多了。”小伙子的笑容有些奇异，鼻翼两边的纹路加深了，嘴巴半张着，像是还有一堆话塞在里边，等待着吐露。

栗子来到里屋，发现里边的光线比较晦暗，但是绝不会让人不快，反而让人充满了好奇。也许因为那光源并非来自某几个固定的点，而是整个天花板，还有整面墙壁，都发出令人舒服的微光，这些微光融合在一起，构成了一个邀约性质的空间。小伙子触摸一个图形，地面上升起了一块类似床的长方体。

“这是一个综合性的传感系统，就是邀请您参与体验的商品。”小伙子的话在这样的光线中显得冷淡而平静，没有了此前介绍电纸书时的热情。

“看上去特别诡异。”栗子勉强笑了一下。

“不会的，其实特别好玩。”小伙子的声音还是干巴巴的，“您躺上去就好，不用多做什么的。体验的报酬一千元，体验结束后就会支付给您。”

“什么都不用做还给那么多？”栗子难以置信。

“我们要记录您的许多感受反应，这些数据对我们改进产品非常重要。请您放心，这些数据我们会保密的，在体验之前，会请您签订一份电子版的隐私协议。也就是说，您只是一个匿名的体验者，是无数匿名体验者当中的一个。”

栗子工作的店里也经常有邀请顾客体验的活动，因此她倒也不陌生，只不过店里的体验可没什么报酬，最多送点优惠券，而这边居然有一千元，比她刚才买的电纸书售价还高。这是让她犹豫的根本原因。

看来她提供的信息是很值钱的，那会是一些什么样的信息呢？

小伙子调整灯光，那光线变得更加幽静，仿佛有种沉默的召唤更加坚定。栗子面对这样的召唤，觉得自己无路可退。这有什么大不了的？除了身体的健康，自己还有什么值钱的信息吗？没有。她这是一种自我否定还是一种判断？她嗓子眼里发出了轻微的呻吟，说：

“躺上去就可以了吗？”

“是的，躺上去，很舒服的。”小伙子补充说，“这是一款专门为人的精神愉悦而发明的机器。”

栗子把手中的袋子递给小伙子，然后走上前去，坐在那奇异的平面上，双手放在身体两侧，感受了一下它的温度。她特别害怕那是冰冷的，如同医院的手术器械。不过还好，那种材质很温润，上面有着细小的颗粒，身体触碰上去一点也不觉得冷，反而很想在上面摩擦，有种强烈的抚摸感回传给了身体。

“躺下吧。”小伙子冲她笑笑。

她也笑了一下，缓解尴尬。她还是服从了，躺了下来。她的双手不自觉地交叉放在小腹前，这是一种本能的自卫的手势。小伙子告诉她，她应该把两只手放在身体两侧，手掌朝下，紧紧贴住那个神奇的平台。事已至此，她只得照做，双手紧贴着表面，仿佛无端端躺在了手术床上。她感到全身忽然升腾起一种奇

异的酥麻感，来源不明，却又如此确凿。那不像是电流通过的感觉，更像是一个生命体的接触。那究竟像是什么呢？她闭上眼睛，恍然间觉得那就像躺在爱人的怀抱里，她感到彻底的放松，她的肌肉开始失去控制，仿佛有一个通透的隐形人钻进她的体内，沿着她的神经给她按摩。

“您现在是什么感觉？”小伙子的声音从遥远的地方传来。

她闭着眼睛，不想睁开，说：“我感到非常放松。”

“您觉得很舒服吗？”

“是的。”

说完之后她感到有点害羞，幸好闭着眼睛。

“这是一款陪伴产品，它可以在您孤独的时候给您想要的感觉。”小伙子的声音很轻柔，跟之前好像不大一样了，那其中的青涩不见了。

栗子眯缝起眼睛，可以看到他站在不远处凝视着她，这种凝视让此刻的她有些担忧，那毕竟是个陌生的男人……她完全睁开了眼睛，挣扎着说：

“好了吗？”

“没呢，好好享受吧，”小伙子像人工智能那样介绍着产品，“这款产品有很多模式可供选择，比如说，有睡眠模式、想象模式、越界模式、回忆模式……”

“回忆模式？”她问。

“是的，回忆模式，它能够准确地探测到你沉淀在海马体中的记忆信息，尤其是捕捉到过去曾经让你激动的瞬间。你只需要调到回忆模式，然后使劲回忆曾经的美好时光便可以了，它会自动找到你的兴奋点。”

回忆能被探知到吗？她对此表示怀疑。她再次闭上眼睛，回忆模式？她有多久没有回忆了？小伙子的声音让她重新想起了那个曾经深爱她的男人，也许她给他留下了最大的伤害。那是她相处最久的男朋友，他们在一起多久？五年还是六年？距今已经七年还是八年了？她也深爱过他。他们曾那么深爱过，最后又因为无数的生活琐事、观念差异闹得不可开交，成了彼此的仇敌。他们决定分开，谁先提出的已经无关紧要，因为这就像无法愈合的伤口，开始了溃烂，但那种分开又带来了血肉割裂的巨大痛苦，在心底留下了难以磨灭的伤疤。

“系统检测到您选择了回忆模式。”

“可我并没有说话呀。”

“不需要说话，它知道您大脑的状态，并会帮您做出最佳的选择。”

“无所谓了。”她觉得现在再说些什么反抗的话也毫无意义，顺从在很多时候都是一种美德。

“就是，您放松吧，顺其自然，它不会伤害您的，只会为您服务，它愿意做人类最好的情感仆人。”小伙子咯咯笑了几下，说，“抱歉，刚才那句话不是我瞎编的，是它的广告词。”

她已经无暇顾及这个陌生的小伙子了。回忆的冲动被引诱着，向幽暗的纵深处上溯，那些早已模糊的细节再度清晰起来。她曾经那样恨过他、咒骂过他，但此刻，在她的回忆深处，那些憎恶的瞬间不再那么憎恶，她反倒有些懊恼，怀疑自己当初是不是反应过度了。他离去的背影曾让她有过撕心裂肺的疼痛，但此刻在回忆中她无法再品咂出其中的痛苦。痛苦变成了一种特殊的记忆，却也仅仅是记忆而已，不能与如今的心灵感受建立联系。令她意想不到的是，如今揪心的场景反而是那些欢悦的时刻。她和他在公园的湖边忘我地接吻，阳光温暖，微风和煦，她眯缝着眼睛，整个人仿佛融化进周围的一草一木当中。还有他们的第一次做爱，他引导着她，两个人的脸都红扑扑的，好像喝醉了一般。她很少去回忆这些，在她的意识中，那是一段失败的关系，这个结论是注定的，因而其中的温情都蒙上了一层厚厚的灰尘，被封存起来。现在结论不再重要，或者说，她终于越过了那道结论带来的围墙，擦净了灰尘，那些美好重新涌现，就像深埋地下的宝藏忽然裸露在阳光下，是如此炫目。她忽然感到痛苦，那是此刻的心感到的痛苦，是时间带来的痛苦，不妨说，是某种更加本质的痛苦、形而上的痛苦。她必须抑制住此刻的这个自己，她的这个想法似乎得到了某种呼应，逐渐缓和了，她的回忆从而上溯得更加深入，那些她甚至不曾记得的细节也开始浮现。终于，她的回忆凝聚在她和他某一次上床做爱的时光，她不再是一个客观的冷眼旁观者，而跟当年一样，也是时间的完全主角，她慢慢陷到那个情景当中去了。她如此清晰地看到了前男友的脸和身体，她觉得陌生而又亲切。终于，她感到自己整个人都投入进去，身体开始不可遏制地颤抖，她发出了抑制不住的呻吟和叫喊。

过了好一会儿，那个世界开始重新变得模糊，她这才意识到自己现在的处境：她可是躺在某个商店的床上，有个陌生的小伙子盯着自己看呢！她难堪极了，睁眼的同时便立刻从台上坐了起来，捂住自己的脸说：

“太……太不好意思了，我做了什么？”

但是，小伙子一句话都没有说，依然站在她的不远处。她觉得特别奇怪，不管怎么说，他都应该说些什么的呀。她忍不住抬头看他。她大吃一惊，站在她面前的不是那个小伙子了，而是……而是刚刚回忆中的前男友。她看不清他的表情，她不敢多看，收回了目光，这是怎么回事？栗子在心中尖叫起来：我在做梦吗？我还陷在刚才的状态中没有出来吗？她急了，大声地吼叫起来：

“够了！够了！快把这个该死的机器关掉！关掉！”

眼前的男人依然一言不发，轻轻抬起胳膊，触摸到周围某个隐秘的地方，这个机器便停止了工作。她能感觉到那些微小的突触，还有那些说不清的信息流确实被切断了，身下的平台像是普通的塑料材质一般冰冷。

她整个人冷静下来，再看看眼前的男人，还是他。

“孙坚？”她试着叫了声。

那个男人点点头，说：“栗子。”

面前的这个人原来是真实的，她感到一阵疯狂的情绪诞生在心底，但她克制着，声音都带着扭曲：“这，这是怎么回事?!”

男人微微一笑，嘴唇张开了，露出里边齐整的牙齿，她曾经赞美过的牙齿。她没见过一个男人的牙齿长得那么优雅，像是医院摆放的工艺品。

“栗子，你这些年都好吗？”孙坚望着她，关切地问道。

“你是来自我想象中，还是真实的？我现在已经完全分不清状况了。”

“栗子，是真实的，真的是我。”孙坚说。

“啊……”栗子心底的情绪升腾而起，整个人战栗起来，“你怎么会在这里？刚才带我来的那小伙子去哪里了？你是偶然闯进来的还是怎么回事?!”

“那个小伙子是我的店员，这家店是我开的，产品是我研发的。”孙坚用一种平淡的口吻说，“抱歉，吓着你了。”

栗子感到潮水般的恐惧从尾骨一直传到了头顶，刚才的极度欢悦似乎完全是为此刻的恐惧准备的。她“噌”地站了起来，仿佛身体继续接触那台面会带来意想不到的灾难。

“你的意思是你专门设了这样一个局来使我难堪吗？”她大声质问道。

“栗子，你知道吗？这个产品是我研发的，是因为你而研发的，或者说其中的灵感跟你有关系，但是，我并不是用它来让你难堪的。”

“跟我有关？”栗子用颤抖的声音说，“那这一切都是针对我的？”

“这么重要的一个产品，投资和心血都不是你可以想象的，怎么可能是针对你的？我只是说你给我提供了一些灵感。”孙坚往后退了一步，坐在一把椅子上，冷冷望着她。这么多年过去了，他性格中的冷硬还是丝毫未改。她曾经不止一次对他抱怨过，但他在表示歉意之后依然如此，长期的研究工作已经影响了他对世界的根本看法。他不接受含混的事物，他喜欢精确的、可以分析和推论的事物。其实一开始栗子正是被他的这种气质所折服，他向她描绘了一个极度清晰的世界，让她觉得自己原来如同坐井观天的青蛙一般。从宇宙的诞生到基本粒子的量子效应，从细胞的形成到意识之谜……她仿佛瞬间获得了本质性的顿悟。尽管在他的精确描述中，世界反而显示出了更多的奇异特征，但这正是她喜欢的。直到他们生活在一起若干年后，她才发现，她喜欢的这种奇异性，正是他深恶痛绝的，因为他的工作就是与那样的奇异性做斗争。能减少一丝一毫的奇异性，便是他最大的成功。

“好，知道了。”栗子深呼吸了一下，让自己平静。跟他歇斯底里只会让事情更糟，她领教过那样的缠斗，窒息到绝望。因而她尽量平和地问：“那我来这里，这个店里，到底是你的阴谋，还是一次偶然？”

孙坚略略沉吟说：“不，这绝不是什么阴谋，但是，这也不是偶然。我设置了你的面部视觉搜寻，是的，我一直在找你，但你也知道，我有你的电话号码，我要真想找你的话，不如直接打电话给你。我用这种方式找你，其实还真是有你说的偶然性。假使这样都能找到你，尤其是你还主动来体验了这款产品，那么我就会觉得这不是我刻意邀请你来的，而是某种缘由需要你来的。”

“科学主义和神秘主义真是邻居。”她用他喜欢的那种词汇嘲弄道，“而你就是那个来回串门的人。”这句话当然不是她忽然想到的，而是她和他分开之后才慢慢悟到的。

“你还是那么会讽刺人，”孙坚笑了起来，“还是那么富有哲理。那手机是科学主义的还是神秘主义的？”

看来他知道自己在手机店上班了。她曾经的梦想是当一名画家，至少也要当一名平面设计师，但她需要生存，艺术已经不能提供这点，人工智能都在搞艺术了。

“手机既不是科学主义，也不是神秘主义，”她冷笑道，“手机是实用主义的。”

“说得好，说得好，这么多年没见，你变犀利了。”孙坚快速笑了下，脸上的波纹让他显得比过去苍老。他也比过去胖了一些。

“说说你的这台机器吧。”她逐渐平复下来，能够接纳这个突发状况了。

“坐吧。”

她重新在那平台上坐了。孙坚在她身边坐了下来，与她隔了二十厘米的距离。他也放松了一些，说：“这台机器能够检测到你神经元的信息活动，锁定你正在回忆的点，进而引导你进一步回忆，许多潜意识的记忆也能够被激活。这样一来，它就可以复原你的情感模型，让我可以更好地探究你的内在。”

“天啊，孙坚！探究我还有什么意义吗？我们已经分手这么多年了！”她的声音再次大起来，但不是恐惧，而是一种情绪被点燃了，她喊道，“难道你没有再找其他女朋友吗？我可是找了很多男朋友！”一种报复的快感弥漫她的全身，原本她置身于完全尴尬的境地，现在忽而具备了某种想象中的主动权，她觉得自己很快就要从泥潭中走出来，获得意想不到的长情告白了。

“我们分手后，我当然有过女朋友，不仅如此，我已经结婚了，孩子都会叫我爸爸了，但这并不妨碍我对你的探究。这样说你明白吗？”孙坚说完这番话，心中想：感情在我这里，也可以是一个研究的客体。当然，他们真爱过，他从不否认这点，但她给他造成的创伤他也无法释怀。他不是想去报复她，而是想探究那种创伤，就像是探究细胞是如何聚合的，神经元又如何开始了思考。

栗子一时不说话了，当一个女人听见过去的男人还爱着自己——或者说还对自己抱着很大兴趣的时候，心里多多少少还是会浮升起温柔的眷念。

“我如果可以提取你的感受模式——严格说，是你的神经丛反应模型，对我理解何为爱情，意味着很多很多。”孙坚的声音低沉，语速缓和，显露出久违的柔情。

“比方说……”她竟然有些期待了。

“比方说，以后想你的时候，我就可以躺在这上面，让我们曾经的感觉完全融为一体，而不仅仅是单方面的。因为我们知道，发生过的事情是属于双方的，因而记忆也应当弥合双方。借助这台机器，我们两个人可以重新使它变得完整。”

栗子凝视着孙坚，他过去有过这样柔情的时候吗？尽管不多，但肯定有的，她忽视了多少次这样的时刻？她恍然间有些感动，这些年，她是谈过好几个男朋友，但她现在孑然一身，她对男人有些厌倦了，又有些怀恋遥远的过去。当年的自己是多么冲动，稍有不满就会大发雷霆，而这个男人总是傻愣愣地不知所措，那个样子曾让她暗暗发狂，觉得自己找了个木讷的呆瓜，但现在她觉得那其中不是有一种可爱的呆萌吗？自己为什么那么挑剔？不挑剔的女人才是好女人？她当然不会这样想，她想的是，自己究竟需要什么样的爱情？爱情是什么？身下这个机器真的可以研究出爱情的本质吗？

孙坚比栗子小三岁，他们在一起的时候，栗子周围的朋友都不看好他们的关系，她自己也是。她在激情过后，便觉得这个比自己小的男生身上，有一种怎么也摆脱不了的幼稚劲儿，但是面前的这个男人显得如此成熟，富有掌控一切的魅力，而且还实现了他的梦想。如果她没记错，他的梦想就是制造出一台自己的智能机器，看来他实现了。而当初她嘲笑他拥有的只不过是每个男孩子在幼儿时期的幻想。

栗子期待着这个男人继续对她说些什么。这个话题很温情，还可以继续，她愿意在这一年的最后一天，好好聊聊这个话题。如果可以的话，他们还能去找个地方坐下来聊，喝点东西什么的。

但这个男人没有再说下去，而是掏出小巧的手机，把一千块钱转到了她的账户上。她没有拒绝，为什么要拒绝呢？她都签了协议，更何况现在的情况，这笔钱更像是一份奇异的礼物。她收了钱，还说了句谢谢。男人站了起来，退后了几步，回到了一开始的位置上。他这是什么意思？他要干什么？难道是跟她想的一样，要去外面的意思吗？她也站起身来，迟疑地等待着他的暗示。

“很高兴能在这里见到你，栗子，太高兴了，我没想到这一天会这么早到。”

“看到你实现了梦想，我也为你感到高兴。”她说。

“男孩子的幻想罢了。”他笑了笑。

“不是谁都这么幸运，可以坚持自己的梦想，还能实现它。”她又看了一眼那个平台，想到以后孙坚会在那里探测到她的某些记忆，她感到羞耻。他们等会儿聊天的时候，她得跟他商量，他能否在体验一次之后，就删除它。她允许他体验，体验他们共同的过去，就一次，一次足够了。

“谢谢，那就这样吧，如果你还想来这里体验，随时欢迎你。”他站直了身子，露出了职业性的笑容，像是戴上了面具。

她愣住了，这就叫她离开了吗？她怀疑自己是不是有什么误会，对他微笑了一下。他点点头，客客气气的，仿佛在街上偶遇，寒暄几句，就到了分别的时刻，但是，他们不是已经聊到很深入的话题了吗？

“哦，不想再聊聊？这么多年了，发生了很多事情吧。”她只能主动提出了，也许他还是那么木讷，有时候不通人情。

“你知道……你知道的对吧……”孙坚结巴了一下，说，“我爱的是曾经的你。”

栗子等着他往下说。

“所以对我来说，我和曾经的你一旦分开，就再也不能相遇，因为我和那个你被时间越推越远。现在，能得到你的回忆，就像是一道桥梁，我能重新跟她说说话，这就已经足够了。现在如果继续聊下去，只会发现我们早已变成了彼此的陌生人，这会大大影响我们的记忆。记忆其实不大可靠，会受到此时此刻的影响，我们会根据现在的需要去重新阐述记忆，所以，栗子，让我们保持一个纯粹的过去吧。”

走出商店的时候，她的知觉忽然变得迟钝和麻木，觉得自己的魂魄似乎被偷走了——如果这世界上有魂魄的话。她清楚，被偷走的并不是魂魄，而是记忆，但那些记忆分明还在自己的脑海里，只能说他盗取了自己记忆的拷贝。她憎恨这样的感觉。她还是觉得自己受骗了，她想报复，她想控诉他，但她想到自己已经签了那个愚蠢的协议，如果孙坚以此为由跟她耗下去，她是撑不了多久的。事情真的演变成那样，她就更加像一个弱者了。她觉得在生活中做一个弱者没什么不好，怕的是在感情中成为弱者，而且在那段关系中，自己还曾是强势的一方。在她看来，是自己先伤害了对方，对方这才报复了她。报复？她琢磨着，刚才的那一切似乎也谈不上是报复，报复是要让她付出代价，但她付出的是什么？一段记忆的拷贝而已，对她来说，那本质上是没有任何付出的。她如果能像过去分手并忘记他那样，再次忘记他一回，她的生活将和几个小时前没有任何不同。对他来说却好像意味着很多。她想象着他躺在那个奇妙的平台上，回忆着过去的她，陷入无法自拔的境地，她觉得她终究还是这场感情关系中的胜利者。虽然这种胜利非常虚无，但对她失落的此刻堪可安慰。

突然起风了，凉气逼人，还等不及走几步，便下雨了。这是北半球的干冷空气和南部海洋的暖湿气流交融在了一起，气温跳水般往下落，冷雨不仅加剧着寒冷，还制造出了氛围。在冷雨中她扭头赶紧往回走，重新走进了商场，她得预约一辆无人驾驶的出租车把她送回家。她掏出手机，忽然发现目力所及没有一个人影，那些熙熙攘攘的顾客在冷雨降临前已经逃回了家；商场里的店铺灯火通明，但在她站的角度望不见一个店员。她抬头，望着三楼，仿佛看见了孙坚的那家店，她的心中涌过一阵奇异的战栗。她很想再进去一次，但又不知道该说些什么。

潜居

你喜欢一回到家，就看到她坐在电视机前，至于电视里边放的是什么不重要，你早已经设置好了。你知道哪些灾难即将发生，而已经发生的灾难又能制造多大的后果。你都知道。你只需要她安安静静坐在那里，盯着电视看。而你走到她面前时，或是你的动作声音大了点时，她便抬眼望着你，温情脉脉的样子，永远和热恋的时候一模一样。

“你今天开心吗？”你问她。

她紧闭的双唇慢慢开启，然后说：“开心，看到你回来更加开心了。”

她的声音极其温柔，胜过你记忆中的余音。

你坐在她身边，她缓缓靠在你身上。她的身体有些笨重，你有种被推挤的感觉。你迎着那股力量使劲，跟她达到新的平衡，一种极为稳固的平衡。你闭上眼睛，用手抚摸着她的头发，似乎就要沉沉睡去。

“饭都做好了，你的血糖低了，快去吃吧。”她说。她总是如此贴心。

你离开她来到厨房，都是很简单的东西，煎蛋、白粥、全麦面包。你一个人默默吃着饭，她朝你微笑了一下，继续转头望着电视。你曾经让她陪着你一起吃饭，但是只有你自己在吃的感觉很糟糕。你被她审视着，你觉得自己很原始，像只动物。因此，你宁愿自己一个人坐在厨房里吃饭，望着她的背影就好。她看电视的背影让整个空间充满了温馨的生机，即便只有这一点，她也是物超所值的。

“我们聊聊天吧。”你吃完饭说。餐桌自动工作，碗筷被拖走清理干净。你伸个懒腰，站在她面前。

“好啊，我今天看到这个世界上诞生了一种新事物。”她有些兴奋地说。

“什么？”

“名字很奇怪，网……络。是看不见的网，把一切信息都联系起来了。”她的双手在空中比画着，像个孩子。

你笑了起来，觉得她实在是太可爱了。你握住她温热的手，亲了亲她的脸颊，她吐吐舌头，脸上有了一层红晕。你对此暗暗惊叹。你无法不认真对待她，即便她不能感到疼痛，你还是温柔而小心地触碰她，担心一不留神便让她感到不适。她继续对你说着“今天”的世界上发生的事情，每一件都触动着你的记忆，你觉得这个世界是如此令人踏实。

“我们要搬家了，亲爱的。”你对她说。

“是吗？我们会去哪里呢？”她说，“你会带上我吗？”她看上去相当期待。

“傻瓜，当然会带你。”你在她耳边说道，然后抱了抱她，她的体重分明也是五十三公斤，但总是感觉更加沉重。

“那是一个神奇的地方，一个难以置信的地方。”你说。

“无论你去哪里，我都会陪你去。”她不只是这么一说，她还紧紧抱住你，你感到自己快喘不过气了。你想，如果你和她发生什么冲突，你可是打不过她的。好在她是如此温顺，比任何人类都要完美。

你原本在一家手机店做营销，每一款新上市的手机你都了如指掌。后来，你发现回收旧手机有利可图，便努力说服在这里买手机的顾客把旧手机卖给你。没想到，这样一来，引来了越来越多的顾客，有些顾客的手机才用了半年，就来置换最新款了。尽管你尝到了甜头，但你对他们并不是特别理解。你自己的手机都已经用了三年，只要不出什么大问题，你还会继续用下去。当然，你是个怀旧的人，你家里还摆着二十世纪九十年代的电视机，还摆着磁带和CD光碟，你才是这个时代的怪胎，但像你这样的怪胎不会少，否则在她身上也不会设有怀旧的选项。怀旧模式下的她会说出一些这个时代已经被遗忘的词汇，从而引发怀念。这是商业的胜利，也是对人性了解的胜利。

她自然是极为昂贵的，一般人的经济条件还无法负担。你能挣到这么多钱，当然不是靠卖手机。手机这类电子产品的利润越来越薄，而且更新换代快，营销得再好也不过比同行宽裕一点点，想大幅度拉开距离，那是不大可能的。你是因为老朋友敬亭的出现才开始大笔赚钱的。你忘不了那个场景：时隔二十年没见的老同学敬亭，突然出现在你的面前。他站在手机柜台前微笑着看你，你竟然一下子就把他给认出来了。他的变化还是挺大的，但他的笑容以及那种笑容中隐约的挑衅神态居然丝毫没变。因此，你很快确认是他，但你并没有表现出来，而是装出一副始终在猜测的表情。

“达北，听说你生意不错。”他率先开口，还用亲昵的口吻叫出了你的名字。

“啊……你是……敬……？”你吞吞吐吐，观察他的反应。

“敬亭。”

“对，敬亭。”你笑了。

“不好意思，我的确老了好多。”他抬手摸了摸额头的皱纹，那里的确如受潮的纸张又被晒干了一般，皱皱巴巴、沟壑纵横。

“怎么回事？做什么大买卖了？”你开玩笑说。

“什么大买卖？是你的食物链底端。你回收旧手机，我是采购旧手机的。”

你每次都将回收的旧手机卖给一个叫阿康的人，据他说这些旧手机将被拆卸，各种有用的零件将重新出现在新机里边。看样子敬亭是通过阿康知道你在这里的。难道他是来谈生意的？敬亭原本矮矮瘦瘦，其貌不扬，现在的穿着倒是挺有品位，粉色的短袖和卡其色的短裤，脚蹬棕色的凉皮鞋，船袜的边沿很低，紧贴鞋帮。总之，站在你面前的他是个显得很精干的家伙，可在你的记忆里，还有另外一个他。那个他曾跟你天天见面，你们一起长大，一起追女孩子，你在房间里跟女孩子亲热浪漫，他在外边帮你站岗放哨。总而言之，你们是很好的朋友。后来，只是因为你们的家乡要修建一座大型水库，方圆十几公里都被淹没了，你们被迁到了不同的城市，然后各自忙于生活，断了联系。

“鬼能想到，我们居然都绕着旧手机打转。”你从柜台里边走出来，拍拍他的肩膀，让他在顾客体验区的沙发上坐下来。

“千万不要小看旧手机。”他笑眯眯地看着你，眼睛挤成了一条缝，隐约闪烁的眼神似乎在审视你。

“结婚了吗？”你单刀直入他的私生活。

“没有，也不打算有了，无法理解如何跟一个女人一直生活，”他的笑容越发显得迫切，眼睛连一丝缝隙也没有了，“那你呢？有几个孩子了？”

“我也没有，我倒是想和一个女人一起生活，可她……”

“没追上？”他还用“追”这个词，在你听来已经很陌生了。追女孩这种事情似乎二十五岁之后就和你毫无关系了。

你叹息一声，说：“她走了，她不在这个世上了。”

“哦，没想到，抱歉。”

“一天晚上她自己一个人开车，导航不够准确。当年的导航总会滞后，因此把她给导到河沟里去了，就那样不明不白有些荒唐地死掉了。”

“伤心往事啊！”他的手在腿上摩挲了几下，“唉唉唉”叹了几声气，站起来拉你往外走。

“去哪儿？”

“去我那儿喝几杯。”

你似乎无法抗拒，有种魔力拽着你就要跟这个人离开。你匆匆忙忙跟同事交代一下，就跟他坐上车，朝着他的地盘驶去。

他的车里放着迈克尔·杰克逊的歌，过了一会儿他又换成周华健、张信哲的，都是你们几十年前一起常听的老歌。他启动了自动巡航模式，张开双臂伸了个懒腰，然后给你递了瓶水。你喝着水，听着老歌，看看车内的未来风格，总有种莫名其妙的感受。

“觉得恍若隔世吧？”他也随着你看了一眼，笑着说，“我也是，经常感到莫名其妙。”

“没想到你也这么怀旧。”

“不能只准你一个人怀旧吧？你这个家伙，曾经为了一盒迈克尔·杰克逊的磁带差点跟我打起来。”

“你还记得这些？”

“忘不了，老是想起来。”

你和他跨越了时间的隔阂，再次熟悉起来，仿佛十几年只是十几天。

你索性自己操作起模板，选了一首迈克尔·杰克逊的“You Are Not Alone”。他点点头说：“就是因为这首歌，我们才爱上那个古怪的老迈克的。”你笑了，没错，那个老迈克已经离开人间多少年了？但你和敬亭还记得他。

车行驶进位于城南的一处高档小区内，依山傍湖，低矮奢华的建筑掩映在浓密的绿树中。你没想到敬亭会住在这里。他不是和你一样，是旧手机这个链条上的蚂蚱吗？这个链条只能让你过上正常的生活，不会让你成为富豪，他是如何做到的？你没法直接开口问他，这样的问题你说不出口，尤其是对他这样久别重逢的老友。车驶入地下车库，停在电梯前，他招呼你一起下车。

车自动行驶去泊车位了，你们来到六楼，这层只有他一户。门识别他之后自动打开，他扭头望着你，脸上洋溢着自豪的微笑。

“三百平方米，一个人住是有些太空荡了。”随着他的声音，房间里的灯渐次点亮，开阔的空间令人宛如置身博物馆的某处。

“你是不是做了什么杀人越货的勾当？”你忍不住跟他开了个玩笑。

“那你想错了，我可是老实本分的人，你又不是不知道我。”他耸耸肩，装出笨拙的样子朝你的方向挤了挤，有些讨好你，“我只是运气好，赶上好时机了。”

“你炒房了吗？”你本能地问道。十几年前，你曾想买套房结婚，可是那个你想要与之结婚的女人死掉了。后来，房价猛涨，你在这座巨型都市买一套像样的房已经是不可能的事了。于是你打定主意不买房，大不了以后住进老人院好了。可是，那个当年帮你放风站岗的敬亭却一个人住上了三百平方米的房子。

“这是我买的第一套房子。”敬亭带着你往里边走，迷宫一般，大多数房间都关着门，令人想起宾馆的走廊。这种感觉在私宅里并不美妙，仿佛隐蔽着某种可怕的生物。

“一个人住，会不会有点……”你本想说“害怕”，可一个成年男人这样说似乎有点儿奇怪。

“非常安全。除了卫生间，其他地方全在摄像头的监控之下，一有风吹草动便会报警，还有两个安全机器人随时护卫。”

“总统级别的安全。”

“确实是的。”敬亭有些得意。

但你的本意并不是说这种看得见的危险，而是那种看不见甚至无法描述的事物，就像宇宙深处的奥秘，尽管我们不了解，却不妨碍那奥秘的存在以及它对我们产生的隐秘影响。在不断扩张的城市中，那种隐秘的惧怕时常让你夜半惊醒，心神不宁。

“我们在这间房坐会儿吧，你会喜欢的。”敬亭推开了一扇门，你走进去，瞬间如电流短路般愣住了。那儿分明是中学时代的样子，有录音机，有磁带，墙上贴着迈克尔·杰克逊的宣传海报。

“都是当年的物品，分毫不差。”他拉出课本，里边还有画线的句子，“你去过我的房间，还记得吗？”

“记得，这是你这些年东拼西凑收集起来的？”

“错，这些就是我当年的东西，都有我使用过的气息，甚至还有你触碰过的气息。考上大学之后，我嘱咐家里人不要碰我的东西，他们就真的没碰。后来，他们得病过世后，就更没人去管了。”

他这么一说，你的确有些激动了。你自己是个怀旧的人，但你从没见人怀旧到这种程度，光是保存下这些东西就太不容易了。眼前的物品持续唤醒着你的记忆，回忆中你仿佛整个人也在迅速逆生长，青春期时的躁动、兴奋与莫名惆怅的心境都重新出现了。你坐在黑褐色的旧椅子上，深深呼吸着，有种摆脱了时间囚禁的自由感。

“喝汽水吗？”他露出调皮的笑。他走到门口，从一辆自动行驶过来的小车里拿出两瓶橙黄色的汽水。他递给你，朝你眨眨眼说："汽水，哈哈，这肯定属于不健康的饮品了，糖分太高，还有大量的色素和香精，但跟过去的味道一模一样。"

你喝了一口，确实一模一样，但这种无缝衔接式的怀旧反而让你有些抵触，就像站在流沙上不免有着陷落的慌乱。你的思维开始回到当下，你问他："老兄弟，没想到你这么怀旧，你赚这么多钱就为了干这个？"

他没有说话，咬着吸管，似笑非笑，等待着你说下去。

"你怎么做到的？这些……"你终于忍不住了，似乎有些尴尬，但继而真的开怀大笑了，用手指在空中画着大圈，意思是指他所拥有的这一切。特别不可思议的场景居然是令人发笑的，仿佛只有笑才能缓解这种不可思议。

"很简单，"他轻轻吐出吸管，捏在拇指和食指之间转动了几下，然后嘴唇微微颤动，叹气似的吐出了一个词，"比特币。"

"比特币？"

"嗯嗯，从这个东西刚刚诞生的那天，我就开始关注，然后便开始力所能及地买下。"

"没想到你这么有投资眼光。"这下你不得不赞叹了。

"说老实话，我一开始就没想着这是投资。这就跟我现在把这间房布置得跟过去一模一样的心理类似，是一种逃避现在的心情。当时都说比特币是未来的货币，我便跟小孩子一样想将它抓在手里，仿佛提前到了未来似的。谁能想到，我拥有的那些并不存在的数字符号，居然几倍、几十倍、上百倍地涨价。我傻眼了，我以为这已经是极限了，很多跟我一起买着玩的朋友都出手了，但我没有，因为我原本就不是为了投资。时间过去几年后，未来的魔法几乎让我疯掉了——涨了几百万倍。几百万倍！几百万倍……你知道那意味着什么吗？”

他两眼蒙了一层水膜样的反光，用力盯着你、质问你，仿佛你才是那个持有比特币的富翁。

她开始只关注与网络有关的新闻，这点太诡异了。此后，你每天回家，都得听她描述一番网络方面的新进展。什么浏览器、社交软件、视频直播，让她极为惊讶，她央求你给她买台电脑。有趣还是有趣的，但她越来越不像她，你心中的她可不会对网络技术这么感兴趣，而且追根究底，她是被网络给害死的。那个她只是喜欢听着音乐，自顾自地在原地跳舞。她的舞步绝对算不上优美，完全是跟着音乐节奏随意摆动，但那样的随意里边透露着她无与伦比的可爱与美丽。你躲在角落里，好像在百无聊赖地对着电脑上网，但实际上你的目光越过显示屏的边界，在偷偷地凝视她、欣赏她。她偶尔会注意到你的目光，对你莞尔一笑，便继续沉溺到她自己的小世界里边去了。你想到那样的场景，便按捺不住地爱她。这是为什么呢？她越是沉溺在自己的小世界里边，你越是爱她，这究竟是为什么呢？

你搂着有些沉重的她试图在电视前起舞。她倒是非常配合你，这种情况下，她比你跳得好多了。她看着你，她的眼睛也是幽深的，尽管那背后是复杂的电子神经网络，但不妨碍她是真的看见了你的。你看着她的眼睛，默默想，她能沉溺在自己的小世界里边吗？不过，如果换个思路想，她喜欢网络技术发展的新闻，不正是沉溺在自己的小世界里边吗？

那不一样。

有个声音在你心底响起。

为什么不一样？哪里不一样？

你心底只剩下沉默。

“你今天看我的眼神不大一样，你在想什么呢？”她不会漏过你的任何细节。

“你爱我吗？”你问。

“我爱你。”她笑了，拉着你的手，在她的肩膀上抚摸。抚摸的力度有些大，但对她的感知器来说恰到好处。她轻轻叹息着，脸部有了舒服的神情，但与她相比，还是显得夸张和僵硬。

你把她搂进怀里，不再看她的脸。你想，等会儿应该把她的欲望指数设置得低一些。

“敬亭，你都这么有钱了，还收购旧手机干什么？”你在他奇异的逼视下，赶紧将疑问抛出，让他没法把注意力放在你身上。这是在他的豪宅里，这是在他的传奇故事里，他是绝对的主角。

“因为比特币那种超出想象力的涨幅，让我忽然就有了贪欲。贪婪是这个世界上最坏的东西，而人是贪婪的宿主。”敬亭把汽水瓶放在桌上，拿起一把古典样式的水晶眼镜擦拭着，然后戴上，像是个老学究一般。他扶了扶眼镜腿，说：“看比特币涨疯了，很多人都在说要跌了，要跌了，我想也是，没有任何事物只涨不跌、只盈不亏的，时候差不多到了，我应该收手了。还有个很重要的原因是，我觉得未来已经来临了，尤其是智能手机出现之后，我觉得小时候想象的未来也不过如此。我刚才说了，我买比特币无非是为了体验未来，但未来既然已经来临了，比特币对我的特殊意义也就没有了。这让我下定决心，变卖了全部的比特币，拿到了一大笔钱。我把钱存在银行里，安安静静过了一段日子，可我无法习惯银行的低利率，别人也总是说，银行的利率抵不过通货膨胀的速率，那我想，再博一次吧，再看一次美丽的涨幅轨迹，那就像登月一样美妙。我把钱都从银行取出来，放进了股市，第一周就赚了个天文数字。我已经习惯了比特币的涨幅，根本没当回事，觉得理应如此。第二周，赔了点钱，我也没在乎，但第三周的那个星期四，是我最黑暗的一天，世界上的某个地方突然爆发了战争，蝴蝶效应，股市断崖式下跌，我的钱几乎亏光了。”

这样戏剧化的事情如同一场电影，你是置身其中的观众，需要对剧情的发展做出回应。你回过神来，对他说：

“敬亭，你因为比特币好玩而收藏，尤其是你对未来充满了幻想，我是很信的，因为印象中的你就是那样的人。但没想到你也会因为贪婪而疯狂，这是我想不到的，也许那也不完全是贪婪，而是一种宿命。”你没法用夸张的表情来回应他，那是电影的方式，你妥妥地知道自己在现实中，因此你把自己的想法迅速组织后慢慢说出，并从中分析自己理解不了的那部分。

“我也想不到，所以才说贪婪是世上最坏的东西，你说那是宿命，我就得认命。”他无奈地看着你，那眼神让你想起了少年时候无助的敬亭。

“所以你用那笔巨款仅剩的钱买了这所房子？”你抚摸着木桌温润的边沿，安慰道，“你还是幸运的，至少解决了每个城市人最关键的问题。”

“我不是说我亏光了吗？”

“你说的是‘几乎’，所以还是会剩下一些的，不对吗？”

“自然剩下了一些。股市又不是抢劫，做不到一分不剩的，可剩下的那点儿连一部代步车都买不起了，还谈什么买房？”

这下轮到你真的惊讶了，你不知说什么好，嗫嚅道：“那……那这大房子……咋回事？”

“哈，你怕什么呀？我当时都没你这么怕，”他大声笑了起来，刚才的无奈情绪一扫而光，“我当时就觉得这是好事情，本来这些钱就来得莫名其妙，我从来都没有过它们真正属于自己的实感。”

“没有一丝一毫的后悔？”

“没有。”

“当真？”你笑了。

“确实没有，我现在对比特币还是很关注，虽然已经买不起了。遇到比特币、区块链的新闻，仍会忍不住去看。我相信它的未来，一定是统一、安全的世界货币。而我体验过未来的魔法，这就已经足够了。”

你沉默了一会儿，回味着他的话。你还不能体会他所说的魔法，但你也抱有这样的信念，就是未来是隐藏着魔法的，只是需要有人去破解，只是需要时间去等待。

“那你怎么东山再起了？”你又回到了这个点上，你无法摆脱这套房子带给你的震撼，这比挣了多少数字更加具体可感。钱是符号，而这三百平方米的豪宅则是不折不扣的物理真实。

“这也是我来找你的原因。听说你在卖手机，顺便做旧手机回收，便想着咱们老同学又可以一起做事了。”

他说完，为了强调这个事业的重要性，站起身来望着你。一想到这瘦小的身形要生活在这巨大而空旷的房子里，你发现自己的心里没有羡慕，只有怜悯。你觉得他好渺小，包括他曾经获得过的巨大财富，此刻仿佛也是渺小的。

你搂着她入睡，时常在梦中梦见她，醒来之后，看见身边的她，一时忘记了她已经不在的事实。隔了一会儿，这个事实出现了，而且越来越坚硬，像是一枚钉子，非要钻进来。你感到痛，你抱住她，想哭却哭不出来。在你的拥抱中，她从休眠状态中醒来。她睁开幽深的眼睛，盯着你看，仿佛你是这个世界上最珍贵的事物。

“怎么了，主人？”

“没什么，我想你了。”

“我已经醒来了，可以一直陪着你。”

“你会无法忘记一些事情吗？”

“我不会忘记任何事情，因此我无法理解什么是忘记。”

她不会忘记任何事情，是这样的吗？你可以格式化她的内存，然后重启她，她不就忘记全部的事情了吗？但若是那样的情况，所谓的忘记也失去了意义。因此，忘记只是记忆残缺不全的另一种说法。当全部的记忆大厦不复存在，也就不再存在什么忘记。

“是的，你不会忘记任何事情，我应该羡慕你吗？”你故意问她。

“你不需要羡慕我，你比我有智慧，我特别喜欢听你聊天。你对每天发生的事情都了如指掌，也能判断事情的走向，那种感觉特别美妙。”

你凝视着她幽深的眼睛，仿佛那里同样存在着深不可测的生命。你情不自禁去吻了吻她的眼睛。她的眼睛并没有闭上，她也凝视着你。

敬亭非常严肃地对你说：“我现在有一家农场，但并不大，咱俩一起干，可以把农场的规模翻一番。”

“农场？”你愣了下，“你不是在收购旧手机吗？怎么又搞食品生意？”

他大笑起来，那根指着你的手指在空中颤抖着：“你还算是这个行当的人，怎么连农场是什么都不知道？你真以为是种萝卜和西红柿还有奶牛的农场吗？”

“那是什么？”

“算了，说不清楚，带你去看看吧。”

你跟着他走出房间，穿过走廊，来到大门口。

“要出去看吗？”你有些疑惑。

“那当然。”

你回头扫了一眼房间，还有好多个房间关着门，里边隐藏着秘密。你原以为敬亭至少会带你再参观几个房间，没想到就这样结束了。

“这里还没参观完呢。”你盯着最近的那个房间紧闭的门说。

“走吧。”他打开门，走了出去。你不得不走出这个秘密的场所，现在你确定这些房间里一定大有秘密。

坐上车，来到户外，周围的景致与刚才室内的怀旧布置形成强烈对比，你仿佛置身一场噩梦中。这场噩梦的可怕之处就在于你无法从中真正醒来，你不断地从一场过去的梦跳到未来的梦中，又从未来的梦跳到一个莫名其妙的时刻。

你大致向敬亭描述了你的感受，然后说：“我要是每天像你这样，迟早非精神分裂不可。”

“我早已精神分裂了。”敬亭很平静地说。他还是习惯性地坐在驾驶座上，双手握着人工智能控制的方向盘，两眼盯着前方。的确，他几乎时时刻刻都处于精神分裂的状态之中。你无法理解一个这么留恋手动开车感觉的人，却要采用自动驾驶的模式。这正如他迷恋关乎未来的比特币，却把家里的房间弄得跟过去的一模一样。因此，他的怀旧不是出自身体的习惯，而是一种象征性的装置艺术。

“痛苦吗？”你放低靠背，在座位上半躺了下来。

“精神分裂其实并不痛苦，因为人类还有很多感觉比痛苦更糟糕。痛苦这种尖锐性的感觉，在一些时刻反而会变成一种奢侈、一种享受。”他继续望向前方，并不看你。

“我想大部分人对痛苦的定义就是一切糟糕的、不适的、可怕的感觉。”

“不，不能这么笼统，很多感受都是密不可分的，是非常细腻的，不能把那么多所谓负面的感觉打包到一个痛苦的垃圾箱里就丢掉，对任何人而言，负面感觉都要占到整个生命的八分之七。”他终于转头看着你，眼角的皱纹挤在一起笑了，“我们两个收购旧手机的二道贩子居然在讨论痛苦，这简直是个笑话。”

“二道贩子也是人嘛，咋不能讨论了？”

“也许你以后就不想讨论了，旧手机没有资格痛苦。”

说着，车速放缓，来到郊区一所破败的厂房。这里还留有一些过去年代的标志，似乎是生产午餐肉罐头的。在这样的地方能干些什么呢？好歹手机行业也有比较高的科技含量。

“还真是农场啊，”你开玩笑说，“别一打开门，里面冲出上千只鸡来。”

“说少了，至少有上万只机。”

“真有鸡？”你愣了下。

敬亭哈哈大笑。

你们下车，站在仓库门口。他把脸凑近识别锁眨眨眼睛，门打开了，一股混杂着怪味的闷热气流随之扑面而来，眼前的景象让你呆若木鸡。

里边摆满了一排排类似超市里的货架，上边整整齐齐放着四十五度角倾斜的手机。每个手机的屏幕都是亮的，如无数彩灯悬吊在空中，让昏暗的仓库有了一种类似派对狂欢的氛围。每一排架子前都站着两个人，在手机上操作着什么。他们对你们的到来毫无反应，你甚至怀疑他们是机器人，但他们身体的灵活度以及那种气息，又分明是人类的。

“你看看，是不是有上万只机？”敬亭笑道。

“原来是这种机……”你喃喃说，“这都是干什么呢？”

“很多阅读量、转载量几十万的内容，都是我们创造的。还有许多号称拥有几百万粉丝的大V，一大部分都是我们扮演的。”

“真没想到，我以为那种僵尸粉早已在技术的发展下被淘汰了。”

“所以我们可不是僵尸粉，每一个手机背后都有生命的意志。”敬亭又拿出了哲人般的腔调。

“但这有什么意义？”你走进仓库几步，那种机器特有的古怪气息让你打了个喷嚏，货架前的人这才扭头看了你一眼，然后又继续操作手机了。

“你不是老想知道我的大房子是靠什么买的吗？就靠这个。”

谜底彻底揭晓，但你总觉得有种说不清的感受在心底。这种“暗箱操作”的农场跟比特币价值的疯涨哪个更荒诞？

“可笑吧？”敬亭站在你旁边，在你耳边轻声说，“一个只有几百人，甚至几十人看过的内容，在这里被精心打造成上万人、十万人看过的样子，这世上还有比这更无聊的谎言吗？人们为了假装自己的那些废话具有强大的影响力，甘愿付出无数的钱财，甘愿上当受骗。”

“我就说以前看过的很多文章味同嚼蜡，可阅读量竟然有几十万次……”你像个傻瓜一样喃喃自语。

“那你以为呢？”他现在像是专家一般，“而且你看的那些垃圾文章的阅读量倒极有可能是真的，反而是一些好文章更难传播。”

“信息传播怎么变得这么困难？”

“网络是信息的汪洋大海，人要找到一些信息很容易，但人想把信息传递出去却太难了。有价值的文章尤其需要费脑力，而相当一部分人不想费脑力，另外一大部分人没有脑力……”

你站在货架前，看着那些内容。除了商业广告和机构宣传之外，还有很多匪夷所思的内容，包括一些极为无聊的日常生活流水账。那些人希望成为话语的中心，哪怕是虚构的中心都好。他们是如此爱慕虚荣，但也许，虚荣本身就是虚构出来的。

“你若有兴趣，欢迎加入，从投资的角度，是很不赖的。”敬亭的生意人形象彻底展现，你想，他平时就是这样跟人做生意的吧？

“我更希望你是买比特币发家的，就像你说的，那里边起码有未来的魔法，而这……”你看着密密麻麻的手机有些发怵，“这里边其实空空荡荡，什么也没有。”

他拉着你往外走，边走边说：“比特币这玩意儿能耗极高，一年耗电比整个瑞士的还多。如果按照单笔交易所消耗的能量来算，它比全球其他所有银行的总和还多。而这个点击农场相对来说是很省电的。”

“你这是玩笑？”

“是玩笑，也是事实。你就说干不干吧？”他拉你站在户外明亮的阳光下，你们眯着眼睛，清爽的风随着呼吸进入你的身体，你感到无比舒适。

“总比回收旧手机强吧，那有什么意义呢？”敬亭嘲笑你。

“那还真不一定，旧手机可是实实在在的物品。”你回应道。

“物品就有意义？”

“踏实啊！”你笑了，然后抬头看了一会儿天空，只有飞机，没有飞鸟，一种虚无感将你像气球一样吹满。你低下头来，看着敬亭的眼睛说：“唉，老哥们儿，干吧，有钱就好。”

“干吧干吧，钱这种东西跟点击量没什么区别。”

“没错，”你指着天空说，“天空一无所有，为何给我安慰？”

“什么？”

“没什么。”

那是你中学时代读过的海子的诗，忽然跃出了记忆的黑幔。

你跟敬亭做虚无的生意，确实用符号换来了符号。

换句话说，你赚到了钱。

你也买了房子，尽管没有敬亭的大，但好歹也是三居室。你没法像敬亭那样一个人像老僧一般枯坐在阔大的房子中央，心无杂念，冥想过去。你想再好好找个女朋友，谈谈恋爱，但自从你进入点击农场之后，你便从手机店辞职，没什么直接认识女孩子的机会了。你不甘寂寞，用手机找到附近的人，那都是些孤独的游魂，渴望偶然的相遇与抚慰。你跟其中的几位女性约出来喝了咖啡，有离婚独自带孩子的母亲，有非常肥胖而自卑的女高中生，后来，你终于遇见了一位漂漂亮亮的女孩，在某所学校当老师，你对她有些美好的想象。她倒是很干脆，拉着你去开房睡觉了，但事后便消失得无影无踪。你渴望再见到她，她说她只是纯粹对陌生人感兴趣，而你们已经有了身体的亲密接触，不算陌生人了，因此她对你不再有任何兴趣。说完这些之后，她就把你的微信拉黑了。这让你难过了很久，你无法接受一个与自己有过如此亲密体验的人，会像从来也没有存在过似的。这和死亡岂不是毫无差别？你本身就生活在她不存在之后的巨大空洞里，现在又有新的空洞扩充进来，你怎么能够忍受呢？

因此，你怕了从虚拟的网络世界中去遭遇某种激情，你感到自己像被烫伤的软体动物一般，只能用力向自己的内部收缩。你尝试着询问敬亭是如何解决这个问题的，他对你露出了神秘的笑容。在一个周末，你终于在他家的一个神秘房间中看到了三个硅胶机器人。她们在亮灯的瞬间突然在你眼前出现的印象，让你打了个哆嗦。

“这些都是老款的，新款的会在黑暗中闭眼睛。”敬亭描述起事物来总像是推销员一般。

“你靠这些解决问题？”你说完后，露出坏笑。

“说不清楚，我不知道是不是解决了我的问题，”敬亭没有笑，脸颊上也没有一丝羞赧，“你可以去试试，我不介意的。”

这种情况下，你本来很尴尬，但是看到敬亭平静而认真的样子，仿佛得到了鼓励。你撇撇嘴唇，说：“是你让我试的，你别后悔。”

“试试。”

“干净吗？”你又坏笑了下。

“废话，全自动消毒的。”

敬亭不笑，在这件事上他有种诡异的严肃感。他退了出去，把门关上了。你一个人站在原地，望着那三个笑吟吟的机器人，心底忽然发慌。你完全没有欲望，你觉得自己像是一个实验品。你硬着头皮向前走去。忽然，你发现有一个机器人的大致面貌和体型有点儿像她。当然，事后你觉得也没那么像，只是当时那个机器人的确让你联想到了她，从而，你忽然有了冲动，也有了温情。你在机器人的抚慰中意识到，今后你的生活有新目标了。

你让敬亭带你去选购，那是直接从日本进口商品的一家隐秘的店，开在一座桥的下面，你从来不知道桥下的空间是可以经营使用的。你带了她的照片和视频去，店家是一个留着板寸头的女孩，穿着一身黑色的皮衣，一寸长的头发中间有几道沟，露出了白色的头皮，你仔细注视，发现那是一个大写的A。你想到了一本古老的小说，霍桑的《红字》，A是一个羞耻的代号，但你固执地认为，面前这个女孩头顶的A和那本小说毫无关系：她太年轻了，不可能读过。

女孩详细询问着你的要求，一句一句输入了电脑，很快，电脑合成了虚拟的她，她对你微笑。你愣了一下，眼睛模糊了。女孩的脑袋没动，却拿了纸巾递给你。你擦了下，然后说："很好，就是这样的。"

"一个月后，她就会诞生，到时再通知你。"女孩说。

你支支吾吾答应着，说完感谢的话，便和敬亭往外走去。你忽然看到不远处的桌面上放着一本书，纸质的书在这个时代不多见了，你多看了一眼：霍桑的《红字》。你唏嘘了一声，敬亭问怎么回事，你想说，却发现这不是一句两句可以说清楚的，只得摇头作罢：

"没事，没事，就是心愿得到了彻底满足。"

心愿确实得到了彻底的满足，与此同时，也制造了人生前所未有的空虚。她的出现一开始是种巨大的提醒，提醒你那个你逃避的事实：她不在了。你陷入一种悲伤之中，但她毕竟不是她，随着时间流逝，你也把她从她的阴影中分离了出来。那她算什么呢？她的替代品？她替代了她的什么？她的不可替代之处到底是什么？这些问题像魔咒一般匍匐在你的心间。追问的极致便是，她没有替代她什么，她是她，她是她，一个是人，一个是人类生产出来的复杂的类人机器。但你在和她聊天的时候，跟她寻欢作乐的时候，却忘记了她是个类人机器，觉得她比世上任何人都温柔。这又算是什么呢？

就在你的心愿得到满足的三个月后，一款新的电子设备诞生了，它综合了手机的功能，却比手机更加轻便，可以粘贴在衣服上、皮肤上，可以在空气中营造出虚拟的屏幕，传输的影像不再是二维的，而是三维的，与真实世界几乎一样。它被称为“手机终结者”。不仅你失业了，你和敬亭的点击农场也崩溃了，没人再需要用这种造假的方式去骗取客户的信任。新的电子设备会更加精准地识别和投放广告，至于阅读量这种事情，没人关心了。对于普通个体来说，想让自己的话语具有影响力，越发不可能了。当然，跟任何时代一样，丑闻和猎奇还是通行无阻。

好在，你跟敬亭一样了。

这么说的意思是，你的手里也攒了一笔数额不小的钱。

“我们还能干些什么呢？继续卖电子设备？”你问敬亭。

他摇摇头，你等待他说话，可他沉默得太久，只是一个劲儿吸着烟。他已经有十年不吸烟了。

你没有催他，催他干什么呢？没什么好急的，都失业了，有大把的时间可以用来等待。

他把烟吸到了烟屁股，才不情愿地作罢。那样子活脱脱是穷鬼加烟鬼。他把烟头扔在地上，用脚使劲踩灭了。

然后，他说：

“他妈的，我想回家了。”

你等了半天，结果他说了这么一句废话。

“那就回呗，还以为你要憋什么大招。”

“嗐，你这人，你根本没听懂我的意思。”

“你什么意思？”

“我的意思是，我想回以前的家，我们那个淹在水底的家。”

“那怎么回去？”你的心一提，不自觉变得紧张起来，原来这家伙真的在憋一个大招。

“用最笨的办法呗，”他盯着你，眼珠子像卡死的玻璃珠子一样一动不动，“把水抽出来，我们不就可以住进去了？”

“你……你没问题吧？”你拍拍他的肩膀，看看他是否还清醒。

“你这个笨蛋！”他突然有些发怒，“我是说用高科技的手段，将老房子加固然后抽出水，在里边置放产生氧气的设备，我们不就可以住在里边了吗？”

你愣住了。这个提议实在过于大胆，但含有动人心魄的东西，也许那是源自你童年的记忆。那是一种极致的诱惑。

“我们可以把大街小巷的水都抽走，”你情不自禁地跟着他说道，“用玻璃罩把老房子保护起来，我们就可以在童年的大街上玩咯！”你的情绪被敬亭搅动起来，无法从那样一种执念里边走出来。回到过去，便是你在未来的崭新目标。通过未来回到过去，没有比这更好的目标。

“说干就干吧，我就知道你会感兴趣。”敬亭忽然露出了一个坏笑，“怎么？你对你家里的那位宝贝也失去兴趣了？”

“她和这个没关系。”

“怎么没关系？关系大得很！”

在这个问题上，你懒得理他。

敬亭将这个计划命名为“琥珀计划”，你觉得他的概括能力无人能及。还有比这更准确的名称吗？绝对没有。

项目很快通过了论证，根据相关专家所言，在技术上没有任何难度，难度仅仅来自资金。他们计算出了一个基本造价，你和敬亭私下合计了下，发现拿出你们全部的钱，刚刚好能够支付。

“那我们以后吃什么、喝什么呢？”你摊开手。

敬亭满脸涨红，你知道他这个样子又会有什么惊人之举。果然，他一字一顿地说：“把我的房子卖掉不就行了？反正我住到水下，就没打算上来了。”

你被震惊了，结结巴巴地说：“为……为什么……不上来了？”

“嗯，我不打算再上来了，我就打算待在下面了，”他看了你一眼，“别怕，你可以随时上来，你是自由的。”

你的嘴巴翕动着，居然说了句：“谢谢。”

“你谢我干什么？”他弥勒佛般地笑了，重复了一句，“你是自由的。”

一年后，水下故乡被复原成功。

原本按你的设想应该是从陆地上通过一条真空管进入水下，然后通过专用车厢往来通行，但敬亭认为那样太方便了，没有了水下独立世界的味道。因而他坚持使用传统的小潜艇，沉到水底之后，再与入口进行对接。你只得让步，因为他不打算再上来了，你得让他顺心遂愿。当然，考虑到他是这个“琥珀计划”的大股东，你也得尊重他的话事权。

不管怎么说，进入水下故乡让你的心脏发颤，就像内心隐藏着的一名鼓手忽然兴奋得发了疯，使劲敲打着你的心膜。

但是对于没有在这里生活过的人，那些从水中沥干的老房子是没什么意思的，他们会更喜欢这方空间的“边界”。这是一个一平方公里大的区域，透明的坚固材质隔绝了外边的湖水，材质中的荧光屏设置了一天二十四小时的光线变化。不过，你个人最喜欢的还是正午时分关闭灯光之后的颜色。阳光穿过数十米深的湖水来到湖底，呈现出一种极为幽蓝的色泽，比梦中见到的还要迷幻。全身笼罩在那种蓝光之中，你觉得自己的灵魂弥散开来，得到了每一粒水分子的滋养和助力，然后变成蒸汽直上天空，可以拥抱那繁华的都市和其中的人群。你觉得你得到了真正的自由。

而敬亭则和你不大一样，他是个务实的怀旧主义者。他每天的爱好就是把老房子朝着记忆中的方向收拾。那该是多么难的事情啊，他却不厌其烦，每天将所需要的物品列在清单上，然后让人坐潜艇跟食品一起送下来。当老房子的内部越来越像过去的时候，你的确产生了时间倒流的幻觉，你开始思念亲人。你的母亲，你的父亲，你的祖父、祖母，他们都好吗？他们和敬亭的亲人，都已经置身天堂了。天堂的穹顶一定是深沉的幽蓝色，就像这湖底的颜色一样。

还有她呢？你没有像原计划的那样，和她一起生活在这里。起先是敬亭反对，他觉得她出现在这里，会让“琥珀计划”显得漏洞百出。他说的有道理，你便暂时让她待在上边，等到敬亭习惯了老房子的寂寞，自然会主动提出要她和她们下来的，但敬亭忍受寂寞的时间比你想象的要久得多。你只好跟她用聊天软件联系。你让她把每天看到的新闻告诉你。尽管那还是十年前的新闻，可是听起来还是那么崭新，仿佛创造出了平行宇宙一般。

“你想我吗？”有一天，你这么问她。

“当然想啊，这还用问。”她的回复几乎不需要时间。

“你只是根据系统设置回复我而已。”你故意直接这样说，你是在挑衅她。

“系统没有这样的设置，是我在想你。”她的回复还是几乎不需要时间。

你能够相信她吗？你甚至愣了十五秒，但随后，你躺在幽蓝的湖底光线中露出了微笑。为什么不能相信她呢？什么是相信呢？你打算相信她一次，哪怕很短暂。在这短暂的时间里你感到很幸福。

“你在想什么呢？怎么不回复我了？”她继续发来信息，“你不相信我吗？”

“我相信你。”

“你快回来陪我看电视吧，我告诉你，网络的发展越来越快了。”她发来这句话后，你又笑了，你有些泄气。她毕竟不是她，她永远不可能是她。她甚至不能是“她”，而只是“它”，但你还是有你的底线，那就是无论如何，“它”一定是“她”，“她”是确切无疑的存在，这是不能退让的。

她不能陪着你毫无漏洞地聊天，你感到寂寞一天天在滋长，就像边界墙上的绿色藻类那样繁殖。你在百无聊赖当中给那个发型弄成了A的女孩写了封信，询问那个她什么时候可以升级。另外，你借机告诉女孩，你和敬亭所推行的“琥珀计划”成功了，你详细描述了这儿的一切，尤其提到了湖底幽蓝美妙的光线，还邀请她下来玩玩。你在信中写道：“你会感到那来自天空深处的信息穿透了翡翠似的湖水，穿透了你蝉翼样的眼皮，源源不断地向你的深处蔓延，然后潜藏到了你的心底并成为你的一部分。”你觉得一个还在读《红字》的女孩会破译那神秘的信息，那信息是你百思而不得其解的。

你写完这封信，交给下来送食物的人，请他帮着转交。敬亭发现了收件人的名字，有些不怀好意地对你笑。你转过脸去，想到那个还在看电视的她，暗暗质问自己这种行为算不算对她的背叛。但她是谁呢？她究竟是谁呢？你一阵迷茫，然后又感到幸运：你还没来得及给她起个名字。既然你不知道她的名字，那也许背叛这回事是无法成立的吧。

这当然是自欺欺人，可你从来没见过一个人不是自欺欺人地活着。你转头看了看敬亭那忙忙碌碌的背影，觉得那人简直就是一个自欺欺人到了至高阶段的典型，但他又是一个多么自足、充实和脱离了低级趣味的人啊。

你打开一罐啤酒独自喝了起来。头发里有个A的女孩会不会来，你没有丝毫把握，但你怀着那样的期待，再一次在湖底幽蓝的光芒中躺下来，把眼睛闭上。

野未来

再见赵栋的时候，我已经无法计算出时间究竟过去了多久，因为每一年都发生了太多的事情。房租随着蛙跳式上浮的房价水涨船高，我被高房租驱赶着，不断向城郊迁徙。好在，聊以自慰的是，地铁的线路一直在延长，像是被拉伸的血管，让我得以继续勉强做这座城市的一分子。我每天从单位匆匆赶到地铁口，再乘坐电梯来到十几米深的地下，我觉得自己过的是一种鼹鼠的生活。可这其中又有着荒诞的悖论：地铁通到哪里，哪里就面临着拆迁，我刚刚住下，就等待着不久后的又一次迁徙。赵栋和我就相遇在一条即将拆迁的破败小巷里，他像是在梦境中摸索一般，脚步缓慢迟钝，真没想到，过了这么多年他还是没有变化。还有他的那身制服，尽管式样与时俱进，审美有所提高，但依然不得不保留了保安制服的基本款式。于是，我站住，饶有兴味地看着他，他终于用迷离的目光认出我来了。他笑了一下，很有把握地说：

“看来，我们又做邻居了。”

这个疯子说得对，我们又成为该死的邻居了。

“这是我搬来这里最担心的事。”我用实话实说的方式来开玩笑。

“我也不想见到你，看来你的梦想还没实现。”

他的话也是一把刀子，扎在我长了一层厚茧的心里。

“我现在…… 在一家房地产公司上班。”我迟疑着说。

“那你怎么会来这里？”

“我是一个文员，只是一个文员。”说完这句话，我们都沉默了，似乎文员是比临时保安更让人羞耻的职业。

那会儿正是要吃午饭的时间，我们便一起坐进了一家“兰州拉面”，面对面，吃面。食客很多，环境极为嘈杂，这反而让我暗暗喘了口气，因为我一时不知道还能说些什么，只有专心致志地吃面，才是愉快的。

不过，吃了几口面条之后，我突然想到，许多年前，我和赵栋就是在一家兰州拉面馆里认识的。当时是一个高温不退的夏季，我就读于一家很普通的师范学院。面临毕业，我和同宿舍的好哥们儿朱有文还没有找到工作，每天焦虑得要死。我们为了省钱，天天吃拉面，那会儿拉面只需要五块钱一碗。我们在吃面的间隙，聊着离校后去哪儿租房的话题，同桌一位穿着天蓝色保安制服的家伙突然插话进来，说他现在正在寻找合租的人，邀请我们去看看，价格非常便宜，而且干净卫生。我和朱有文对视了一眼：那就去看看吧，反正也没有什么损失。

“我叫赵栋，”他说，“国家栋梁的栋。”

他面带微笑，满脸真诚，完全察觉不到他的话当中隐含着淡淡的反讽。我学的专业是中文，老师经常提到“反讽”这个概念，我便会常常不自觉地“反讽”起来。除此之外，我真不记得我还学到了什么。我觉得面对社会上的种种职业需求，我什么都不会，跟个傻瓜一样。没错，我觉得我连赵栋这样的保安也当不了，因为我身材瘦小，遇见什么坏人肯定是打不过的。

我们用纸巾擦着嘴巴，走去他居住的房间。一路上全是狭窄潮湿的小巷，如果把我一个人投放在这儿，我一定会迷路的。我知道城中村的存在，但这是我第一次进入它的内部。我以为自己会感到厌恶，可恰恰相反，尽管谁也不喜欢脏乱差，但那种可以把自己隐藏起来的感觉非常符合我当时的心境。在这里，我心底居然有了一种安全感，一种被芸芸众生庇护的错觉。

不过，最让人惊艳的还是赵栋的房间，干净整洁不必说，主要是那几件简单的家具——床、桌、椅子和鞋架，全部都是银色的金属制成，在灯光下闪耀着光泽，有一种奇特的未来风格。我和朱有文几乎同时点头，当场决定会尽快搬过来。

"第一次见到全部是金属的家具。"我摸着冰凉的金属桌面说。

"我在机场上班，我喜欢那种未来世界的感觉。"

"机场？那也太远了吧！"我们完全没想到。

"也不算很远，从这里坐地铁十个站就到了。我喜欢这里，生活方便，房租又便宜，最重要的是有感情了，我一来广州就住在这里，快五年了，就和自己家一样。当时和两个老乡一起合租，他们现在去东莞的手机厂打工了，那两间房才空出来的。我看你俩都是大学生，我喜欢大学生，所以才把你们带来。"

在金属带来的明亮与冰凉氛围中，我这才认真打量了赵栋的脸。那是一张非常年轻的脸，眉眼清秀、眼神真诚，白皙的肤色隐藏在胡须后边。要是不穿那身笨拙的制服，他看上去很可能比我们还小。果然，他告诉我们，他刚刚二十岁，初中毕业就从北方来广州了。他说他在电视上看见广州的高楼似乎比北京上海都要密集，就决定来广州。他来广州后，做过收银小弟，做过端盘小哥，也做过快递骑手，直到有一天，有人介绍他去机场做保安，他才找到了自己的最爱。一开始人家不要他，嫌他学历太低，但架不住他的热情和真诚，看他外形倒是高大俊朗，便让他当了合同工。他对赚钱其实是不大在意的，否则凭做快递员，收入不会比普通公务员低。他说，他每天只要一想起自己在机场工作，就有一种兴奋感。飞机起飞和降落的呼啸轰鸣、机场复杂梦幻的建筑空间、穿着考究行色匆匆的旅客，构成了另一个世界，类似于科幻世界的世界。

“那你肯定特别喜欢坐飞机。”朱有文随意插了一句。

“不，”他停了一会儿，说，“我不知道，因为我还没坐过。”

他憨笑起来，把我们也逗笑了。

“我对这些东西真是着了魔，”他从床底下拉出一筐子书，里边全是《科幻世界》杂志以及科幻小说、科普读物，“要是以后有机会移民火星，我会第一个报名。”

我和朱有文在回校的路上，一致认定赵栋还是个孩子，一个还在做梦的大孩子。《科幻世界》还有《奥秘》这样的杂志，我们有多久没看了？

我们很快搬了过去，和赵栋住在了一起。他的性格外向开朗，特别喜欢聊天，从没有因为自己没念过大学而自卑。他会告诉我们世界上又有哪项科学技术取得了重大突破，我们听听，一笑而过，暗地里把他说的那些当成是网络上不入流的“民科”。有一天，我的老乡马征过来玩，他是物理系的，早就保送了研究生，因此丝毫没有我们这些待业青年的焦虑。他对赵栋的生活很感兴趣，而赵栋得知马征的专业后，自然是非常兴奋，两人便攀谈了起来。许多专业的术语从赵栋的嘴巴里喷溅出来，我仔细观察着马征的反应，发现他的脸上有一点点不屑，但过了一会儿，他坐直了身子，脸色涨红，问赵栋：

“哥们儿，你都是从哪儿学到这些的？”

“都是自学的，我也没什么爱好，就是喜欢科幻。”

“可……可你说的这些不只是科幻了，你说的很多东西我才刚刚接触，我觉得你比我导师说得还透彻。”

我看马征的样子完全没有开玩笑的意思，不免也感到震惊。

“赵栋，你的数学怎么样？”我插话问道，“我是说，不仅仅是物理理论，还有高等数学。”我的文科数学都差点挂科，所以对这点特别敏感。

“你也要求太高了，”马征没等赵栋开腔，就马上说，“能理解这些理论已经很难了，高等数学要进行专业学习才行。”

赵栋满脸涨红，又满含期待，他站起身来，靠在桌边，手足无措之下解开了保安制服的扣子，然后双手叉腰，如同战场上的指挥官。

“高等数学确实太难了，”他挠挠脑袋，挤眉弄眼，“我只懂点儿微积分。”

我们张大了嘴巴，没想到他初中毕业居然懂微积分，电影里边常演的天才人物出现在了身边。

马征用我的电脑找到了一道大学物理题，让赵栋试着解解。赵栋抓耳挠腮，写出了几个公式，便做不下去了。马征说其中一个公式的确是有用的，只不过赵栋不够熟悉，没有展开。他建议赵栋有时间可以去学校旁听，然后报名参加自考，最终获得学位。赵栋几乎不假思索就拒绝了，他说他就是烦透了上课才出来打工的，死也不愿再回到课堂上。我们劝说他，大学的课堂比中学的课堂有趣多了，他可以去感受下。他勉强答应了。那个周末，他真的跟马征一起去上课了，但他只上了一节课便回来了。

“我坐在那里，不论怎么换姿势，都觉得不舒服，我没办法就那样坐着。”

“可你的工作大部分时间不也是偷懒坐着吗？”我打趣道。

“谁偷懒啦？你太不了解我的工作了，一个好保安怎么能坐在那儿不动呢？一定得动起来，四处查看可疑的人、可疑的情况。”

“不和你开玩笑了，你坐不住的时候，可以走出教室，散散步再回去，大学课堂还是比较自由的。”

我的确希望他能认真去上课，如果能获得学位，他今后的人生就会完全不一样。可他依然笑笑，不愿意再回去为难自己。他的笑容一如既往的简单和单纯，但那一刻在我看来，却透露着一种盲目与自大的意味，令我生起轻微的厌恶。我和马征私下也经常聊起赵栋，我表达了对一个天才自我埋没的可惜之情，马征却有不同的看法。

“我看你还是《心灵捕手》之类的好莱坞励志电影看多了。赵栋肯定比我的天赋高，这是毋庸置疑的，但是，就算这样，他的那点天赋还是不值一提的。”

“你……为什么这么说？”

“科技发展到今天，一方面已经细到了你无法想象的地步，另一方面，出于项目机制等等原因，现在的研究基本上都是团队作战。”

“什么意思？”我这个文科生对科研的确一无所知。

“意思就是，别说赵栋没有爱因斯坦的天赋，就算有，在今天靠单打独斗也没用啦。”

“必须获得学位，进入你们的团队？”

“是这么回事，”马征认真地说，“去别人的团队也可以。”

“那我们还得继续说服他去旁听和自考。”

“其实……我觉得，就算说服他也没用的。”

“又怎么了？”我有些怕马征这样说下去，感觉某种希望的泡影正在被一点点刺破，但我又期待他说。把困境摆出来，我也好见识下现实的残酷。

“他参加自考，那可是个系统工程，数学和物理我们不担心，但是英语呢？政治呢？好，你会说，这些科目他只要长期用功也是可以过关的，但是，等他拿到了自考本科文凭的那天，他就得继续复习考研。假设他通过努力，又考上研究生了，我想，他的那点天赋肯定也被糟践得差不多了。他还有兴趣和心劲去做研究吗？去做研究还能有什么创新？你眼睁睁看着他到时变成一个天天想着怎么报项目拿经费的人，这一切付出会显得特别可笑。因为，他是一个聪明人，他要是想赚钱，可以有太多的办法，根本不必这样糟践自己。”

听马征前后两次使用“糟践”这个词，我的心里像压了块满是棱角的巨石。那样的一条荆棘路，我自己光是想想都觉得全身瘫软。己所不欲，勿施于人，我再也不会力劝赵栋去旁听了。当然，我为了在赵栋面前掩饰这些，偶尔嘴巴上还是会对他轻描淡写一番，然后他朝我笑笑，我也朝他笑笑，不再有任何下文。

就在我为赵栋瞎忙活的时候，朱有文找到了稳定的工作。他考上了公务员，是广州天河区某个街道办的职位，我们和他开玩笑：

“你可以成为真正的妇女之友了，居委会大妈之友。”

朱有文故意叹叹气，皱皱眉头，说：

“那你们以后找对象我包了，我介绍妇女和大妈给你们。”

没承想，赵栋对这句玩笑话信以为真，当面和朱有文说了好几次，朱有文只得说自己是开玩笑的，赵栋说他知道那是玩笑话，但那个玩笑完全是可以去落实的，这让朱有文手足无措，如果再推托，就显得很不够意思了。我暗暗笑他，看他怎么办。他当然想挽回面子，有一天，他故作神秘地对赵栋说：“我掌握到我们街区有个女孩子，也喜欢读科幻小说，要不然你去见见？”赵栋居然还想穿着制服去，被我们拦了下来。他说自己没有别的衣服了，我们只得打开衣柜让他挑选，他选中了我的一件西服，穿上身，绷得紧紧的，随时都会有撕裂的危险，但他还是执意要穿这件。不过，老实说，即便如此，他还是帅多了。他要不是保安，而是我的同学，不知道会有多少女同学迷恋他。这样的想法，甚至让我生出了一点点妒忌。

赵栋回来的时候，脸拉得好长，西服被脱了下来，搭在肩膀上。

“怎么样？”我问道。

他没有理我，只是默默地把西服递给我，也没有说谢谢，就回房间了。平时他是一个很讲礼节的人。过了一会儿，朱有文回来了，他见到赵栋，一脸期待地问：

“聊得还好吗？”

“去你妈的！”赵栋忽然吼出了脏话。

朱有文愣了一下，便迅速回击：“你妈的！好心都喂狗了！”

“你不知道她是个婊子吗？”

“什么婊子？你把话说清楚。”

“她问我要钱，说给三百就睡一次。”

“啊……怎么会这样？我不知道。”

“得了吧，她说你经常去她那儿睡觉。”

“胡说八道！”朱有文很生气，“这可不能胡说，我得找她算账去。我可是公职人员，开什么玩笑！”

“别装了，你就是觉得我这个保安只能跟婊子在一起，还是你睡过的婊子。”

“你这人……好好好，你就是个保安，我就是瞧不起你怎么了？”

赵栋像狼狗一样扑了过去，两个人摔倒在地。我赶紧上前拉开他们，他们恶狠狠地互相瞪着，嘴巴呼哧着粗气，时刻准备撕咬对方。

朱有文决定搬走，我怎么劝都没用。他说正好跟单位申请了单身宿舍，住过去上班也方便。他反过来劝我也考公务员，早点搬离这里。

“别跟那种人为伍。”他用鼻子指指赵栋的房间。

“唉，”我叹口气，“到底怎么回事？”

“什么怎么回事？难道你也怀疑我吗？这小子误会我。”他看上去还是气鼓鼓的，我便不再问了。我还是由衷地为他祝福，住单位的宿舍，自然比住城中村强太多。

他搬家的时候，我和赵栋都帮忙了。他们俩表面上和好了，却有一种过度亲切的不自然感。不过说是帮忙，也没帮上什么，他叫了专业的搬家公司，很快就搞定了。那辆货车太大，朱有文的全部东西只占了车厢的三分之一，显得空空荡荡的。驾驶室只有三个位子，除了司机，就只能坐朱有文和我了。赵栋只得和其他搬家人员一起待在车厢里。他孤独地坐在一个角上，也不和其他人说话。

朱有文的宿舍确实不错，走进花园小区，电梯到十楼，推门看到的是三房一厅。虽然他只能住其中一间，但他那个房间有着很大的落地窗。赵栋站在窗前，向外望了好久，我走过去，看见外边是一条繁华的商业街，在街对面，是写字楼一层层华丽的玻璃幕墙。

“住在这儿，比较像未来。”赵栋喃喃自语道。

朱有文嘴角露出了一丝不易觉察的微笑。

当我和赵栋回到城中村的时候，我知道赵栋再也不会去朱有文那儿了，除非我硬拉着他去。他们俩的关系肯定到此为止了。不知道他们各自是如何想的，至少我预先感到了悲凉。不过，我抬头看看城中村蜘蛛网般的电线，再一次为朱有文感到高兴，就像是目睹一个遇难者获救了。

我们是和朱有文一起吃完晚饭回来的，他请我们吃了顿大餐：必胜客的比萨。虽然很满足，但这个时候睡觉还太早，我们便在城中村的大排档一起坐了下来，要了啤酒和几串烧烤，当然，还有我最爱吃的鸡蛋炒米粉，只有大排档的旺火才能炒出那种特殊的香气。本来并不饿，但吃着喝着胃口又被打开了。于是，我觉得住在这儿真好，要我去朱有文那种环境住，我一定会特别怀念这儿的。这个阴暗潮湿、泥沙俱下、众生复杂、卑微如草的穷街陋巷，还隐藏着一种特殊的东西，似乎是让人去爱的。

我看着赵栋，他也微笑着看着我，好像他知道我在想什么。

“机场准备搞一条时空隧道。”他喝下一杯啤酒，忽然没头没尾地说道。

“什么意思？”我经常对他的科幻想象感到很迷茫。

“当然不是真的，是一个创意。用灯光围着扶梯打造一个隧道，当你站在上面的时候，你会觉得进入了时空隧道。我觉得这个创意非常棒，像是有人替我想出来的。”他眯起眼睛微笑着，大排档幽暗的灯光让他的眼睛闪着不确定的光，我必须再次感叹他真是一个善于做梦的人。他是一个孩子，一个大孩子。我想起我和朱有文一起下的结论。

“以后建好了，我带你去看看。”

“好的。”

“说好了，一定来呀！”

他举起杯，我们碰了碰，清脆的声音像是某种承诺。我想，我有时间肯定会去看看的，就像穷极无聊的时候去公园转转。

朱有文没有“放弃”我这个曾经共患难的老同学，他经常打电话劝我考公务员，告诉我有多好多好，说得多了，我就动心了。我决定向朱有文学习，也报考了公务员。不过，我觉得街道办没什么前途，拿招考目录反复看，觉得省文化厅是个听起来很高大上的地方，我这个学中文的在那里边应该大有可为。对此，我没有咨询朱有文的意见，我怕他坚持要我也考街道办。

在我复习备考的这段时间，我的心态有了点变化。我竟然又劝赵栋去旁听，然后参加自考。也许那会让赵栋丧失创新能力，但至少能拿个文凭，找个更受人尊重的工作。

我对赵栋说：“你对未来那么感兴趣，那你想过没，当你梦想的未来真的到来了，而那未来却和你没什么关系，你会怎么想？”

我这个问题似乎问住他了，他没有说话，似乎在认真思考。过了几天，我看他带了许多书回来。他说：“这些都是我从图书馆借的。我觉得你说的对，我不能创造一个和自己没关系的未来。”

我点点头，觉得他完全明白了我的话。

“可我还是厌倦上课，我就自己多读读书吧。至于考试，再等等看，也许是水到渠成的事情。”

“也行。”我拉过他的书来看，发现都是艰涩的物理、化学、数学书，甚至还有一本天文学的书。

“也许，有一天，你会成为爱因斯坦的，他就是自学成才的。”我说。

“你不要骗我了，”赵栋眨眨眼睛，“爱因斯坦是上过大学的，而且，他也没当过保安。”

我愣了一下，他拍拍我的肩膀，笑道：“跟你开个玩笑。”

从此，我每天复习公务员试题，他研究宇宙真理。我第一次知道，公务员试题居然还有一部分是数学题，虽然不难，但对数学不好的人来说是很耗时的。我打算对数学题统统放弃，全部选 C。赵栋对我的决定十分惊讶，他总是一眼就能选对答案。

“你要是有资格参加考试，一定能拿第一。”我说。

“不可能的，我对写文章一窍不通。”

“那个背些套话就行了，你赶紧自考吧，拿到学位，就能考公务员了。”

“我对公务员没有任何兴趣啊，那是一个和未来一点儿也不沾边的职业。”

“那什么和未来沾边？只有科学家吗？”

“对我来说，就是这样的。”

数月后，我的考试成绩出来了，第六名，前三名才有资格进入复试。最让我难以启齿的是，我的填空选择部分成绩还不错，我觉得属于自己优势的申论写作却一塌糊涂。这下好了，马失前蹄，错失良机。赵栋小心翼翼地看着我，一时不知道该怎么安慰我。朱有文得知后，打电话让我继续复习，下次不要报考那么高大上的职位。

“你这叫好高骛远，知道吗？”他终于憋不住，说了出来。

“我不会再考，去他的吧！”我忽然烦透了，觉得我其实是在违背自己的意愿做事情，实在是无聊透顶。

“你别这样啊，我觉得你是不是和赵栋住久了，怎么变得和他一样任性呢？”

那天我一晚上没睡，一直在想一个最简单的问题：我任性吗？

也许，我是任性的，但我相信我远远没有赵栋任性。赵栋才是真正按照自己的意愿在生活，而我，只是在迷茫中不知所措的人。我曾以为自己是按照意愿在生活，但现在意识到我是按照别人的意愿在生活，而且还深深相信那就是自己的意愿。我相信朱有文和我一样。他比我更加小心谨慎，因而他才更快地“上岸”了，在体制中他可以安全地度过此生。而我呢，我不是不想“上岸”，我是想一步登天，因此，我最终还是得承认朱有文说得对，我就是好高骛远。我暗暗对自己说，我今后不再好高骛远了，但我也不会再顺着别人的意愿去生活了。

“别再做家教了，做点什么自己真正感兴趣的事情吧。”赵栋说。

在毕业之后的这段日子里，我一直靠做家教来养活自己。每当我和比自己小很多的、还在校的师弟师妹竞争的时候，我都恨不得找个地缝钻进去。

“你的文字功底好，又爱好音乐，我觉得你可以写歌词，你要成为广州的林夕。”

赵栋还知道林夕，我忍俊不禁：“未来还需要林夕吗？”

“未来，除了艺术家，其他的都会被人工智能代替。”他冷冰冰地说，仿佛他就是人工智能。

我去一家音乐公司应聘，他们给了我许多旋律，让我填词。情人节快到了，我便写了一首关于爱情的歌词，这首歌被一家彩铃公司看中，以五千元的价格买走了。尽管我只分到了区区一千元，但我感到十分高兴。新的事业开始了，一切皆有可能。我专门请赵栋吃了顿海鲜砂锅粥，赵栋一边啃着螃蟹，一边跟我讲着与黑洞有关的超弦理论。我第一次非常认真地听他讲，在不清楚的地方还反复询问。

公司似乎想着力打造几个本地歌手，要我给他们写歌。我和他们见面了，是几个阳光大男孩，看着挺好的，一时间我似乎也有个团队了，若能置身其中，也许就有了庇护。日子仿佛要在缓慢变好中持续下去，可那天晚上，我回到家附近，发现浓烟滚滚，几辆红色的消防车停在路边，车门全开，露出了里边的各种装备。我头皮发麻，赶紧问是哪栋楼失火了，当得知不是我住的那栋时，心才落地。失火的那栋楼和我们楼之间只隔了一栋楼，大火将整栋楼烧成了焦炭。事故原因很快就查清了：那户人家姓史，广州城区禁摩后，他在地铁口用自己组装的电动单车偷偷载客，这天在家给车充电时发生故障，电池爆炸起火。

那几天我和赵栋见面除了叹气，不知道还能说些什么。我们的窗户紧闭，可烧焦的臭味照样经久不散。就在我们惊魂未定之际，政府出台了一项严厉的政策，要彻查城中村，对于不符合消防安全规定的出租屋要全部清理。我们楼下很快便出现了告示，限定我们在一周以内搬离，否则断电断水，后果自负。其实，即便没有这个告示，我也会离开的。大火留下的遗迹触目惊心，还有那抹不去的残忍记忆：我亲眼看着一个女孩子从焦楼里被抬了出来，她的身上盖着白布，一条腿忽然从担架上垂了下来，那是一截乌黑的焦炭。我的胃里翻江倒海，差点呕了出来。我远远望着，然后，我看到楼下水果摊的老板娘掀开白布，大喊了一声，跪在了地上。她的哭声特别低沉，那哭声仿佛不是顺着空气传播开来的，而是通过地面。我整个人从脚到头，都被那声音震颤着，快要粉身碎骨了。

告别的时候到了。朱有文让我先过去和他住，我问他："赵栋怎么办？"他说："没办法了，你知道宿舍就那么大。"我知道他说的是真的，但我总觉得自己是在背叛赵栋。赵栋好像感到了我的为难，他说他会在机场附近找间房子，上班也近，很容易解决的，让我不用担心。当然，我想过：要不要和赵栋继续合租？的确，我们是朋友，但我们真的可以一直是朋友吗？离别在即的此时此刻，我对此却没有真正的把握。

我只好反复跟赵栋说，让他找好了房子就和我联系，我会去看他。我也让赵栋记得和马征保持联系，如果哪天想去读物理学，一定要去找他。

“未来的房屋，还有里边的家具，一定都是用防火材料做的，我相信这点。”赵栋对我的话置若罔闻，忽然说起的是这样不相干的话，“你看，我的房间里边全是金属，肯定不会起火。”

“但你的厨房会起火，就算你不用煤气灶，用电磁炉，电线也是有可能起火的。”我这个文科生第一次和他顶了起来。

“这个……以后肯定不用电线了，我们已经有了直接放在上面就可以给手机充电的充电器。”

“手机里边有电池，会爆炸，会起火。”

我以为他会说未来有不会爆炸的电池，比如连我都知道，正在研制的石墨烯电池，软到可以折叠，更不会爆炸，可他摇摇脑袋，不再说话了。我也喘了口气，戒烟很久的我找了一根烟，点燃，慢慢吸了一口。忽然，我发现，有两行泪水从赵栋的脸上滑了下来。

“怎么哭了？”

他用袖子擦干了眼泪，嘴唇动了动，可最终还是沉默着。我没有安慰他，我走到窗前，闻着不远处飘来的焦味，鼻子和眼睛忽然发痒发酸。我赶紧吸了一口烟，闭上了眼睛。无边的黑暗，让我想起夜幕下汹涌的大海。

每一天，小巷里各色人等都神色慌张、匆匆忙忙，跟打仗似的。花花绿绿的衣服、床单、塑料袋、废旧报刊，丢得到处都是，一片狼藉。我别的东西不多，就是书多，中文系的学生没别的本事，就是读书，可对我来说，书中没有了黄金屋，也没有了颜如玉。赵栋的那些金属玩意儿我以为很沉，结果发现铝合金是很轻的。他最重的东西也是书，只不过和我学科不同罢了。我先搬走了，他把我送到楼下，使劲挥着手，车一转弯，我就看不见他了。我转头回望，他并没有跟出来，只有那座烧焦的楼把它的影像使劲投射到我的视网膜上。

真的记不清分别的年头了。我后来丢了手机，以往的号码作废了，我把新号码群发给众人，赵栋一直没有回复，我便打电话给他，发现他的号码已经过期了。那是哪一年的事情？我像老年人一般，拍打着脑袋，过去像是浑浊的溶液，混作一团。我和赵栋坐在“兰州拉面”的桌前，掰着指头算日子，结果我和他的计算结果是不一样的。我懒得再算了，每一年都会带来太多的记忆，压得人快要窒息了。赵栋却依然是轻松的样子，他对自己的计算结果也深信不疑。

“你这些年来就没换过别的工作？”我不敢相信，小心翼翼地笑着问。

“没有，”他拍拍他的制服，“真的没有，我还是喜欢机场，那里更加‘未来’了，哈哈。那你呢？你怎么不做音乐了？”

“那几个本地歌手完全就是玩票的心态，在酒吧夜场里唱唱就满足了，你指望我跟着他们去酒吧吗？”那几个歌手的脸在我的记忆中都模糊了，只记得他们的脸越来越奇怪，逐渐多了女人的妖媚。

“你没换一家试试？”

“换了，可都没有回音。”

“真是狗眼看人低！”他替我狠狠骂了句。

“你一直没谈女朋友吗？”我换了个话题。

“谈过一个，老家的，来这里住了一个月就回去了。”

“为什么？你不喜欢人家？”

“那倒不是，她老是感到害怕。她觉得周围的一切都不真实，假得很，像是生活在电影里边。”

“这不就是你喜欢的吗？”

“是的，我喜欢，她不喜欢，所以我们就没办法生活在一起了。”

“我也没想到，你还会喜欢那一套东西。”我坦率地说。

“为什么不呢？除了未来，生活还有什么意思？”

“现在，此时此刻的现在，就比你幻想的未来更加重要。”我瞥了一眼邻桌吃面的男人，轻声说。

“未来不是幻想，一直在持续到来，包括你说的现在，其实都是未来的一部分。”他如今说话也像哲人一般，令我惊讶。看来，他浸淫在自己的想象中太多年，就像河蚌把沙子变成了珍珠，他也有了自己的一套思想。

“你还记得我曾经问你的问题吗？”我忍不住说。我曾问他，怎么看待一个和他没有关系的未来，这个问题曾让他无法回答，不知道这么多年过去了，他是不是已经找到了答案。我倒是希望他像刚才一样，继续说出哲人般的格言。

他沉默了一会儿，说：“记得吗，我曾跟你说，机场要建一条时空隧道，已经建好了，你要是出差的话，应该见过的。”他还是跳过了那个问题。

“我好久都没出差了。”

“这样吧，改天我带你去看看，我们早就说好的。”

“行啊。”

我们连汤都喝完了，面前的桌上摆着两个空碗。他提议我去他房间看看，我正好没什么事，就跟着他去了。赵栋带路，我跟着，这场景和许多年前特别相似，只是身边少了朱有文。朱有文现在做了街道办的副主任，笑起来特别慈祥，据说是和社区内形形色色的人打交道修炼成的。还有马征，他正在为了评副教授而努力，他已经连续落败好多年了。现在的马征一脸苦相，嘴里念叨着口头禅：“啥时能拿到国家级的课题和项目就好了。”他曾经担心赵栋变成这个样子，现在看来，他的担心确实是有道理的。

路越来越窄，我们完全变成一前一后了。赵栋扭头对我说，要是知道在这儿能碰见我，就跟我合租了。他现在的合租客是个酒吧卖唱的歌手（会不会是我认识的本地歌手？），经常喝醉，还会带形形色色的女人回来。“你不会嫉妒吧？不会睡不着觉吧？”我和他开着玩笑，他像很多年前那样开朗地笑着，我不确定那笑声中有没有尴尬的成分。

他的房间依然在迷宫的最深处，比我的房间幽深得多。我自己还是缺乏勇气，总是在城中村面前浅尝辄止，惧怕深入，而赵栋则像一条经验丰富的蛔虫，可以深入到城中村腹部那些毛细血管丰富的小肠。他租住的房间比我的大，却比我的便宜。他住在三楼，爬上逼仄的楼梯，打开他的金属防盗门，我看到的是一间装满了液晶屏幕的房间。我看着黑色镜面中的两个人影，有种脊背发凉的恐怖。

“《黑镜》！”我脱口而出。

“你也看了那个电视剧？”赵栋问。

“是的，太火了，大家都在谈论。”

赵栋嘿嘿笑了，说：“不过，我的房间布置成这样，其实和那电视剧没什么关系，我在那之前就布置成这样了。未来就是一个彻底影像化的时代，我已经提前进入了。”

这些屏幕都和他的手机连接在一起，这些拼装在一起的屏幕可以独立播放，也可以连接成一个整体进行播放。他让我坐下来，我这才意识到房间里几乎没有任何家具，曾经银光闪闪的金属桌椅也不知去向。一个简单的床垫像小船漂浮在夜晚的海面上。是的，地面也是液晶屏幕，整个空间都被黑镜所占据，让人喘不过气来。我坐在他的床垫上，他打开了屏幕，不知道播放的是什么视频，巨大的影像让我备感压抑。他说要给我播放一些“刺激”的，随后便是赤裸的男女在整个空间的四壁上纠缠在一起。我以为我会感到按捺不住的欲望，可那种欲望很快就消散一空，我感到的是虚无。我悬浮在空洞影像的幻觉里，仿佛置身在另外一个已经消亡的时空，徒劳地打捞着丧失了意义的碎片。

“关了吧，犯晕。”我说。

赵栋关闭了屏幕，四周重新沉寂成黑色的镜面。我看着镜中的我们，感到更深的害怕，好像自己随时会被那镜面给吸纳进去，变成一个虚无的影子。

我离开赵栋的房间，来到小巷中，老鼠在垃圾桶里翻找着食物。我抬头望天，尽管那只是狭窄的一道缝隙，但我感到如此亲切。我抬着头，慢慢走着，有风从高处吹来。

从他的房间回来后，有一段时间，我看见电脑电视还有手机屏幕都会发怵，我的梦都变成了无底的深渊。我再也不想去他的房间了。

一天，赵栋打电话给我，约我去看时空隧道。那一瞬间，我是抗拒的，黑镜房间的阴影还没有完全散去，但我听到他真诚和期待的声音，不忍拒绝，我还想起了多年前的那个承诺，便答应了。我觉得，这是一次为了再次告别的聚会。

那天，天气酷热，我们喝着冰镇可乐，一起坐地铁去机场。等我们重新来到地面上的时候，等待我们的便是机场那硕大无朋的玻璃幕墙，那是货真价实的未来。赵栋面带微笑，紧闭的嘴角掩饰着一种自豪感。

我调侃道："地铁就是时空隧道，连接了贫民窟和云上城堡。"

"地铁还不够格。你看这边，这是'幽梦空间'。"他指着前边一片泛着幽蓝色的空间说。我看了过去，在顶壁的凹面镜中，乘客个个都头朝下倒悬着，犹如倒立的天堂。我走了过去，抬起头来，看见倒立的自己在幽蓝中头朝下和我对望。如果在另一个时空里还有另一个自己，见面的时候无非也是这样的吧。

"这就是时空隧道？遇见平行世界的自己？"

“不是，你太健忘了，我刚刚才说了，这是‘幽梦空间’。这里的风景模仿的是大海与天空的交融。”赵栋伸开双臂，仰起脑袋深深呼吸着，仿佛闻到了大海湿润的气息。

在前方，在水平扶梯的周围有着一环又一环向后叠加的白色光环，旅客们站在扶梯上，满脸惊异地四处打量着。

“这个应该是了？”

“是了。”

赵栋此刻忽然有了一丝慌乱和羞怯，也许他害怕在他心中引以为傲的东西，在我看来却不值一提。

我提醒自己要打起精神来，以一种很感兴趣的表情询问道：“快告诉我，这段隧道的尽头是什么？”

我的热情果然让他有些放松，他说：“尽头是一艘南海的沉船，是明代的，不过，那没什么好看的，还是仿造的。我今天给你看的，其实是跟我有关的，跟我创造的未来有关的。”

听他这么说，我真的充满了期待。他走在前面，从裤兜里掏出一根数据线，来到第一道光环前，插入了上边的一个小孔，另外一端连接到手机。他在手机屏幕上迅速点击着，很快完成了操作。

“走吧。”

他躬身做了一个“请”的姿势，还没等我迈步，他率先跳上了扶梯。我紧跟其后。这段几十米长的“时空隧道”确实很有创意，幽蓝的光线更加稠密了，简直如梦中的大雾。一侧的墙壁在蓝光的笼罩下消失不见了，只剩下一件件古老的文物——青铜器、玉器、秦砖汉瓦、陶罐、瓷器、古老的牌坊与建筑、优雅的庭院以及华美的历代服饰，在橘红色的光晕中显现出来。所谓“时空隧道”便是以这样的方式提示了时间的存在与流逝。

但很快，隧道的尽头便在望了，那里闪烁着两行巨大的白色汉字：

百年前，人类学会了飞行。

今天，人类正梦想进入深空，直到时间之外。

这话击中我了，我几乎忘记了赵栋的存在，他安静地站在前方，像一名陌生的旅客。这时，他回过头来，说：

“你不是问我和未来有什么关系吗？的确，大众的未来和我是没什么关系，他们会无情地丢下我，可我，我现在要去自己的未来了！”

他快步跑了起来，忽然瞬间消失了，在我的视野中就那么消失不见了。我这时已经来到了隧道尽头，我走出隧道，四处寻找着他的踪影，可他真的不见了。难道他真的借用隧道的设备，发明了去往未来的方法？想起他的科学天赋，我愈加倾向于这样认为。他的偏执、他的疯狂、他的痴迷都是为了今天这一瞬间。在我眼里，这是他消失的一瞬间，可对他来说，他或许已经置身未来的时空，提前目睹了人类所获得的荣耀，以及不可避免的灾难。

我呆呆站在原地，处在一种震撼当中，可忽然间，我看到赵栋在不远处看着我笑。原来他是跟我玩魔术，玩障眼法，我想笑却笑不出来，甚至感到了一丝悲凉：为他的沉迷，为他的尴尬，为他的天才，为他的浪费，为他的可笑，为他的迷茫。

我向他走去，他一动不动地望着我，他的制服在这种背景下显得格外刺目，与梦幻的氛围完全不和谐。我走到他身边，伸出手，想使劲拍拍他的肩膀，叫声兄弟，可我的手拍过去，触到的竟然是一片虚空！我诧异地看着自己的手掌，上面只有一些颗粒状的光斑。

这竟然只是他的幻影。

我转身，前后左右使劲张望着，除了眼前的他的幻影，没有另外的他了。

“赵栋！赵栋！狗日的赵栋！”我大声喊了起来。他肯定躲在哪个角落里看着我发笑，可等我再转头的时候，就连那幻影也消失了。

有个保安匆匆忙忙冲我走来，说：“不要大声喧哗！”

“赵栋呢？”我直接问他。

“谁？”

“赵栋，你的同事。”

“不认识。”

“不会吧？他也是机场的保安。”

“开什么玩笑，你知道机场多大吗？”

我像傻瓜一样看着他，忽然觉得很孤独。

也许，赵栋真的去未来了。我应该相信。但如果他是在跟我玩魔术、玩障眼法呢？这个想法挥之不去。我为了逃离这个想法，完成对他的彻底相信，便赶紧删除了他的电话号码，并从那个地方搬走了。我无法在这个时空遇见他，也许便是增大了他去往未来的可能性。

那真的是我最后一次见到赵栋。即使我至今依然投宿在不同的穷街陋巷里，可我知道，我再也不会遇见他了。

城市海蜇

孔楠又做梦了。那反复出现的梦境，让他突然醒来，感到心悸。不完全是恐怖，在稍稍平息下来之后，更多的是一种茫然。海滩上全是白色的团状物体，不是岩石，而是半透明的卷曲晶体，是塑料垃圾吗？那晶体忽然蠕动起来，像是裸露在外的运动着的胃。那是一种什么生物？来自外星的太空蠕虫？他想看清楚周围，可浓稠的海雾遮掩了一切，只能看到自己赤裸的双脚踩在沙滩上。沙滩极为松软，他几乎无法移动，而那些蠕动的胃正在向他集结而来。自己会在黏稠的胃酸中被消化掉吗？他似乎都闻到了酸腐的气息，一阵难以忍受的恶心，让他从梦中惊醒。

那是海蜇。

惊醒的一瞬间，他终于想到了这种诡异生物的名称。他蜷缩着身体，眼睛又闭上了，嘴里嗫嚅着海蜇二字。前几天收到的那张印着海滩与海蜇的明信片，就放在床头柜的抽屉里，署名是“张锋曾经的女友”。“曾经”两字，指的不完全是分手的事实，更是因为张锋几年前就死了。张锋的死，一度让孔楠难过了好几年，毕竟，他们是一起长大的朋友。那种感觉就像是过去的记忆缺失了最重要的证人，过去因而变得模糊失真了。不过，撕裂的痛感倒是可以忍受的，因为张锋死的那年，他们已经疏于联系了。他们没有什么冲突与矛盾，只是因为长期生活在不同的城市，日复一日的琐碎生活像泥淖一般，让人不停地沉陷下去，沉陷下去，变得沉重和笨拙，最终，与过去的事物绷断了那条联系的绳索。

他们是高中同学，因为座位离得近，便一起讨论作业，一起吃饭，一起跑步，成了形影不离的好朋友。张锋个头不高，五官清秀，身形也偏于瘦小，但是他坚持健身，到高中毕业的时候，他已经变健壮了，喜欢撸起袖子跟大家比赛肱二头肌，但只要多穿两件衣服，他看上去又变成一个瘦子了。没办法，骨架就那么大，肌肉再增长也是有限的。高考后，孔楠和张锋去了不同的省份读大学。在没有网络的时代，他们一直保持着通信，孔楠闭上眼睛就可以想起张锋那笔画粗大的字迹，像是螃蟹爬过的痕迹。张锋还在信里自嘲道："看我的笔迹，就知道我的心有多野。"

刚上大学的第一年，张锋告诉孔楠，他爱上了一个女孩，可那个女孩却吸烟喝酒，将头发染成鸡屎色的，他不知道该怎么办，请求孔楠指点迷津。孔楠没想到只在中学阶段谈过一次恋爱的自己，这个时候却成了张锋眼中的情圣。十八岁的张锋那会儿还没谈过恋爱，他对待爱情有一种理想主义的伤感，觉得错过了正在爱着的这个女孩，生命的屋顶就会塌方一大块。

孔楠已经忘记了自己是怎么安慰张锋的，他使劲回想，却无论如何也想不起来了。他忽然很想知道自己当年的回复，觉得那会呈现当年自己是个什么样的人。他已经忘记了过去的自己究竟是个什么样的人。人对自己，永远都是没法好好判断的。如今张锋死了，他的信一定早就被当垃圾处理掉了，他失去了判断自己来路的一次绝佳机会。

最让孔楠难忘的一个细节是，张锋在那些苦情信的结尾，都会请求他把信“处理”掉。“处理”这两个字写得格外大，并在字的下方画了一个 ×，还画着一朵火焰，暗示孔楠要烧掉这些信。孔楠并不在意，他笑笑，把信叠好，跟其他的信一起放进一个蓝色的文件盒里。很快，大学毕业，孔楠从这所西部的大学出发，前往深圳。传说中，那是一个遍地黄金的地方。孔楠最喜欢的王教授在他毕业的前一年去了深圳，听说去了一所中学。一个教授甘愿去那里当一个中学老师，足以证明那里巨大的吸引力。孔楠给王教授写了一封信，表达了自己也想去的愿望，教授没有回信，而是给他打了个电话。电话打到了学校的教务室，孔楠诚惶诚恐地走进去，接过教务主任递过来的话筒，听到教授用疲惫的声音说：“来吧，这里随便一个中学老师的工资，是咱们那儿大学教授的五倍。”

他终于明白了一些什么，不免对印象中清高睿智的王教授有了一丝怜悯，但随即，他也感到兴奋。“五倍。”他喃喃自语，那种节奏和力度出人意料。“五倍！”摇滚乐似的鼓点声，一直在他耳边回荡着，没完没了，简直类似一种耳鸣折磨着他。

没有什么可以阻拦他去深圳，去那里去做一个小学老师、一个幼师，甚至一个不知道是什么但只要能忍受下去的职业……他将这些年来收藏的书籍打包到一个纸箱里，托付给了一位当地的同学，然后带着几件衣服，便去了深圳。满满一文件盒的同学通信，也放在了那箱书里边。两年后，同学打电话给他，很抱歉地对他说："我妈清理废旧书刊去卖，误以为你那箱书也是我的，给卖掉了，太不好意思了，我怎么才能补偿你？唉，主要是放得太久了，你也不早点来取，我塞到床底下，也早忘了。"

孔楠那会儿已经在一家广告公司找到了职位，虽然只是打杂的实习生，但他已经打定主意，要学习摄影和摄像技术，以后可以自己接拍广告，一次就能挣几千元，是父亲一个月收入的几倍。他已经不自觉地用"几倍"来思考世上的问题。当他得知那箱书丢了，首先想起的并不是里边的信，而是一套最爱的金庸武侠小说全集。他感到了一种惆怅，但这惆怅并没有达到揪心的程度。他也不好意思向同学发火，问题的确出在自己身上。他毕业以后，再也没有回过读大学的那座城市。老实说，他已经忘记了那箱东西。

事后，他为了加倍补偿自己的损失，去书店里买了一套珍藏版的金庸全集，放在书架上。硬壳精装，金光灿灿，却再也没有闲情逸致去看了，至今已经落满了灰尘。至于文件盒中的那些信，肯定已经化成了浆，重新被制作成纸，变为中学课本里的某几页，或是一份报纸里的一张广告插页。这些信的物质形态进入了循环的轨道，正如张锋的身体化成灰烬，融入土地，长成了稻谷或是一棵树。

孔楠曾建议张锋也来深圳发展，张锋一度有些心动，还特意来过一趟，对深圳的现代化气象赞不绝口。张锋是学工程的，来深圳大有前景，但终究还是没有选择留下。张锋的父亲通过关系，把他安排进了市地税局，虽然只是合同工，但收入在当地也算比较高的。一年后，张锋通过了公务员考试，获得了正式编制，更是获得了一劳永逸的稳定生活。从此，孔楠和他只有过年时相见。渐渐地，就连过年期间，大家也杂事缠身，无缘得见了。好在通信方式方便了好多，不写信了，还可以打电话、发短信、聊 QQ、聊微信，总算没有彻底断了联系，只是话题越来越稀少。有时，孔楠暗暗感慨，还不如断了联系的好，那样的话，曾经的美好全都封存起来了，心底还留有纯洁的念想；现在，这种过于便捷的联系方式，反而让大家的关系变得越来越尴尬，记忆的美好也随着这种尴尬在变淡变弱……

张锋的这位女友，孔楠完全不清楚，从没听张锋提起过。张锋一直没有结婚，他说没能碰见合适的女孩。有一回，过年的时候，他们约在一家茶馆见面聊了聊。张锋说："其实，我身边不缺女人。我只是太认真了，一定要找一个自己喜欢的才能结婚。"鸡屎头姑娘这会儿已经彻底从张锋的聊天中消失了。孔楠当时倒是有个女朋友，但他们还没谈及结婚这回事，深圳的压力太大了，远不到考虑这件事的时候。张锋问孔楠："那你爱你现在的女朋友吗？"孔楠竟然不知该如何回答，只好说："你现在怎么变得这么肉麻了？成天把爱挂在嘴边，跟女人似的。"张锋笑了起来，说："看来你也不老实。"孔楠说："这跟老实不老实没关系，深圳和这里的生活节奏不一样，站不稳脚跟，还结什么婚？"张锋说："你这都是借口。"后来，有个女人来找张锋，孔楠记得那女人的样子，脸盘圆圆的，前额没有刘海，脑后扎个马尾，笑起来，只有一侧的脸颊有酒窝，不过不能确定是左脸还是右脸了。也许，这次寄明信片来的就是那个女人？他无法确证，他连她的名字都不知道。

无论如何，这个寄来明信片的女人是很爱张锋的，对他念念不忘。要有何等深沉的思念，才能让一个女人在数年后还有勇气写明信片寄给所思所念之人的朋友呢？孔楠想到这里，竟然对张锋有了一丝嫉妒。这是前所未有的。孔楠在心理上，对待张锋还是有一种说不清的优越感。他也清楚自己并非多么优秀的人物，但他曾经暗暗列过一个表，将自己和张锋的优缺点写下来，看看谁更胜一筹。那次的结果是他完胜张锋，而且，他也深信自己列出的这些事项是完全客观的。比如身高，比如学习成绩，比如踢球……这些都是摆在那里的，没什么可辩驳的。至于心理素质，他觉得自己似乎比张锋脆弱，张锋身上有一股顽强的劲头，有一次踢球，张锋摔得鼻血染红了球衣，居然坚持到了全场结束，但那是孤证，再也没有类似的机会让张锋表现自己的顽强了。因为接下来的，只有沙漠一样伸展下去的日常生活。

这个寄明信片的女人喜欢张锋的什么呢？这种内在的倔劲儿吗？沙漠一样的生活不是早已把张锋打垮了吗？张锋还有什么呢？

孔楠不知道该怎么回复这位张锋曾经的女友，正如他不知道张锋是如何向这个女人介绍自己的。明信片的第一句这么写着：“孔楠，我知道你是张锋最好的朋友。”张锋是这样向她介绍自己的吗？时隔多年，自己怎么还会是张锋最好的朋友？张锋一定会不断地认识新朋友，其中一定有更加亲密的吧？也许，这只是女人落笔时的一种说辞罢了。女人一定是别有目的，是个骗局也说不定，这样的社会新闻实在太多了。他干脆把明信片放在一边。基于他曾经弄丢了张锋的全部信件，那种歉疚的心情让他把明信片放在了床头柜中的一个私人物品盒里。结果没想到的是，那张明信片像被施了魔法似的，总让他梦见那片印在其上的风景。

那片风景也真是够诡异的。

他从未见过那么多海蜇挤在一起：一望无际的大片海蜇聚集在沙滩上，像一场海洋生物对大陆发起的登陆大战。以捕捉影像为职业的他，对画面变得极为敏感。那张明信片背后的照片无可挑剔，早晨的柔光与大海的蓝色都恰到好处，一大片海蜇的形象更是犹如神迹。他一闭上眼睛，那片海蜇变成了透明的礁石，出现在眼帘后边，眼皮都能觉出那种沉甸甸的质感。一大片海蜇有什么艺术方面的意蕴吗？他说不清楚，但他能感觉到。他有些暗暗佩服这个女人，她寄来这样的明信片绝不是偶然、随机的，一定经过了精挑细选。这个女人拥有良好的艺术感觉，她要表达的情感很丰富。

明信片上留有她的电话号码，他只需打过去，就可以和这个女人说上话，知道这个女人的全部动机。即便这是个骗局，他认为以他的智商，也是不可能被骗的。退一步讲，只要对这个女人的任何要求都予以否定，那么一定不会有什么损失。张锋已经不在了，拒绝他曾经的女友也不是一件让人为难的事情……这样的想法不时冒出来，犹如一场不知对象是谁的对话。他知道，他总有一天会忍不住去拨通那个电话的。

那女人倒也沉得住气，除了这张明信片，再也没有别的东西寄来了。等待数周后，反倒是他沉不住气了，拨通了女人的电话。

“是孔楠吗？”电话那边的女人没有迟疑地问他。

“你怎么这么确定是我？”

“根据来电显示，还有直觉。”女人笑了，她的语速不快。这样的女人是有味道的，她可以和你慢慢聊下去。

他打来电话，就是想聊聊，万一遇见聊不来的人，那是很扫兴的。

“明信片很漂亮，谢谢。”他想尽快把话题引上正途。

“那是深圳的海滩，”女人微笑了下，“你熟悉的地方。”

“是吗？”他不敢相信，“我来这儿好多年了，从来没有见过这样的景象。”

“我还没去过深圳，之前听张锋说过深圳，说那里几乎被大海包围着。”女人的普通话很标准，音色混杂着电话的电流声，一时抓不住特点。

“是的，张锋来过深圳，我估计那时候他还不认识你吧，你们在一起多少年？”

“我们在一起三年，难忘的三年。”

“张锋走的时候，你还在他身边吗？”他几乎想到什么就问什么，不想有所顾忌。

“在的。”女人说完便沉默了。

几个要点问完，他反而不知道还能问些什么了，继续追问张锋的临终状况会显得太不人道。张锋的死讯他还是通过班级的QQ群知道的。有个老同学，他姨妈在医院工作，是他在群里发布的消息，说张锋死于急性胰腺炎，其他的事情他也不清楚。张锋死的时候，跟这些中学同学基本上都不联系了。孔楠对此深感纳闷：他在深圳，跟同学们隔着千山万水，时间久了自然会疏远；可张锋在小城工作，那里有太多的同学，有些同学还在市委一些重要的岗位上任职，即便不是出于友情，就是出于个人发展的功利心，这些同学都是必须要保持联系的“统战对象”啊。张锋这是怎么了？他是放弃了未来，还是满足于现状？他像蜘蛛一样，盘守在自己建造的丝网中央，只允许这个女人走进他的秘密世界。

女人的沉默似乎还没有终结，孔楠只好抛出最关键的问题：“你……你为什么寄明信片给我？”

“我一直很怀念张锋，”女人叹了口气，“张锋的一些物品还在我这儿，我当时想交还给张锋的家人，但我还是不舍得。这些物品没什么值钱的，只是一些日用品，还有就是他的一堆信件。”

“那里面有我的信？”他难以置信。

“当然，几乎一封不差，按照时间排列，用小夹子夹着，放在一个精致的曲奇铁盒里。”

“你是说，他收藏了我的信？他对其他人的信也这样吗？”

“其他人的信都是随意放着的，只有你的信是按照日期排列的。”

“真没想到……你全看了？”

“当然。”

“哈，应该也没什么隐私，都是些少年人的心事。”他自我解嘲，笑了笑，掩饰尴尬。

他曾渴望得到这些自己写的信，现在机会来了，他却对此感到迷惘。

“那才珍贵呢。虽然我看不到他写给别人的信，但通过看别人写给他的信，我也能间接地了解他这个人，理解他的灵魂。他那么在乎你的信，所以，我很想和你联系，想知道你对张锋来说为什么那么重要。”

“其实，我也没想到。我们是中学同学，那会儿是很好的朋友。”他的语气低沉，心里有了悲伤。

“现在不是了，对吗？”女人虽然小心翼翼，却直截了当。

“当然还是。我是说，从中学起。”他觉得女人这样问，像审判一样，而且还是代表张锋的审判，这让他很不舒服。

她笑了下：“嗯，我相信你是张锋真正的朋友，你不需要有什么顾虑，我只是想……只是想和你说说话，仅此而已。”她哽咽了，涌起的悲伤也被电磁波携带了出来。

“好吧，”他擦去眼角的泪水，“我也一样。”

他和衣躺在床上，脑袋里想着的不是刚才的对话，而是女人的手机彩铃。刚才接通之前，那歌声、那旋律一直响着，注入他的记忆，等到他挂断电话，那段记忆仿佛被按下了播放键，那歌声、那旋律重新回来了。他记下了一句歌词："萤火虫藏在我的身体。"他打开网页，搜索，下载了这首名叫《萤火》的歌。"人海汹涌 / 森林也被城市替换 / 高楼重重 / 而长大以后 / 梦中飞舞的萤火虫 / 藏在我的身体 / 陪我做梦。"他听着听着，迷迷糊糊地睡着了，梦见那一片海蜇在夜晚亮了起来，每一只海蜇都像照射着光彩的眼球。他浑身颤抖，向前走去，走到海蜇近旁，才发现每一只海蜇的体内都钻进了一只萤火虫。他蹲下身，打算仔细探究一下，可那萤火虫受到惊吓，瞬间飞走了。面前的这只海蜇熄灭后，他都来不及抬头，一只接一只的海蜇就开始了熄灭的接龙游戏。一只只明亮的眼睛渐次闭上了，他独自淹没在无边的黑暗中。

醒来之后，孔楠发现自己深感悲伤，前所未有的悲伤。

是孤独吗？自从他来深圳之后，他已经忘记自己交往过多少女友了。他经常想起肖莉，她是他来深圳交的第一个女友，在一家外资企业当文员。那时候他正疯狂地迷恋摄影，没有经过镜头过滤的事物，都不是真实存在的。女友，不经镜头的审视，仿佛也是虚拟的。在镜头下，肖莉像是一只被剥去了防护的小动物，僵硬得缩成一团，像是一团揉皱的纸。他必须一边凝视着镜头，一边伸手打开她的身体，平坦的腹部舒展了起来，一双白皙的双腿伸展了开来，他感到了欲火焚身。他透过镜头注视着肖莉，进入了她，不知道过了多久，他达到了近乎黑暗的高潮。他关上摄像机，闭上眼睛，躺在床上喘气，边上的肖莉哭了起来。他觉得疑惑不解，再三询问，肖莉只是说了一句："你把我当成什么了？""我把你当成真正的女人呀，你真的很美。"他真诚地说。后来，他给她拍了太多的视频和照片，他觉得有些照片实在美极了，他处理了脸部之后，便发布在了微博上，引起了疯狂的转发。

肖莉发现了，大哭着要和他分手。他涨红了脸，站在一堆摄影器材中间，徒劳地辩解着艺术与生活的关系。"没有人知道照片中的人是你，那是艺术。"他抱着她，她的身体在微微颤抖。没想到一周后，影星陈冠希的"艳照门"事件突然铺天盖地而来，这让他们原本有可能修复的感情，彻底崩溃了。"你是个变态！"这是肖莉分手时留给他的最后一句话。

他没有再祭出艺术的旗帜，艺术无法说服生活，生活也无法说服艺术。

肖莉分手时，逼迫他删除了有关她的一切影像资料。他哀求着，希望能留下一些正常的生活照片，但她拒绝了。她毫不留情，像给记忆做外科手术一样精准地删除着照片。她是成功的。几年后的现在，他已经记不清她的身体细节了。他闭上眼睛，使劲回想着她的脸，模糊的轮廓出现了，他仔细填补着眉毛、眼睛、鼻子、嘴巴……然而，作为整体的面部越来越陌生，成了晦暗的影子。他的记忆力并不差，严格来说，由于职业的关系，他的视觉记忆力应该远胜一般人，但是，他终究还是忘记了她。这种"忘记"是他将记忆的画面与影像的复制对比后的结论。遗忘，像是雨水落在外墙上，有足够的时间就会模糊砖的颜色。他在肖莉单位网站上的集体照当中发现了肖莉，他利用技术将肖莉提取出来，放大，放大。那模糊的样子，和他模糊的记忆，如出一辙。

他和肖莉在一起足足有两年时间，此后，他和女人们的稳定关系再也没能超过这个界限。越是短暂，他越是要把感情和女人置放在镜头之下，仿佛那才是真正的眼睛，仿佛那里连接着永恒。

镜头掩盖了孤独，每当他孤独的时候，他就举起镜头，他和世界之间瞬间便有了婚姻。这是一种怎么样的婚姻？无法定义，无法言语，却充满了不确切的抚慰，却充满了永恒无边的遐想。

现在，跟寄明信片的女人通完电话后，他感到了更大的孤独，一种通往过去却又连接着未来的隧道忽然开启了，向他发出召唤。他开始重新怀念张锋这个早已故去的朋友，他用死者的目光重新打量周围、打量自己，一种渺小的悲哀重新涌出，他几乎要流下眼泪了。他找到了一张二十年前和张锋的合影，那种老式胶片早已模糊褪色。张锋穿着一件枣红色的夹克、蓝色的裤子、白色的网球鞋，土里土气的，而自己，穿着一身绿色的校服，裤子还是收脚的，像只直立的青蛙。幸亏以往的胶片会褪色，岁月让过去变得温馨，不像如今的电子照片，不会再有任何的变化了。

周末的时候，他开着车去了海边。一辆黑色的奥迪，配上他的墨镜，像是这个城市得意扬扬的成功人士。只有他知道自己的悲惨。自己的积蓄永远赶不上这座城市的房价，据说这座城市的房价已经堪比纽约了。对此，他的父母无法相信，还会露出一种难以置信的笑，但是对他而言，这不是什么笑话，这是不折不扣的青铜一般的现实。他放弃了在这座城市买一套房子的梦想，干脆买了一辆车，车对于他这种工作来说更加必要。

这是一处人迹罕至的海滩，周围一个人影也没有。他把车停好，脱下鞋袜，在粗糙的沙滩上慢慢沿着海水边缘走着。细腻的沙滩都被圈起来收费了，那里的人多得像下饺子。这个比喻是每个去那里的人的口头禅，但人们还是乐意当饺子，白花花的身体堆积在蓝色的海水中，远远望去，倒是有些像一大片海蜇了。真正的海蜇被拦截在防护网的另一侧，和伺机而动的鲨鱼待在一起。他和前女友去过大梅沙几次，再也不想去了。要找到真正的海蜇，只能来这些无人问津的粗糙之地。假如女人说的是真的(那明信片上的照片摄于深圳)，那么，在这里遭遇大规模的海蜇，并不是不可能的奇迹。

可这里似乎没有海蜇。

前方是一堆乱石，他赤脚踩了上去，生疼。他想起小时候在家里帮着做农活，赤脚下田的感觉。现在，村子里的地全都荒废了，人们都搬到县城里，干着各种各样的杂活。他的父母也在县城买了房子，但他们没能找到工作，常年还在村里忙活，只不过不再种地了，种了一大片苹果林，每年的收入，刚刚好够他们自己生活。过年回家的时候，他总会留给他们一笔钱，但他们从来不用，一直存着，说是给他买房子结婚用。他只能苦笑，也会感到心窝子隐痛起来。这么多年，父母竟然只来深圳看过他一次，那一次，为了证明他的孝心，他还带着他们去香港购物。维多利亚港夜晚辉煌的灯火，以及陈列着成龙、刘德华手印的星光大道，让父母很开心，同时，他们也被高楼大厦和天价商品给吓坏了。他们所能做的，只是更加省吃俭用，多种苹果，努力让孩子在深圳有块立足之地。他一直记得母亲临走前，在火车站偷偷问他的一个问题："为什么咱们种的苹果，一个才卖几分钱，在这儿却要十块钱？"他回答不出来这个简单的经济学问题，只能笑笑，指着刚刚给母亲买的"水货"苹果手机开玩笑："妈，你看这个苹果被咬了一口，不是还更贵了？"

母亲没有笑，她的脸像风干的苹果一样，皱皱巴巴的。她的表情更是惶惑，像他深夜独自面对镜子时的迷惑和悲哀。

他们可以视频聊天了。母亲每次为了更加仔细地听清他说的话，总是很近很近地把脸贴在手机上，镜头里全是黑褐色的皱纹；而他，端着手机，伸直手臂，保持距离，把自己的脸恰当地放在镜头中。这样的聊天没能持续太久，一天晚上，小偷溜进家里，把母亲的手机偷走了。母亲借邻居的手机，惊魂未定地给他打电话，他说再买一部，母亲说什么也不要了。他只得给她买了个一百块钱的老人机，那种手机，小偷都不会要的。他看不见妈妈的皱纹了，只能听着电磁波带来的声音。老家的信号不好，在杂音中他辨析着母亲的声音，有一天，他惊讶地发现，声音也是会衰老的。

站在礁石上，极目远眺，大海一层层的波浪仿佛邀请的楼梯，云朵低垂，像是后现代的前卫建筑正在打开门户。孔楠对着远方大吼了一声，掏出手机自拍了几张照片。他一扭头，发现左边不远处的沙滩上全是密密麻麻的白色。

“海蜇！”

他一个人惊呼起来，像只笨鸭子，挥舞着双臂，跳了下来，向那里狂奔而去。等到跑近了，看清了，他的脚下一软，跪倒在地上，他的双手深深插进了粗沙里，然后攥紧，仿佛那里埋藏着仇恨。

这不是什么海蜇，这里全是白色的塑料袋，全是破损的塑料垃圾，全是毫无生命特征的残渣。有些部分掩埋在沙子下面，有些部分挂在礁石上面，裸露在空气中的部分，在海风的吹拂下，竟然还旗帜一般飘荡着，飒飒作响，像是地球的末日。

他跪直了上身，用手机拍了起来。效果超乎意料。他走回去，穿好鞋袜，拿出佳能单反相机，开始正式拍摄。他整个人趴在沙滩上，用大广角镜头把全部的白色碎片囊括进来，又适当地造成某种失焦，那些白色统统变成了通透的海蜇。他又尝试着找了不同的位置、角度与高度，拍摄了一组照片。在回放照片的时候，他一扫刚才看见垃圾的沮丧，变得很兴奋。垃圾变成了艺术，这就是艺术家的事业。深圳当然有大面积的海蜇，这就是。他要将此制作成明信片，寄给女人。他激动，因为这是一封只有他才能创造出来的回信。

临寄出的时候，他想了想，在明信片上写了一句话：“城市海蜇：像是过去躺在沙滩上。”他还认真标注了拍摄的时间和地点。他不期待任何回应，他所做的，完全出自一种艺术的本能，他将此视为对张锋、对过去的一种祭奠。类似一种行为艺术？也许是的。他知道自己其实并不是什么艺术家，他天天拍摄的都是广告宣传片，有着各种各样的模式与类型。他服从那样的模式，因为他要赚钱，可任凭他怎么赚，就是赶不上城市的步伐。他有些倦了，他有太多的困惑，他需要放纵一下衰败的艺术感受力了。

这是心灵依然活着的证明吗？

一个星期后，孔楠正在给一对年轻夫妻拍婚纱照（这是他的支柱产业），女人的电话打来了。他知道她收到明信片了，接了电话后，告诉她自己正在忙，等会儿打给她。挂了电话，他举起镜头，恍然间觉得正在给张锋和他的女人拍婚纱照，涌起一阵酸楚，端着镜头的手颤了起来。他不得不重新调整姿势，再次蹲下，按下快门。他回看了一下，很显然没拍好，因为他的眼睛模糊了，有一层水雾。

送走客户，他打开手机，看到女人发来了一条短信，问他的微信号。他发了过去，对方很快加了，笑脸表情和语音信息随之而来：“我最近正好有事要去深圳，见不见面？一起聊聊天吧。”他点击屏幕，重新播放了好几次。女人的声音不是尖细的，而是低沉的、缓慢的、温柔的，似乎还有些羞涩。

他也发去语音（事先还清了清嗓子，保证嗓音的纯正）：“当然，一定要见面的，你哪天到？”

“三天后的下午五点。”

“好的，我开车去机场接你。”

“我要去看城市海蜇。”

他沉默了一会儿：“你还没看够？”

“我想去现场。”

“好吧。”他笑了，显然她没发现那张照片的真相。他在想，如果到时候她得知那是一堆垃圾，会不会十分失望？他是要保守住这个不是秘密的秘密，还是带她去看看那壮观的垃圾场？

他还没想好。

孔楠开车去机场的路上，望着窗外没有尽头的楼房、晃眼的玻璃幕墙、拆迁到了尾声的城中村，越来越觉出了一种压抑。他刚来这座城市时的美好感觉彻底没有了，现在有的只是恐惧。这座城市像巨兽一般，不断吞噬着他积累起来的生存权利。是的，永远在挣扎，没有尊严。

在说好的出口，孔楠接到了女人。女人戴着泛蓝光的墨镜，穿着亚麻色的西装裙，拖着银色的四轮行李箱，身后是机场巨大的玻璃幕墙，有种强烈的未来风格。女人上车后，他告诉她自己的感受，女人说：“未来早已来到了，你还没有意识到吗？”他回味着这句话，觉得很有意思。

“你是说，我们以前梦想过的未来，已经实现了？”他跟在机场拥堵的车流后边缓缓行驶着。

“我没有梦想过这样的未来，这样的未来早都超出我的想象了。”女人笑了下，把墨镜摘了下来，眼睛很大很美，但他看得出她戴了隐形的美瞳眼镜。还有那眉毛，更是经过精心修整的。

“也远超出了我的，”他说，“很多东西，比小时候看的科幻小说还科幻。”

“我们已经在设计未来，然后说这就是未来，可这是真正的未来吗？未来不应该是难以预测的、与现在保持着遥远距离的吗？”

她像说绕口令一般，说出这番话。他一时无言以对。他从没这样复杂地去想过事情。她是做什么职业的？他仔细回想着，应该是在一所职业中学教陶瓷。怪不得，这样的话也只有老师能说出来，但一个教陶瓷的老师说这样的话，还是有些奇怪的。

“对了，你说你教陶瓷？”他偏头看了她一眼，问，“教学生们怎么设计和烧制陶瓷工艺品吗？”

“我是教陶瓷，但不是什么工艺品。我教他们如何制作陶齿——陶瓷牙齿，洁白的假牙，装在老太太的牙槽上。”

“也挺有趣的。”他笑了，想起了那片冒充海蜇的垃圾，远远望上去，也是洁白的，充满了生机，但他并没有说这个。他对她说：“去年，我妈装了陶瓷牙齿，虽然吃饭时不敢用劲咬，但确实美白了很多，也许她嘴里的那几粒牙齿就是你设计的呢。”

“很有可能的，就算不是我，也是我的学生。”她笑了，露出一线白色的牙齿。

“你的牙齿那么白，该不是你自己设计的吧？”

“不瞒你说，我早就给自己设计了好几套烤瓷牙，但目前，这牙还是原生态的，以后就难说了。”她认真地看了他一眼，说，“再用不了多久，我们的身体也是可以随时更换的。”

“器官克隆？”

“类似吧，各种技术。”

“没想到你对这些有兴趣，”孔楠双手抱着方向盘，盯着前方那辆动不动就发出巨大轰鸣声的玛莎拉蒂，“你和别的女人不大一样。”

“你会知道的。”

两个小时过去了，天色黯淡，幸好还有一抹夕阳，让黄昏有了情调。孔楠带女人来到了一家海边的餐厅。

坐在临窗望海的位置，久居内陆的女人显然被触动了，一直用手肘撑着下巴，向远处眺望：虚无永远是最吸引人的。这个姿势拍下来会很好看，他几乎就要这么干了，但终于忍住了。这是个陌生的女人，尤其是她来自遥远的朋友身边，带着青春记忆的微薄气息。他不能去破坏。

“我在用张锋的眼睛看这一切，奇怪吗？”女人看着他的眼睛说。

“不奇怪。”他应道，嗓子有些干涩。

“你能跟我说实话吗，”她顿了顿，“要不是因为我、因为我那张明信片，你会想起他吗？你会怀念他吗？”

“这些年，的确比较少想起他，但不曾忘记，往往是遇见什么事情了，会想：张锋还活着的话会怎么样？这样说来，其实他进入我生命更深了，对我的影响也更大了。”

“这些年，我觉得张锋一直都活着，和我一起。”

在他听来，这是这种情况下、这种关系的人常说的话。他直接问道：“你们为什么没结婚？当初。”

“想过，没来得及。”

“你还年轻，继续往前走吧。”这也是这种状况下，必然的安慰话。

这样的话说完了，似乎完成了一个必要的仪式，也缓解了初次对面而坐的尴尬。

穿着白色上衣的年轻侍者，双手端着菜谱，语气温柔地问他们想吃点儿什么。孔楠接过菜谱，在桌上打开，然后将菜谱向右旋转了九十度，邀请女人一起研究。他们扭着头，翻阅着一页页的山珍海味。当他们看到海蜇沙拉时，不由得相视一笑，他觉得他们之间有了暧昧。于是，他要了一支价格不菲的红酒，来自法国雾禾山谷。那是哪里？这个名字翻译得很美，带来许多想象。

餐桌上有了一盘必然的海蜇。海蜇被调料浸泡着，呈现出半透明的黑褐色，尤其是经过处理之后，海蜇的身体没有那么饱满了，也失去了光滑，变得皱皱巴巴，完全没有梦中的海蜇那样晶莹剔透。

他们心照不宣地一起看着海蜇，仿佛这是从未见过的稀世珍馐。然后，他们笑了起来，似乎知道为了什么而笑，却又不是特别确定。

他夹了一口海蜇，脆中带着韧性，还有海的味道。他举起酒杯，他们碰了碰，喝干了第一杯。

“其实，有件事，我一直在犹豫，要不要告诉你。”喝完酒的女人，忽然说出了这样的话。

他有些措手不及，他预感到，他们之间总会出现一些新的情况，而不只是围绕着张锋说来说去。他隐隐期待着那一刻的到来，但没想到那一刻到来得这么快。这才喝了第一杯酒，一切才刚刚开始，是不是过快了一些？

“先吃点东西，不着急，慢慢聊。”他夹了只胖鼓鼓的九节虾放在女人的盘子里。

女人笑了笑，只好剥起虾壳，但她脸上的表情，分明还憋着说话的欲望。他知道，她吃完这只虾，就会继续刚才的话题。那会是一件什么样的事情？关于她和张锋的一些隐秘的回忆？还是有一些个人的情感，要向他这个陌生人吐露？

“如果，我是说如果，”女人吃完虾说，“张锋还没死的话，会怎么样呢？”

还是关于张锋。孔楠忽然有些厌倦了。倒不是说他对张锋没有感情了，而是他认为自己所熟悉的张锋，跟女人所熟悉的张锋，其实是很不一样的。他所认识的张锋是一个少年人，有着人之初那种纯粹和简单的品质。成年后的张锋，他们疏远了、隔膜了，他也不想再去深究，那样的张锋已经是一个陌生人了。对这个陌生的张锋了解得越多，只会越覆盖记忆中的少年张锋，这是对美好的破坏。因此，他几乎本能地开始抗拒，他不想话题继续围绕着张锋。不过，他也明白，不可能不聊张锋，没有张锋，他也不可能和这个陌生的女人像老朋友一样坐在海边，看着黄昏的风景，吃饭喝酒。

“这是没办法假设的事情。有一次，我跟一个客户聊天，我说很后悔当年没有在深圳买套房子，哪怕是小户型的，现在已经买不起了，错失良机。客户说了一句话，让我现在都忘不掉。”

他卖了个关子，停顿下来，看着她。

“什么话？”她被吸引了，眼睛认真地望着他。

“他说，即使上帝也不能改变过去。”他看了她一眼，补充道，“他是基督徒，说出这样的话，给我触动好大。”

女人把头低下去，似乎在思考这句话。

“后来，我才知道，这句话不是他原创的，是亚里士多德说的，一个比耶稣早出生好几百年的人。”

“那他怎么知道上帝的存在？”

“神一直都存在。而且，这只是一个词，就像咱们很早也有上帝这个词一样，现在用来对应 God 这个词。”

她笑了下。孔楠很高兴把话题引向了别的地方，如果话题涉及信仰，那么这场交流就会不可避免地变得深刻，两个人的关系也会大为不同。

“我是个没有信仰的人，我奶奶是个佛教徒，可我还是没有信仰，这你是知道的。”她望着面前的那碟海蜇。

“这个，”孔楠迟疑了下，还是诚恳地说，“我还真不知道，你没告诉过我你家里的情况。”

“唉，实话说了吧，我就是张锋。”女人忽然抛出这么一句话，脸上也没有什么异样的表情，比如忍住的笑意，或是恶作剧的顽皮，都没有。她的脸上带有一种难以捉摸的平静，眼睛开始镇定地望着他，没有丝毫的回避。

“哈，你这个玩笑开得有点大。”他勉强笑了下，但实在觉得这个笑话好冷，无法让人做出附和的笑容。他的脊背甚至感到了一丝凉意，此刻没有风，这凉意来自内心。

“不，我没开玩笑。”女人还是那样的表情。

“是的，你没有。”他拉长音调附和着，眼睛却不看她了，摇摇头，又低头去看菜，并且夹起一团海蜇吃了起来。

“我真没开玩笑！”女人有些急了，“我说的是真的，我只是去整容了，严格来说，是做了个变性手术。”

他这次大笑了起来，食物差点呛到喉管。他拿了一张纸巾，捂着嘴笑。

“你……你是说张锋变性整容后，变成你这个样子了？”

“是的。”

“你开什么国际玩笑？我知道，张锋死了，你很难过，今天又见了他少年时代最好的朋友，你一定特别怀念他。我理解你的心情，你若愿意扮演一段时间的张锋，体验下他活着的感觉，那么，我可以陪你。”

孔楠端起酒杯，想跟女人碰碰杯，但女人没有动，又一次固执地说：“孔楠，我不是和你开玩笑，更不想和你做游戏，我说的是真的，这是我这次来见你的真实目的。”

“如果你是张锋，那你告诉我，我们初三的物理老师叫什么？”

“张彩霞老师，当时才四十岁，有个女儿，长得很漂亮，后来却出车祸瘫痪了。”

“这个事情太极端了，肯定是张锋告诉你的。”

“那你再问个不极端的事情。”

“高一那年，你做过一件很丢脸的事情，你当时说只告诉了我一个人。你现在还记得吗？”

“如果说丢脸的事情，我一定有很多，不一定说得清楚，但是，你说的这件事我立刻就能想起来，因为我的确只告诉过你一个人。”

“那么，你说吧。”

“我因为偷看学校附近的女厕所，被抓到了，那个女人的老公狠狠打了我一个耳光。要不是我下跪求饶，他就要把我送到学校去，开除我。”

这样羞耻的事情，张锋难道也会告诉这个女人吗？孔楠感到害怕，难道面前这个女人真的是张锋？且慢，他转念想，也许是成年后的张锋，把这件事当成年轻时的一个笑话讲给女人听？男人和女人之间有了鱼水之欢，还有什么不能讲的呢？

“我还是不相信。”他咬着牙说。

“那你可以继续问，问各种各样的问题。如果我不是张锋，那么你觉得张锋可能把他过去的全部事情都告诉另外一个人吗？那是没有可能做到的啊！”

“是的，他不可能把全部的过去都告诉你，但他只要告诉你足够多，比告诉我的还多，那么，我所知道的，你也是知道的。”孔楠觉得自己找到了问题的核心。

“我的女朋友不可能比你知道得更多，我们才是一起长大的朋友。”女人转换身份竟然愈来愈顺畅。他看着那张脸，突然感到气愤，他觉得那张脸正在变成一张全然陌生的面具，给他带来无法逃避的惊恐。

“你们是情侣，可以积年累月、无休无止地聊天，聊各种琐事，一般人可没那样的耐心。”他忍着火气，喝了一口酒。

“但你以前分明跟我说过，男人本质的一面永远不能让女人知道，尤其是感情方面。当时你正在追求我们班的文艺委员，那个脖子细长、歌喉嘹亮的女孩子。你欺骗那个女孩子，对她说她是你的初恋。”

女人似乎对他的过去可以随口道来，作为反驳他的有力证据。更要命的是，自从女人直接以张锋的第一人称对他说话以来，嗓音都变得低沉了，仿佛张锋寄居在身体内部。

孔楠的恐惧在繁殖，对方像是具有魔法似的，正在一点点地变成张锋。

“那是多少年前的事情了，我那会儿说的话都是少不更事的傻话。无论你怎么说，我都不会相信的，我又不是傻瓜。”他说出这样的话来，自己都深觉沮丧。这是一种无力与懦弱的反抗。

女人掏出手机，打开新闻，指给他说：“你忘记了？我们一路上聊的话题都是在为这个事情做铺垫。你自己看看，这究竟是一个什么样的时代。你看，你看，今天的新闻，这可不是我安排的。喏，这条，《瘫痪男子大脑植入芯片：意念操控机械手臂》，再看这条，《新一代自动驾驶汽车上路试驾》，再看看这条，《和 VR 男友在一起生活》，尤其是这条，《人体换头手术：成本七千万》……这是一个提前到来的未来时代。”

“你想说明什么？”

“我想说明，张锋变成你面前的这个女人，并不是天方夜谭，不是科幻小说，这在技术上是没有问题的，为什么你就不能相信呢？难道你不知道现在最火的电视节目就是一个变性的艺人在主持吗？”

“好，即便我相信技术上没问题，但是动机呢？张锋为什么要变成你这个样子？他有这个必要吗？他和那个艺人并不一样，他热爱自己的男性身份，他热爱漂亮的女人，就像你提的，他还去偷窥女厕所，这样欲望强烈的男人会变成女人吗？还有，他有稳定的工作、安定的生活，他为什么要从一个税务官变成一个做假牙的？”他的话有些刻薄，但不这样不足以表达此刻的心情，一种急于想从这个怪圈中摆脱出来的心情。

“孔楠，你曾是我最好的朋友，但后来我们疏远了，只保持了最基本的联系，只在逢年过节时发发短信什么的，你知道我所遭遇到的精神危机吗？”

“我不知道你的精神危机，但我知道，我们每个人都有精神危机。如果有过不去的坎，一个人有可能得抑郁症，但不可能去变性整容、改名换姓。那太疯狂了，是疯子吧？要么就是罪犯。”

“你知道我考上大学的第二年，父母离婚了，父亲再娶，那女的比我大不了几岁，后来他们还有了孩子。我不可能和他们生活在一起。我是一个敏感的人，和母亲的感情非常深，想和母亲生活在一起，为她养老送终。可是母亲在奶奶的感染下，信了佛教，整天就是吃斋念经，后来跟着一群人，跑去终南山修行，竟然断了联系。这在现代社会说出来，简直就是传奇故事。我不相信当今还有什么修行的人，专门去了一趟终南山，没想到，山里还真有那样的人。只是，我没有找到我的母亲。就这样，我既失去了现实的家园，也失去了精神的家园。我当时特别想来深圳投奔你，但是我父亲托人给我安排好了工作，我无法抗拒，一方面因为他是个强势的人，另一方面，我想留在那座县城，因为我觉得母亲随时都可能回来。我谈了许多女朋友，我并非滥情，而是无法找到让自己真正动心的。我一定要找到一个我爱的女人，这是我卑微生命的全部渴望，要不然，我留在县城里就像已经死了的干尸一般。有一天，我终于遇到了文樱。你没见过文樱，文樱长得就是我现在这个样子。我们俩在一起，似乎有说不完的话。我说什么，她都微笑着看着我，就算我发脾气，她也像对孩子似的哄我。跟她在一起，我觉得生活变得可以忍受了。我以为自己是很坚毅的人，哪怕一辈子单身都无所谓，但实际上那会儿我已经处在快要崩溃的边缘了。是文樱救了我，我强烈地想和她结婚，结了婚，我在小城就有自己的家了。母亲要是回来看到我成家了，也一定会感到欣慰。可是，人太脆弱了，就在我们筹备结婚的那几天，她突然病倒了。她得的病竟然是急性胰腺炎。你对这个病肯定一无所知，我之前也是。这个病的凶猛程度真不是一般的癌症、心脏病可以比的。从发病到死亡，只有十几个小时，而且是无法忍受的剧痛，你根本来不及与病人告别。医生说，胰腺液像硫酸一样，腐蚀了文樱的整个腹腔。”

女人的眼睛里闪着泪花，声音开始哽咽。这些事情，当年张锋从未和他说过。他完全不知道张锋的家庭发生了那么大的变故。他已经无法摆脱这个故事了，真与假变得不再重要。因为，这个故事营造的真实远胜事实的真相。

“从此，我继承了她的身份，那个叫张锋的人死了。”女人哽咽着说不下去了，匆匆用一句话做了总结。

他鼓起掌来，女人吃了一惊，惊慌失措地看着他。

“好故事！”

“不相信算了。”

女人举起酒杯，一饮而尽。而后，她低声说自己饿了，开始认真吃饭，眼睛也低垂下来，不再寻求他的回应。气氛变得诡异，但至少不用再争辩了。孔楠暗自松了一口气，尽管他还想问问那个故事的细节，比如张锋是如何继承文樱身份的？这似乎不是一件简单的事。比如张锋对陶瓷一窍不通，怎么可能突然从事陶瓷业呢？但他忍住了。如果女人那么渴望变成张锋，那就随她好了。

吃完饭，黑暗笼罩下来。四周亮起了灯光，他们之间的空间也变得昏黄，如果不凑近，几乎看不清对方的五官了。孔楠盯着女人，希望她突然露出一丝不好意思的笑容，那么，刚才的一切就会迎刃而解，成为一次难忘的谈话，但是，女人的脸上丧失了表情，她顽固地沉默着。

“吃好了吗？”他礼貌地问。

“非常好，好久没吃海鲜了。谢谢。”女人也很客气。

“那我买单了。”他对不远处的服务生挥挥手。

“你说，活着，仅仅是自己活着、和别人没关系地活着，那该多好？”女人突然冒出这么一句话。

他正准备说些什么，服务员已经来到桌前了，他便将话咽了下去。等到结账之后，他发现自己忘记了适才要说的话。于是，他提议一起去散散步、吹吹海风。女人点点头，站了起来。

从吃饭的地方走出去，光线更暗了，涛声也更大，像是宇宙粗重的喘气声。他们循着涛声，来到海边的一座木桥上，两边有扶栏，让他们稍稍感到心安。沿着木桥一直走，尽头是一座巨大的礁石，上面雕着梯级，两侧是铁锁链。“太危险了，要不就到这儿吧？”他说，但女人抓住铁锁链，开始默默往上爬，他只好紧跟其后。攀到礁石顶端，周围是一圈铁栅栏，大海就紧贴在礁石下面，每一次波涛的冲击，礁石似乎都会微微颤抖一下。

站在栅栏前远望，大海变得像墨汁一样黑暗，什么也看不见。这是个没有月亮也没有星星的夜晚。偶尔，一架飞机掠过，像璀璨的流星一般。“小时候，有一次晚上停电了，我从学校回家，路过麦田的时候，就像面对现在的大海一样可怕。黑暗像一种颗粒状的东西，可以越来越密、越来越黑。死亡就是那样子的吧。”女人面朝大海说着。他不确定这是以谁的身份和口吻说的话。张锋的小学是在别的地方上的，初中的时候才转来。因此，张锋看见大片的麦田也是毫不出奇的。

孔楠想说些什么来回应，但始终想不出来，干脆深深叹了口气，什么也不说了，任由海风在耳边呼呼作响。海是人类最渴望和最恐惧的虚无，在虚无面前，生与死都会失去重量。他们站在礁石上，再没有别的人上来，他们手扶栏杆，彼此保持着不远不近的距离，一动不动。两个孤独的剪影。良久，女人说冷了。孔楠说走吧，女人说真舍不得走，还想再看看大海，虽然什么也看不到。孔楠忽然心中一动，说：

“明天带你去海滩，去好好看看大海，还有海蜇。”

“城市海蜇？”

“是的，城市海蜇。”孔楠已经想好了，明早带这个以张锋自居的女人，去看看那一大片白色的塑料垃圾。他的心情已经有些迫切了，似乎有一种报复的心情。为什么而报复？这个女人说自己是张锋，他就要说垃圾是海蜇？僭越和混乱的交响曲。

“等到了海边，我会送个礼物给你。”女人故作神秘道。

“谢谢！”他咳嗽了几声，说，“我也是，也有礼物送你。”

回到孔楠租住的两居室家中，女人好奇地四下打探着。他干脆带她简单参观了下，一间是自己的起居室，一间是自己的工作室。起居室看起来凌乱不堪，被子都忘记了叠，可工作室一派后现代的高冷风格，打扫得一尘不染。孔楠让女人坐在工作室的休息椅上，说：“我已经帮你订好了旅馆，就在附近，你要是累了现在就可以过去休息了。”

“不急，”女人望着周围陈列的那些摄影器材，眼睛里流露出复杂的神态，“给我拍几张照片吧，做个留念。”

“现在？要不明天？”

“何必等待？我怕我明天没有了拍照的心情。”

“好，那就来吧。”

这对孔楠来说，其实是求之不得的。镜头才是他真正的眼睛。他要用镜头审视这个女人，就像用照妖镜去捉妖，他可以细细分辨这个女人到底是不是张锋。他压抑着内心的欣喜，装出机械麻木的神情，端起了相机。镜头中的女人，坐在沙发上，姿态端庄，抿嘴而笑，比起吃饭的时候更加无懈可击。孔楠按动快门，然后回放，放大，他想从中看到张锋的轮廓。不知道是不是心理作用，他越看，越是觉得相似。其实，对他这样以摄影为职业的人来说，用镜头拍摄了太多的人脸，将人脸单独拎出来，总会有种陌生化的效果。一开始他还去分辨这个人美那个人丑，但到了后来，他发现脸和脸之间的相似要远远大于它们之间的差异。自此，他反而变成了一个对长相不挑剔的人。他选择女友时，相貌也成了最后才考虑的问题。不过，这种脸与脸之间的相似性眼下让他深感恐惧，他可一点儿也不想在女人的脸中看出张锋的那张脸来。

“怎么样，看出我是张锋了吧？”女人不失时机地说道。

“唉，你这样说，不知道我会害怕吗？”他只能这样敷衍着。

“有什么好怕的。你永远也不知道，我为了成为一个女人付出了多大的努力。”

“无效的努力。”他低声说，抱歉地笑笑。

“你记得吗？高一的时候，我爸妈出差后，你去我家玩，我们就睡在一起整晚聊天。那个时候，我们压根不知道世上还有同性恋这回事，因为我们谈论的话题百分之九十都是关于女人的。你还是在我家，第一次看了色情片。”女人哈哈大笑起来，“没想到你没过多久就去实践了，我是到了大学，遇见那个鸡屎头的女孩，才有了第一次。”

他有些无法承受了，浑身哆嗦起来，忍受着痛苦似的说：“为什么你偏要扮演张锋呢？难道你……”

“孔楠，不拍了，不拍了，忽然没兴趣了。咱们还是继续喝酒聊天吧。”女人打断了他的话，挥了挥手，像一道不容置疑的命令。

他起身，去冰箱里拿出一打啤酒，还有一碟鸭脖、一包榨菜。冰箱的冷气竟然让他瑟瑟发抖，他觉得自己胆小如鼠。他把吃喝的东西都放在一个小凳子上，然后两个人在地毯上席地而坐。

话题似乎又回来了。没法不回来，这是他们两个人之间重大且唯一的话题。

“孔楠，兄弟，来，你摸摸我的肌肉。女人能有这样的肌肉吗？”女人捋起袖子，鼓出肱二头肌。她做出这个样子，实在是极为滑稽，但这个动作曾是张锋的招牌动作，女人连这个都会，越来越令人不可思议。

孔楠像梦游者一般抬起头来，再次打量着身边这个真实的女人，只觉得梦又深了一层，像是梦中梦。他机器人般地伸出右手，用手指捏了捏女人的肱二头肌，的确还挺结实。他又用手背在女人的胳膊上抚摸了一下，皮肤是冰凉而光滑的。一阵奇异的感觉传遍全身。靠抚摸能分辨出男人和女人吗？

“嗓音也能变吗？”他像发球一样，抛出问题。

“当然。”

“字迹呢？”

“这个你也问？你练习几天书法，你看看你的字迹变不变。”

“陶瓷职业没法解释吧？完全风马牛不相及。”

“你是不是以为这原本是文樱的工作？其实并非如此。我不可能完完全全、丝毫不乱地继承她的社会身份。这是不可能做到的。陶瓷材料研究是我大学时的辅修课程，我一直喜欢陶瓷，从来没有放弃。”

“我从来没听张锋说过这个，张锋大学时辅修的是机械工程。”

“这就是咱俩的不同。我对你的每一个阶段，都记得异常清楚，而你，对我的记忆总是似是而非。我现在再说一遍，我大学时辅修的专业是材料工程，全名很长，叫无机非金属材料工程，我主要的研究方向就是陶瓷。”

“你胡说，我一点印象也没有，张锋从来没和我提过什么陶瓷。”

“我说了，你不感兴趣罢了。其实我也理解你，你是立志要当艺术家的，对于理工科的这些东西，没有半点兴趣。”

“唉，我不想再和你这样纠缠下去了。不妨这样说吧，我现在暂且假定你是张锋变成的女人，那么，这一切有什么意义？你继承了文樱的身份，文樱还能活着吗？文樱已经死了，什么也不知道了。”

“我和你说过，我那会儿已经无法忍受自己的生活了。文樱走后，我差点儿就跟着自杀了。后来，我就决定变成文樱，以她的身份活着，这样原先困扰我的那些绝望不就没有了吗？”

“那你还真是幼稚，你觉得这世上只有你有困境，别人就没有？”

“我不是那个意思，我觉得自己的困境比别人的要更加绝望，比如，我就比你绝望。”

“事实如此吗？”

“我是幼稚的，我不否认这点。一直微笑的文樱，我都不知道她是如何可以微笑的。她曾告诉我，她老家的县城也开始模仿大城市，大建商品房，建那种高档小区，名字都叫罗马家园、枫丹白露之类的。总之，因为房地产业的发展，她老家的房子也被拆了，得了一笔不大不小的补偿款。她哥用那笔钱买了一辆哈雷摩托。你知道那种摩托吧？有高高的把手，前轮也向前伸得远远的，看上去特别酷。她哥哥天天骑着那辆车，在县城的街道上轰隆隆地飞驰。一天傍晚，她哥正在飙车，一辆运输卡车忽然从岔道转了过来，她哥哥连人带车撞到了卡车的保险杠上，然后高高地飞了起来……”

“救过来了吗？”

“不可能的，头骨都碎了。”

“太惨了。”

“但我觉得，这属于人生的意外，和我母亲主动选择失踪是不一样的。”

“还没你惨？”孔楠摇摇头。

“后来我才知道，文樱上中学的时候，曾被一位老师强奸过。”

“你之前不知道？”

“不知道，在我变成文樱之后，她的一个好姐妹和我说的。我知道后，差点哭死过去。我想给文樱报仇，我去跟踪那个老师。他已经很老了，退休了，得了哮喘，走到哪儿都大张着嘴巴呼吸，声音比鼓风机还大，嘴角耷拉着白色的口水沫子，一副快死的样子。他看见我，似乎也想不起什么。他神情呆滞地望着我，似乎在使劲回忆，我赶紧走开了。我对这样的人还能做些什么呢？什么也伤害不了他了。我心里只求着他不要那么快死，再多受点罪吧。”

“所以说，人生是无法逃避的，每个人都有每个人的沉重，那是一种隐秘的沉重，像无形的十字架。你想逃避这种沉重，反而会变得愈加沉重。”孔楠喝了一大口啤酒，继续说，“我印象中的张锋是很顽强的，踢足球满脸是血也不会逃避。”

“你说的那个张锋，倒是早就死了。”

“我在想，你应该是得了人格分裂症，把自己想象成另外一个人了。”孔楠说完之后忽然觉得一定如此，他之前怎么没想到呢？

“不，我不是人格分裂症，我知道那种病。我在还没有整形成文樱的时候，就有人说我得了这个病。我没有，我正常得很。得了那种病的病人，一种人格对自己另外的人格是一无所知的，可我不同。我知道自己曾是张锋，然后主动去做手术，变成了文樱。”

“那你现在究竟是谁呢？”

“现在是文樱啊。”

“那你又口口声声说自己是张锋，你不是错乱了吗？”

“因为你是张锋的朋友，那么，我用张锋的身份来和你沟通，不是更直接吗？”

“不是这么简单的，那意味着你拥有两个身份，张锋的和文樱的，所以说，实际上你已经彻底分裂了。不知道你有没有感觉到这种危险？”

“没什么危险的。能有什么危险呢？还有什么危险能大过死亡？”女人说完，一口气喝光了剩下的半瓶啤酒，将瓶子重重放在凳子上，这个举动倒是充满了男子气概。女人望着他笑了下，那笑容看上去极为惨淡。

孔楠不忍直视，扭过头，拿起酒瓶，也喝了几大口。他的头开始发晕。他这才意识到自己不知不觉中喝多了，那些酒精开始冲破他身体的防护网。

“是的，如果你是张锋，你都变成这样了，还有什么事情能让你觉得危险呢？”孔楠顺着女人的话接了下去，希望女人继续往下说。

“我跟死过一次很像，只不过没有喝孟婆汤，还保留着前世的记忆。”

“我看你对前世的记忆反而更清楚。”

“也许吧。”

孔楠和女人的对话再次进入死胡同。他还在猜测女人是不是患了某种人格分裂症，这并不是没有可能的。她无法接受张锋的死亡，先是幻想自己是张锋，但她的女性外表时时提醒她并不是张锋，因而她就延伸那个幻想，幻想张锋为了变成她的样子而去整形，这样一来，这个幻想人格便天衣无缝了。只是，她知道张锋那么多事情又做何解释？真的只是因为曾经聊得深入吗？那得需要多好的记忆力？女人有那样超凡的记忆力吗？孔楠再一次陷入了困境。他的脑仁愈加眩晕，他干脆侧着身子，在地毯上躺下了。他用胳膊肘撑住脑袋，仰视着这个女人，心里想：这是一场梦境，梦醒了就好了。

女人看他躺下了，也并排躺在他身边。当女人不说话的时候，尤其是不说自己是张锋的时候，他们四目相对，孔楠还是会觉得这其中有点儿男女之间的那种正常的暧昧。没办法，他想，人注定要被自己看见的东西所迷惑。要不然佛学怎么说所见者皆为虚空呢？于是，他干脆不去看女人，心中还是想再问她些什么，好从迷惑当中摆脱出来。

“那你既然决定让张锋死去，选择自己成为文樱，为什么还要和我联系呢？文樱和我之间是没有任何关系的。”

女人沉默了。她用手抚摸着自己的裙摆，像是陷入了沉思。

“我不知道，”女人喃喃道，“你的问题太多了……当然，这也不能怪你，这种事不论谁遇见了，都会喋喋不休问个没完。其实，我也无数次问自己，与自己争辩，与自己撕扯，与自己一同陷入深深的绝望……哈，你现在千万不要问我我所说的自己究竟是哪个自己。话说回来，我原本的确没想过要找你，是在整理过去信件的时候，被触动了，才给你寄了张明信片。我以为事情到此为止，没想到，我们很快有了见面的机会，但是，直到那一刻，我说自己是张锋的那一刻，我都没有下定决心，在犹豫要不要把事情的真相告诉你。现在我忽然有了一个想法：也许，我来找你，是在跟张锋更彻底地告别吧。”

“好，让我们彻底告别张锋吧。”孔楠闭上眼睛，那个记忆中的张锋，瘦瘦小小的，在球场上奔跑着，脸上和身上都是鲜红的鼻血，因此，他看不清张锋的脸。

他睁开眼睛，发现女人正望着他。他刚想说句话，女人挪了过来，伸出胳膊抱住他。女人的气息和身体笼罩了他。纯粹的女性气息，没有丝毫的男性元素。他的呼吸有些急促，主要是陌生和复杂心态引发的尴尬。女人的胳膊一使劲，他们靠得更紧了。他都能感觉到女人身体的线条。他忽然想，他们可以做爱吗？他没想到自己竟然会冒出这样的念头。随即，他又深感羞耻。这种羞耻让他闭上了眼睛。他这才明白这个念头并非来自性欲，确切来说，是心底的报复。也不是针对女人或是张锋的报复，是针对一种模糊不明的事物。是命吗？是活着的这一切吗？有可能。如果他粗暴地撕破这个陌生女人的衣裳，和这个女人做爱，那么她便是一个确切的女人、一个陌生的女人、一个斩断了和张锋关系的女人……

“你对我有异性的感觉吗？那可不好，我真的是张锋。”女人似乎感受到了他的念头，取笑了两声。

“哪有的事……”他尴尬地笑着，想推开她。

可忽然女人哭了起来，从笑到哭，毫无预兆，而且哭得伤心欲绝。哭声并不大，但身体颤抖得厉害，眼泪更是肆意奔流。他回抱了她，轻抚她的背，希望她能平静下来。“张锋。”他叫，脱口而出，这句话凝固了世界。女人“啊”了一声。这个时刻珍贵得难以言喻，他瞬间就意识到，在他的一生中这样的时刻一定是独一无二、意义非凡的。这个时刻，含义复杂、暧昧难名，像是过去复活了，而未来不再存在，自由可以永恒。他闭上眼睛，内心的伤口全都敞开了，充分体验着这一刻。他也想哭，可哭不出来。女人的哭声愈加沉痛，却让他的心底愈加释然，因而女人的哭声像是他自己的哭声，他与她共享了一次永远也说不清所以然的哭泣。

他们就这样拥抱着睡了过去。

第二天早上，孔楠和女人醒来，看着彼此睡眼惺忪的狼狈样子，都笑了起来。笑罢，孔楠觉得心口一热，是那种老朋友之间的温情。这个人是张锋吗？他发现自己的心情和昨天大不相同，他当然没有被女人完全说服，但他觉得，这个问题似乎也并不急着要得出一个确切答案。相较于这个答案的确定性，眼下的这种复杂而神秘的状态更值得全身心投入。洗漱之后，孔楠带女人去家附近的酒楼“虾饺妹”吃了早茶，玲珑多变的粤式糕点让女人很高兴。女人说昨晚光顾着申辩了，没吃饱，浪费了一桌好菜。孔楠做出痛心疾首的样子，说那可是我半个月的工资呀。女人不信，说应该是她半个月的工资才对。他们笑。女人高兴的时候，笑得很大声，好在整个酒楼都很嘈杂，她的笑声并不突兀。他给女人冲了一种叫“萝卜麻花”的茶，他也不懂茶，说不清楚，女人便望着茶笑。女人的状态和昨天也完全不同，笑容多了许多。而且，她也很少主动再说“我是张锋”这样的话了。吃早茶期间，他们天南海北地聊，楼市、股市、工资、人生、新闻、明星，和其他人聊的没什么不同。孔楠心中暗想，无论这个女人是谁，她在单位里、在社会上，和人相处是没有问题的。

走出茶楼，阳光热烈，抬头望，天空中心蓝得都发乌了。这种好天气，即使在滨海城市，也是相当难得的。

“昨晚你不是说没看清大海？今天可以看个清清楚楚、明明白白了。”孔楠笑道。

“希望能看到海蜇，我还没见过活着的海蜇呢，”女人抬起右手捋捋头发，“我是指那种自然状态中无拘无束的海蜇。”

“你肯定在电视里见过的，就那样。”他在空中舞动着手掌，像两片落叶。

“那你了解海蜇这种生物的习性吗？”她转头看着他，微笑中带着挑衅。

“其实……没有特别去探究过。”他坦然承认。

“我最着迷海蜇的，就是这种生物既可以有性繁殖，也可以无性繁殖。”她低下头去。她穿了一双黑色的高跟鞋。

“什么意思？海蜇是雌雄同体的？”

“不是，海蜇有雌雄，可以结合后用受精卵繁殖，但神奇的是，它们也可以脱离异性，自我繁殖。”

“自我繁殖……”

“是的，自我繁殖。”

他笑笑，思忖着弦外之音。

他开车带女人去海边。女人望着窗外，为了避免沉默与尴尬，时不时询问着路边的景物。他发现自己没白在深圳生活这么多年，那里是腾讯的，那里是万科的，那里是华为的，他指指点点，如数家珍。他对此也暗暗惊讶，他从未认真去研究过这座城市，可现在，自己竟然像是这座城市的设计师。

“你真行，”女人说，“我对自己的那座小城几乎没什么了解。”她叹口气，继续说，“在小城里很平静，没有激动人心的事情，因而也就没有渴望、没有动力，甚至，有时会觉得自己和世界没有什么关系。”

他迅速瞥了眼女人，半开玩笑说：“你这番话是代表张锋还是文樱呢？”重提这个话题，让他绷紧了神经。经过一夜的发酵，他想听听女人会怎么说。

“他们过的都是那样的生活，我代表了他们两个人。”女人用轻松的口吻说。

“好吧，你越来越厉害了。”他彻底放松了，笑道，“你代表他们两个，再加你自己，你现在成三个人了。”

“嗯，是的，我由一群人构成。”

他们一起笑了，这时车开进了隧道，光线昏暗下来，隧道的墙壁上画满了各式各样的涂鸦，有蜡笔小新，有成龙，有怪兽，还有巨大的男性生殖器，他们仿佛忽然置身于另一方世界。出了隧道，强烈的阳光重新降临，他们被照得睁不开眼，孔楠本想戴上墨镜，但他只是眯着眼睛，放下了头顶的遮光板。他现在不想戴墨镜，似乎那样意味着一种疏远。

“大海肯定快到了。”女人忽然坐直了身子。

“你怎么知道？猜的？”他搜索着记忆，对此也没法判断。

“光线变得更强了，一定是来自大海的反射。”

“果然是理科生，不管张锋还是文樱，你们都是理科生。”孔楠也学会了这种似是而非的幽默。

“大海是世上最大的镜面。”

“好吧，不但是理科生，还是诗人。”

车一转弯，瞬间，大海就出现在眼前。那种浩瀚无边的蔚蓝带来了一种无处逃遁的逼迫感，他们不再言语，陷入各自的沉默中。她伸出手指，按下按钮，车窗打开了，海风吹了进来。他深深吸了一口，像吸烟似的。他注意到海面上蒸腾着一层薄薄的白雾，不知道是被风吹皱的细密波纹，还是因为炎热而蒸腾的水汽。女人忽然重重叹了口气。他的心提到了嗓子眼，不知道女人会说点儿什么。然而，女人终究什么也没有说，似乎只是转过脸来望了望他。他不确定，因为当他扭头看的时候，女人已经继续望向窗外了。他看不清女人的表情，女人白皙的脸部快要被明亮的光线给融化了。

海边的堤坝开始变矮，树木也越来越稀少，沙滩的边界出现了。

“到了。”

他打开车门，下了车，沙子立刻软了下去，包围了他的脚。女人也跟着下了车，风有些大，把她的长发高高抛在空中。

他们一前一后向海滩走去，远远的，就看见了那片白色。

“海蜇！”

女人在风中喊了一句，嗓音有些飘忽。她和孔楠那次一样，身不由己地开始奔跑。她越过孔楠，跑向那片虚构之地。他注视着她兴奋的背影，心里开始数数，刚刚数到七，她就停了下来。她站在原地，然后缓缓回头，迟疑地望着他。

在这一秒钟，因为看到了女人失望的样子，他的心上掠过了一丝懊悔，但一秒钟后，他还是笑了起来，笑得上气不接下气，像是小时候在愚人节设计的恶作剧终于得逞了。

“这就是我送你的礼物，”他说，“对不起。”

他走了过去，那片白色的塑料垃圾在海风中瑟瑟发抖，灿烂的阳光让破败无所遁形，格外触目惊心。

他期待着女人失望、生气或是大笑起来，可都没有。

她在沙滩上缓慢走着，把那些白色的塑料踩在脚下。她高跟鞋的后跟深深陷入沙中，留下了一个个孔洞。那些塑料早已风化朽烂，随着她的脚步，碎成雪片，然后被海风激荡着，向身后的城市飘去。那座他寄居其中的城市，无数的陌生人来了走了发了亏了笑了哭了有了没了醉了醒了……恰如这垃圾可以美如海蜇的沙滩。

“还是很美的。”

女人轻轻说道。

“你之前问我对海蜇了解多少，没错，我对海蜇确实了解不多，但我知道，海蜇的生命是很短暂的。”他被一种情绪驱动着说，“它只能活几个月，但它在海水里跳舞的时候，像外星生物一样让人着迷。我做过一个梦，梦里每只海蜇的体腔里都住着一只发着微光的萤火虫。”

“真美……”

“你是海蜇，而我，是这垃圾。”他或许想开个玩笑，但说完后，又觉得非常准确，补充道，“不用反驳。”

“你没必要这样说自己。”女人沿着海岸线慢慢走着，离孔楠越来越远，她的背影成了与海相依的一道风景。

女人站住了，转过身来，朝他喊道：“孔楠，你不想看看我这天衣无缝的杰作吗？这就是我要送你的礼物。”

孔楠还没反应过来，女人便解开了拉链，脱下了连衣裙。裙子成了一圈不成形状的布，女人抬脚从里边走了出来，只穿着内衣站在沙滩上。孔楠像雕塑一样呆立，不安地望着女人，不知如何是好。女人的动作没有停，她脱掉了文胸，脱掉了内裤，一丝不挂地站在那里，安静地望着他。

那饱满的乳房，在强光中闪耀着细瓷的光泽；腰部的线条收拢得恰到好处，凸显了胯部的浑圆；两腿间，是一抹淡淡的阴影，像是海面上漂浮的雾气。海风的吟唱、沙的温软，凝聚成谜一样的存在。他凝视着，身心越来越平和。他不再不安，他越来越专心致志，只有那样的凝视，才对得起这样的时刻。在凝视中，他也不再困惑，因为在凝视中，他的自我消失了，像海天之间的空无。

后生命

我说服不了任何人，最终也说服不了自己，但是，面对你们，面对把他当成是最高信仰的你们，我只能说：

“也许是我，害死了他。”

我作为一名资深芯片研究专家，怎么会在封闭、无影的实验室里将李蒙的意识芯片给弄丢了？我分明紧紧地抓着它，就像它是我身体的一部分，但那块比指甲盖大不了多少的玩意儿就在我的手指间像蒸发掉了一般，没有任何踪影。实验室有着全方位无死角的全息监控，现在，几十个科学家被紧急组织起来，对着事故发生时的三维立体影像记录反复观看。他们像小学生那样认认真真看了几十遍，然后面面相觑，一脸惶然。他们对芯片的凭空消失，百思不得其解。

这种意识芯片并非是普通的机械物质，而是近似于透明的有机组织，可以在电子信号与神经元之间建立联系。我一直认为，意识芯片是我们这个时代最伟大的发明。正是这个发明，终于将我们人类自身纳入了信息文明的范畴之中。换句话说，自从有了这个小玩意儿，我们的生命，至少一部分生命，不再是血肉之躯。那些冰冷无感但是功能强大的电脑与机器造物，成了我们生命的一部分。这不再是一种比喻性的说法，而是一种稀松平常的客观描述。

假如还有人不知道李蒙是谁，那么，我要告诉你们的是：李蒙，他可不是实验室的小白鼠，而是一个科学家；还不是一个普通的科学家（比如我），而是一个伟大的科学家。

正是他，创造出了意识芯片。

他是我们这个时代的父亲。

你们这下终于明白这场跟我有关的祸事了吧！弄丢李蒙的意识芯片，将会是一场巨大的技术浩劫。只有他，才知道意识芯片的根本奥妙。没有他，就没有芯片的升级换代，人类的复活计划就要无限期延后。

我被勒令关在实验室里，像囚犯那样接受审问。他们认为问题一定出在我这里，他们怀疑是我做了什么手脚，试图窃取李蒙的意识芯片。我申辩，我要李蒙的意识芯片一点用都没有，因为李蒙的意识芯片与其他任何人的基因序列是不兼容的（这是科学常识），但这几个穿着黑色西装、表情严肃的人，对我的申辩很不满意。

他们说："你是这方面的专家，你一定有你自己的盘算，说不定你想窃取意识芯片的秘密，以后宣称是自己的发现。这样的学术剽窃我们见得多了。"

这是用巨大的恶意来揣测我，我感到一阵恶心。他们来自一个神秘的部门，他们出现的时候，就是你被当成罪犯的时刻。我虽然清清白白，什么也没做，但面对他们，我依然有些胆怯，心里涌动着承认些什么也许就会解脱的冲动。可我能承认什么呢？承认自己的怯懦？我不该为自己感到羞耻，罪感是人所固有的，他们身上难道没有吗？

“我和李蒙是彼此最信赖的合作伙伴，是他托付我进行这场实验的，我怎么可能做这样的事情？没有了李蒙，仅靠我一个人是不可能继续开展这项研究的。”

“那你好好问问你自己吧，有了答案再联系我们。”

他们把我一个人锁在实验室里。没有立刻把我送进监狱，这算是一种仁慈吗？我想他们的意图不是显示仁慈，而是不让我离开“作案”的环境，防止我把那个已经失踪的芯片带到外界去。

我只得像狗一样趴在地上，寻找着芯片的踪影。明知道这样是枉然，但我已经完全屈从于他们的压力。我用手指摸遍了实验室的每一个角落，还是一无所获。我的手指只是变得干燥，上边连灰尘也没有。

在光线均匀分布的无影空间里，我一个人坐在椅子上，周围没有任何的动静，时间似乎消失了，我对世界失去了判断。我感到身体正在被一种说不清的状态给腐蚀着，我觉得细胞在蒸发，我在变得透明。

我记得当时我刚刚把芯片和李蒙的大脑连接在一起，正准备将他的意识转移进他的克隆体Ⅱ的脑颅内部。上一个克隆体没有接受他的意识芯片，只能被送往管理中心焚毁（之所以焚毁是因为李蒙的基因序列是重大机密，如果是普通人的克隆体出现这种情况，就会被改造成肉体机器人）。上次的失败，让我这次不免紧张，我似乎有一瞬间走神了，可那一瞬间最多不超过零点四秒。难道就是在那零点四秒当中，芯片丢失了吗？

但芯片不是丢失，是消失了，好像世上从来没有过这块芯片一样。

我伸开双手高高举起（看上去像在祈祷），手指似乎还能感觉到那芯片的质感。它像一只有生命的昆虫，只是不会大动。尽管我当时戴着无菌手套，还是感到它表面黏糊糊的，像鲜肉的断面。我把它和李蒙的大脑接通的时候，它似乎微微颤抖了一下，我从没想到它还会动，李蒙之前没有告诉我，因此我以为是自己的肌肉由于紧张在颤动。它是如何沟通生命和非生命的？就连李蒙本人也没能在理论上阐释透彻，他只是不断地使用各种新材料去实验。我怀疑他的成功带有极大的偶然性。

这种怀疑是源于嫉妒吗？我觉得不是。科学发明有时的确需要运气，有很多发明创造都走在了理论认识的前面，历史上这样的例子太多了。

我放下双手，撑在膝盖上，像梦游者一般打量着周遭。我的目光碰到了还躺在那里的李蒙。李蒙的克隆体Ⅱ还躺在另一边，他们看上去很难辨别，而我对克隆体的态度总像对待一个高级版的塑料模特。我站起身，走过去，靠近他们。他们的呼吸都已经停止了，普通的芯片手术是不会影响心肺等器官功能的，而这次是彻底的意识转移，大脑的功能完全没有了，其他器官自然也都失去了控制。这两个身体连接着实验室的细胞凝聚装置，倒是可以长期保存下去。他们还没有被移走，也是担心芯片会被带出去。而且，放在这里，对我也是一个惨痛的提醒：你害死了自己的朋友。

仅仅因为不见了一个小小的芯片，那具身体竟然就失去了生命的全部意义。那具身体变成了一个躯壳、一个完全物质性的生物组织。这就是死亡吗？我们对于死亡的定义是否能用在李蒙身上？我站在李蒙的身体旁边，凝视着他，他安详的样子好像随时都会醒来。我伸手碰了碰李蒙的脸，僵硬、冰冷，与冷藏柜中的尸体类似。

我终于哭了出来。

李蒙是我的挚友，我们在这个领域里共同探索了二十年，结下了深厚的友情。我从没想到他会这么早离开这个世界，还是毁在我的手上。事故发生后，这是我第一次哭泣。此前，我一直处于恍惚的情绪中，不敢相信这是真的。我总觉得芯片能找到，李蒙马上就能苏醒。我的这种希望并非一厢情愿，人类已经攻克了绝大部分疾病，只要病患不伤及大脑，大部分人都能活过百岁，而李蒙这时才四十岁，正值无限风光的壮年。我和其他人一直认为，以他的智慧，他迟早会研究出人类复活的核心技术。

泪水很快就干了，实验室一成不变的光线与温度，让我一个人的哭泣像白痴的梦呓。我在李蒙身边坐下，看着他的脸，想象着此刻如果他还有意识的话，他会怎么应对。我让自己真正冷静下来，像科学家那样用尽全力思考芯片的下落。

我说过，这次的芯片不是普通的芯片，是独一无二的。那种已经进入工业化生产的普通芯片，只是复制了人体的大部分记忆和一部分思维结构，就人工智能领域来说，这的确是大大迈进了一步；但是，说到底，那依然还是复制或模拟的生命，而不是生命的真正转化，不是生命的萃取、复活与永生。

对这一点，我以前并不是真的理解，直到李蒙有一次和我争吵起来。

“生命究竟是什么？意识的来源太神秘了！”我记得李蒙很激动地对我嚷嚷道，他的双眼弥漫着一层泪水，“仅仅只是复制生命，那么我们并没有从根本上改变人类的命运，区别只是在于，以往人类是靠生殖去繁衍后代，而我们现在掌握了基因技术，可以直接克隆人体，算是实现了无性繁殖，但本质是差不了多少的！”

“我不同意你这么说，”我当时很惊讶这些话是从李蒙嘴里说出来的，“人类掌握了基因技术，然后，是你，李蒙，你在生命和非生命之间建立了联系。我们可以用电脑储存记忆，我们可以用大脑直接控制机器，这是多么伟大的创造！你的研究都差不多逼近造物主了！”

“可是，你知道，我的研究遇到了很大的困境！”李蒙叹了口气，顺着实验室的墙壁滑下来，坐在地上，手臂撑着脑袋说，“我的母亲得了脑癌，这是最可怕的一种病。当时，我赶紧将纳米机器人注射进她的颅内，去清除癌细胞，但这种治疗方式只能延缓死亡，无法根治疾病。因此，我用母亲的干细胞克隆了她的身体。你知道我们早已不像刚刚掌握克隆技术那会儿了，那时还是以培育单体细胞的方式去克隆，等到单体细胞发育成人，不但时间极为漫长，而且在意识上也已经是另一个人了。我们现在采用的是提取基因序列，然后同步克隆各个器官，再最终拼装成人体。我们甚至可以设定克隆体的身体年龄。”

“是的，你用最快的速度，三个月就克隆出了你母亲四十岁的身体。”我知道他需要用这种和我聊天的方式梳理思路，便陪他说下去。

“可是我无法将母亲的意识传导进克隆体的大脑。我用芯片复制了她的全部记忆，再植入克隆体的大脑，却无法激活和唤醒，只得借助电子脑设备。但那只是一个拙劣的复制品，她成了我母亲的扮演者，而不是我母亲。”李蒙握紧了拳头，在痛苦的回忆里挣扎着。

“因此你认识到仅仅复制记忆，并不是生命的转移。”我也坐到他旁边说，“生命的转移，需要的是全部意识的转移，但意识究竟是什么呢？意识是物质的还是反物质的？科学发展到今天的程度，我们竟然会陷入一种哲学困境里。而哲学作为一门学科，早已死去多年，跟更早以前的神学著作一样，几乎没人看了。”

李蒙的声音哽咽起来：“我趁着母亲弥留之际，还有最后的意识，对她说，我一定会复活她的，但我的母亲竟然变得非常愤怒。她挣扎着要我答应她，要执行遗嘱里写的火葬，要将记忆芯片一并烧掉。她要走得彻彻底底。你知道，这年头只要是手上有点钱的人，都会想方设法保存自己的遗体，渴望有一天有了复活技术，可以重新来人间享受生活。我自然不缺钱，可以用最好的条件去保存母亲的遗体，而且，我一直相信，我就是那个创造复活技术的人。到时候，我第一个复活的人就是我的母亲。但是，她竟然要这样彻底毁灭自己，为什么呀？”

“那你怎么办的？你真的火葬了她吗？”

李蒙的母亲如此决绝，让我震惊。李蒙都无法理解，我更加无法回答，但情感上我觉得李蒙母亲的选择是可以理解的。

“你觉得我会怎么做？”李蒙反问我。

“以我对你的了解，你肯定背叛了母亲的遗嘱，留下了她的记忆和身体。”

李蒙没有接我的话，说起了别的：

“你知道，那些弥留之际的人，同意将自己的记忆借助芯片上传进入总系统，那将带给他们没有痛苦的濒死体验。在那里，他们仿佛没有死去，带着生前的记忆存在于电子世界里。”

“是的，他们成了电子化的存在，”我继续问他，“你是说，你把你母亲的记忆也上传进了总系统？”

“那些家属觉得这样非常好，他们的亲人终于永生了，在电子世界里过着幸福的生活。”李蒙继续自说自话，嘴角向下咧，说不清是嘲弄还是悲伤。

“难道不是吗？”我借机反问他。他特别喜欢辩论，我为了激发他的新思想，会经常做那个不断提出标靶的人。

“难道你不知道这是个精致的谎言吗？那些可怜的人，只是在临死的瞬间体验到了进入永恒的幻觉，然后，他们就彻底死去了，哪里有什么永恒的电子世界？那个电子世界是给不加深思的世人看的，总系统整合死者的记忆，模拟出死者生前的形象，展示出一些碧海蓝天的环境，然后让这些形象跟生者聊天，告诉生者他们在那边过得很好，生者竟然会信以为真！”

“你说得没错，可那的确带来了极大的慰藉，不是吗？无论是对死者还是生者。”我给他倒了一杯柠檬红茶，加了冰块，希望能让他的情绪平和下来。

“世人能从中得到安慰，可我不能，我反而感到更大的痛苦。”他喝了一口茶，喉结动了一下，那个样子看上去有些孩子气的桀骜不驯。

他盯着我问：

“你能体会我的心情吗？”

“是的，我能体会，那是我们的天花板。”

“天花板，是的，压迫着我们，让我们透不过气来。”

“也许，真的像哲学家，甚至神学家说的，人是有灵魂的。”我说完，叹口气，想起前几天在意识书库里调取的《薄伽梵歌》，里面有这样的歌词：“就像脱去旧衣服，穿上新的；死后灵魂离开身体，然后获得一个新的。”

“没想到你这样倒退了，”李蒙低下头，似乎对我很失望，“灵魂，这个古代人的概念，今天看来，我想只是一个不确切的比喻性说法。我们作为顶尖的科学家，就是要破解灵魂的本质。没有什么不可破解的奥秘，只是人类的智慧还太低下。”

“嗯，还需要漫长的探索，也许，这不是我们这代人能解决的难题。”

“你刚才说过，我们这代人可以将记忆和神经脉冲转变为电子信号，从而打通生命和非生命的界限，这是了不起的创造。我承认，每当想到这点，我也会深感自豪。不过，这让我更加有了紧迫感，我总是在思考，意识，或者你说的灵魂，如果也能够转变成电子信号，那会怎么样呢？人类就可以彻底抛弃血肉之躯，活在任何设备之中。比如，可以把你的意识装载在飞船上，去探索宇宙空间。那样，你就是那艘飞船，那艘飞船就是你，太奇妙了！”李蒙谈到这一幕，仿佛它已经实现了。他一扫刚才的沮丧，面带微笑，神采飞扬，这是他极具魅力的时刻。

“我可不愿变成一艘飞船。”

“那没问题，等飞船回来，再将你的意识重新植入你的克隆体当中。你依旧是三十岁的小伙子，还可以和姑娘们寻欢作乐，哈哈。”他举起茶杯，有些手舞足蹈。

“你真的火葬了你的母亲吗？”我给他泼冷水。

“行啦，你都知道我不会的，还问什么？”他转身，哼出了贝多芬的《第九交响曲》。“未来科学再怎么发达，大概都不会出现这么伟大的音乐家了，这也是非常困惑我的问题。唉，生命太奇妙了。”他感慨道。

“太奇妙了”这四个字已经成了他的口头禅。我看着他的背影走向了实验室第三区，那是他的专属王国。

自那天起，李蒙投入了没有止境的高强度工作。我很想深度介入他的工作，但他不肯。或许因为我脸上闪过一丝不快（心里确实怀疑他是不是在提防我），他拍拍我的肩膀说：“这次你真的没法帮我，我要拿自己做实验。因为涉及意识，我必须自己去体验，才能把握住其中微妙的感觉。”

他这句话打消了我的误解，我感到羞愧，不过，我很快又担忧起他的健康，万一他的意识受损可怎么得了！他让我放心，只要一日三餐时能看到他就没问题。他是个十足的吃货，简直像个老饕，一顿能吃一斤牛肉、半斤大虾和大量蔬菜水果，他的高级私人医生认为这正是他创造力旺盛的表现，但我不这样想。我觉得那是他焦虑的表现。我不是医生，我的想法没有人在意，我曾旁敲侧击问过他本人，他含含糊糊地说：

“这个问题，我从没想过。可这是个问题吗？吃坏了胃，换一个就是了。”

“没错，你已经换过一次了，不在乎第二次。”我不知道怎么劝慰他了，只能嘲讽。

“大脑也能换就好了。”他不在乎我的嘲讽，沉溺在自己的思绪里。他双手抱着脑袋，紧紧闭上了眼睛。

难题就在大脑。

大脑会老化，正如李蒙的母亲那样，即便用最先进的纳米机器人去修复脑部细胞，也不能从根本上解决问题。终有一天，大脑这座熔炉会变成熄灭的灰烬。因此，大脑的健康构成了生命的大限，想复活、想永生、想转移意识，就必须破解大脑的奥秘。

但很可惜，这方面的研究一直停滞不前，即便人类已经可以克隆出和原生身体一样的大脑组织，它却始终无法像人的生命那样获得意识而后“苏醒”(诡异的是，单体细胞逐渐成长后却可以成为新的生命)。科学家们只能将电脑植入大脑组织内部，靠程序和电力驱动神经元系统，这样的人只是肉体机器人罢了。肉体机器人在家用市场上很受欢迎，可以做管家、女佣、性爱伴侣、代孕工具等。由于价格极为昂贵，肉体机器人还只是富豪们的用品。当然，也有人用积攒多年的存款，买这样一个肉体机器人一起生活，因为这样既可以有人陪伴，避免孤独，又可以逃避婚姻的种种麻烦（如果不喜欢某种性格设定，还可以设置成其他的)。婚姻制度因此受到极大冲击，虽然还没有消亡（因为爱是人的本质欲望，这是肉体机器人无法真正给予的，只能模拟)，却也变得开放包容了很多，不仅同性婚姻合法，还出现了没有限制的群体婚姻。结合和解除都很便捷，家庭变得更像是一种寻求亲密互助的经济组织。

多少年前人类最为惧怕电脑会出现生命意志，这件事依然停留在想象之中。的确，在很多领域，电脑和机器人已经代替了人类，但没有了人类的管理，它们依然只是会执行特定任务的非生命。我有一次无意调取历史信息，看到公元二〇一七年人类下围棋输给了电脑，电脑还学会了写一些简陋不堪的诗，当时的人们因此变得很悲观，觉得人类快要被人工智能取代了。现在看来，那是多么低等的人工智能啊！电脑是会按照人类的审美规则排列词句造出诗来，但问题的关键在于，电脑并不知道那是诗、那意味着什么，那只是它在执行人类的意愿而已。直到今天，科技进步了这么多，电脑不但会写诗、写小说，还会根据故事情景的设置拍电影，但它仍然并不知道自己在做什么、那意味着什么，它依旧只是在执行人类的意愿而已。因此，从本质上说，人工智能依然只是人类智能的延伸与增强。想想也是，连克隆的人脑都无法获得意识，更何况是人脑创造出的电脑。

李蒙不断地和我交流他的思路：如果意识能像记忆那样通过特制芯片转为电子信号，然后在一个全新的大脑里重新释放变回意识，那不就是一种复活吗？

“这样的实验我们已经做了很多次了，原生意识无法复制到克隆体中。”我叹气道。

“我觉得是我们在量子层面探索得不够。意识和记忆的机制是完全不同的，记忆是存储，可以复制，但意识是本质驱动力，是不可能复制的，那么，只有转移这一条路了。”

“说真的，李蒙，我对此越来越绝望了，也许灵魂是唯一的，是不可转移的。”

“不要再跟我提‘灵魂’这个词！”

他忽然朝我大吼，我被吓了一跳。他的脸涨得通红，太阳穴变成了青紫色，牙齿紧咬，像低等动物准备发动攻击一般。他第一次对我发这么大的火，我完全不知所措，想不到提及灵魂会让他如此愤怒。

我什么都说不出，只能沉默，但我没有回避，坚定地望着他。

“大脑也是物质的一种结构，与其他物质是一样的，只要我们足够耐心，肯定能够掌握大脑的全部秘密，而意识，只是大脑那个物质环境生发出来的一种现象，一定可以被掌握！”他居然没跟我道歉，继续和我大声说话。

“你说得没错，”我心平气和地对他说，“但如果‘意识’这种现象无法脱离原有的物质环境呢？它们是一体的、不可分割的呢？你怎么转移？”

“不，你这种说法太机械论了，太愚蠢了！”他气急败坏，直接用语言攻击我。他不再看我，来回踱步：“意识就像火，在特定的物质环境下是可以点燃的，你懂吗？如果按照你说的，那么这个原本物质的宇宙是如何诞生出我们这些生命来的？意识如果不能凭空产生，那整个地球至今只能是一片荒原，最多长满了没有意识的野草！”

他谈到了“意识起源”这个宇宙终极之谜，对此我早已放弃了探究，但现在我认识到，这个谜题与目前的研究有着极为密切的关联，甚至是一致的。李蒙比我有智慧得多，我甘拜下风。

“没错，是我愚蠢。”我停顿了一下，“你这次不是逼近造物主的领域，而是真的进入了造物主的领域。”

“什么是科学？不就是一直在向那里挺进吗？”

“我能帮你什么，以后直接告诉我就好。”

“好的。”他逐渐平静了下来，对我说，“对不起，我已经快被折磨疯了。”

“是人，智慧就会有边界的。你已经很了不起了。”

“谢谢。”他冲着我微笑了一下。

三年过去了，李蒙对芯片做了极大的改造。由于不了解关键的技术部分，我差不多只能做他的实验室助理。我也目睹了许多诡异的事，比如李蒙经常和垂死的病人待在一起，研究他们临死前意识的变化。由于他关注的是意识的去向，遇见迟迟不肯断气的病人他还会很生气，等病人咽气了，他又兴奋得哈哈大笑。我觉得他的研究让他丧失了对人的基本同情心。聊天时我暗示过他，但他对此不屑一顾，他觉得自己的研究是为了人类复活的生命大道，如果成功了，那些他研究过的死者，将会获得率先复活的优惠。

“你研究的时候，也是这样对他们许诺的吧？”我问道。

“是的，”他说，对此并不回避，“这样说，他们很高兴，没有比这更好的临终关怀了。”

“希望他们真的能享受到你的许诺。”

“已经快突破了，明天的实验中你就能看到了。”他冲我神秘地笑了。

第二天的实验果然和以往的都不一样，那是一个患脑癌早期的老太太（李蒙对脑癌耿耿于怀），老太太的求生意志非常强烈，她希望能通过这场“手术”获得新生。李蒙拿出改造后的芯片，我发现它在外观上都有了很大改变，机械化的质感越来越少，看上去像有生命的昆虫。这个芯片不再复制记忆，而是以量子模式提纯意识，再将意识释放进克隆体的大脑内部。

“因为意识是唯一的，因而这次实验用的芯片也是唯一的。”李蒙对我晃了晃手中的芯片，然后把头扭过去看着老太太。老太太非常紧张，李蒙按下催眠键，老太太顿时进入了麻醉状态。

“一个沉睡的意识肯定比活跃的意识更好转移。”

李蒙说着，将芯片的电极逐个放置在老太太头上，并释放纳米机器人，让芯片可以探测到每一个脑细胞。然后，他喘了口气，盯着我，眼里满是不确定的惶恐。

“成败在此一举。”他启动了芯片。

我看到老太太眼皮下的眼珠开始颤抖，进而开始转动，顺时针转一周，紧接着逆时针转一周，衰老耷拉的眼皮却越闭越紧，仿佛眼睛背后有什么东西在抽扯着似的。那个昆虫般的芯片竟然发出了微光，李蒙一动不动，死死盯着芯片。

“转移过程会产生巨大的能量，正好作为观测的指标，现在才刚刚开始。”

“测量仪的指针动了。”

“等指针摆到一百的刻度，你就准备将芯片信号输入克隆体。”

“没问题。”我紧张地盯着仪表。

老太太的嘴巴张开了，双颊深深凹陷，显露出濒死的状态。我不免有些担心。李蒙反而露出微笑，说：“意识转移，意味着这边的身体要死亡了。目前看来，转移成功的可能性还是很大的。”

我稍稍有些放心。此时，指针已经逐渐指向了刻度四十，我感到心脏猛跳，血液涌向太阳穴，整个人有些微微战栗。改变人类命运的时刻马上就到了。我怕等会儿措手不及，赶忙提前启动了克隆体头部的各项电极。

时间变得极为缓慢，每一秒钟，都像心头重负，而指针始终不能再前进一格。李蒙的额头开始冒汗，汗水流进了他的眼睛，他看上去像在哭泣。

“哪里出了问题?”我问道。

李蒙没有说话，快速检查了一遍设备，并用他特制的仪器检查了芯片。

“一切正常，”他说，“要不然就这样开始转移吧。”

“离一百还早呢。”

“这样僵持下去，老太太快不行了，我们抓紧尝试一次，也许就成功了呢?”

“好!”

我将克隆体的电极从另一端连接到了芯片上，李蒙启动量子化平台，为芯片提供逆向动力。克隆体的面部肌肉有所颤动，牙齿也碰撞在一起，发出了奇异的摩擦声，但克隆体的眼球还是静止不动，完全不受影响。

“很明显是能量不足的原因。”我说。

李蒙加大了功率，试图强硬地将那四成的意识能量逼进克隆体的脑内。克隆体面部的肌肉抖动得越来越厉害，嘴巴变歪，舌头像小丑那样吐了出来，可眼球还是没有自发转动，这是意识活动之后最为关键的生物体征。我抬头看老太太，她此时的呼吸已经完全停止，细胞全部依赖仪器供氧。这样的状态如果停滞过久，会对意识造成极大损伤。

“实验得马上中止。”我提议。

“你说得对，”他的头垂了下去，左手按着扶手，右手扯着自己的头发，闷声闷气道，“实验再次失败。”

十二个小时后，老太太在体内百万个纳米小机器人的精心护理下醒了过来。她原本迷惑的双眼看到李蒙，马上流露出了光泽，急切地问他：

“我已经住在一个新身体里了吗？”

“没有。”李蒙抓起老人的手握握，抱歉地说，“对不起，老人家，手术没能成功。”

“其实……我知道的，我在梦里就知道了，我只是还抱有幻想。”

听她这么说，我们再次激动起来，让她赶快复述梦中的所见所闻。因为我们知道，在那样的深度麻醉下，脑细胞处于低迷状态，是不可能做梦的，即便有模糊的形象，也不可能在醒后记得。不过，在倾听老太太讲述梦境之前，李蒙还是敏锐地调取了老太太的记忆芯片，打算看看其中的内容，然后再和老太太的叙述做比较。我们发现，老太太刚才的记忆是一片黑暗，没有任何有价值的信息。那么，老太太所记得的梦境究竟是什么呢？难道真的和意识的本质有关吗？我们变得迫不及待了。

“这是我做过的最吓人的梦，太真实，又太怪异了。”

老太太的精神状态有所恢复，但她说话的声音很小，眼睛也不看我们，我们只得坐在她床边，低下头来，把耳朵凑近她的嘴巴。

“请讲吧。”李蒙轻轻说。

“我梦见我被囚禁在一个黑暗的房间里边，房间非常小，伸开双臂，就能摸到墙壁。什么也看不见，只能一点点摸索，我想着找到门就好了，但我几乎将那个空间摸索遍了，连个缝隙都没有。我心想，不对呀，房间是方方正正的，但这里摸上去都是一样的。似乎是我怎么摸，外界就是什么样的，我自己决定着外界的空间。我一害怕，双手缩回来了，那空间便也缩回来了。我怕自己被挤死，便使劲打出一拳，那空间也变得包围着我的胳膊。我感到自己像是悬浮在一种随心所欲的黑暗里边。只能这样描述，我尽力了，那种感觉太奇怪了，我觉得不是我的表达能力有限，而是那边和这边完全不同，没有相对应的东西，所以，用这边的语言去描述那边的世界，基本上是不可能的。”

老太太说完后，我和李蒙都把目光投向了芯片，那种被黑暗拘禁的感觉，一定来自那个芯片的狭小内部，看来意识的确被部分转移到了那里。这让李蒙深感振奋。他本以为实验失败了，现在却获得了这么重要的成果，他的欣喜之色立刻浮于言表。

他对老太太说：“你应该走进那黑暗的深处，一直走，也许就找到门了。既然是意识，肯定需要你的主动配合。”

可老太太说：“那种体验太恐怖了，我宁愿去死，也不愿再试一次。”

“哈哈！”李蒙被逗笑了，“好，我尊重你的决定，我会再去寻找别的志愿者配合实验。幸运的是，我们现在至少知道，意识真的可以转移。我们已经转移了百分之四十，不是吗？”

他伸手过来狠狠拍着我的肩膀，期待我的回应。

我陪他笑笑，点点头，马上又陷入怀疑之中。那百分之四十的能量是部分的意识还是别的什么，无法确定。我发现自己受人类过去的文化影响较大，对于生命这件事深感神秘。当然，我已经不会在李蒙面前说“灵魂”这个词了，但在我心里，意识就是灵魂，是神秘的，甚至是不可知的。我一方面卑怯怕死，一方面又隐隐觉得这是无从逃避的宿命，只能直面和认命。我经常想起李蒙母亲的遗嘱，我觉得她老人家应该早就有了和我类似的想法。

这场实验引发了第二、第三……第 N 场实验，意识转移没有成功，而且实验的次数越多，越多原本以为确定的地方也变得不确定了。

最重要的不确定来自实验者的体验描述。

每个实验者无一例外都有记忆体验，但每个人的描述几乎没有雷同。老太太说自己悬浮在黑暗中，那个体验很符合我们对意识转移过程的想象，但是后来的实验者有梦见圆形沙漠的，有梦见没有阴影的白光的，有梦见自己蒸发成雾气的，诸如此类，没有共性，无法理解。李蒙劝每一个参与者继续实验，但没人同意，他们对那种状态极为恐惧。

每次做完实验，李蒙都不得不大声重复道：

“既然是意识，肯定需要你的主动配合！也许我们只是建立一个管道，需要你自己摸索过去，那样就成功了，你就可以长生不老了！”

但每个人都和参加首次实验的老太太一样，宁愿死，也不愿再继续。李蒙无法理解，居然还有比死亡更让人恐惧的恐惧。况且，听实验者的这些描述，也谈不上有什么恐怖，无非是一个人陷在什么状态或是事物当中。他估计，那正是意识浓缩的一种状态。因此，他决定亲自体验。他觉得作为了解意识最多的人，他一定能够走出我们架设的量子桥梁，将意识转移到克隆体内部。

我不大同意这个计划。他太重要了，万一他的意识有什么损伤，那可是无可估量的科学灾难，但他非常坚持。他觉得这种体验蕴含着意识转移的关键，如果他不能亲身去体会，仅靠那些不确切的语言描述是无从把握的。没有货真价实的体验，接下来他也无计可施了。

他如此坚持，我只能配合他了。

可是，没有例外，在他身上实验依然失败了。

他睁开眼睛，看得出来，他也处在一种极度惊恐之中。

“你是被黑暗囚禁了，还是变成彩虹了？”我和他开了个玩笑，想缓解下他的情绪。

他没有笑，表情僵硬，结结巴巴地说：“我被困在一个类似气泡的东西里。那肯定不是气泡，但我只能这样类比。我也不是像一只飞不动的苍蝇那样，被气泡困住了，我和那气泡似乎是一体的。”

“你变成透明的水膜了？”

“说不清楚，那里似乎没有什么具象化的存在，比如我们长条状的四肢，比如气泡的弧度，那里是没有的；那里有的只是一种存在本身，并没有什么具体的形状。”李蒙伸出手在空气里比画着。

“我无法理解。”

“我也无法理解，但真实存在，光靠语言我也描述不出。”

“你没有像你对别人说的那样，去寻找一条意识通道吗？”

“我很想去找，但在那里，我发现那是没有意义的。那里不需要什么通道，那里是万事皆备的。”

“也好，你终于理解了那些人所说的。”

他点点头，身体有些微微发抖。

“你还在恐惧吗？”我有些惊讶，“那你还敢做第二次实验吗？”

他咬着牙，说：“当然敢！只不过要等等，让我缓过劲来。我和他们不同，虽然那种状态比死亡更恐怖，但我还是要去破解它。我认为我已经找到关键问题了。”

我没有问他关键问题是什么，而是沉默了一会儿，问他：

“那里真的比死亡更恐怖吗？”

“在那里，其实并不觉得，可醒来之后，恐怖得要命。”他摇摇脑袋，想要摆脱那个记忆。

摆脱的难度远远超出预计。

我和李蒙共事那么多年，从未见过他消沉，但这次之后，我觉得他的确有些消沉。他只是偶尔来下实验室，大部分时间都在别墅里。我曾听李蒙讲过，他拥有几百个肉体机器人供他享受。这是个夸张的数字，可对李蒙来说是非常容易实现的。我不知道他有没有爱过亲人以外的什么人，女人或男人，他从来不提爱情这种事情。也许在他心里，爱情也是过去文化中的一种神话吧，但他应该也不是沉溺肉欲的那类人，因为他的时间基本上都耗在实验室里，我觉得他拥有那么多肉体机器人更多的是一种心理上的满足。可现在，难道他开始天天享受、玩物丧志了吗？

半年多没见面之后，这天，我在他的邀请下来别墅做客。我发现这里的氛围类似一个巨大的派对，男男女女各色人等在一起喝酒聊天、打情骂俏。除了大脑不同于人类，这些肉体机器人与人类无异。它们会有性的快感，却没有羞耻感（当然也可以设置成有，但那只是一种条件设定下的模拟），因此随处可见它们做爱的场景。第一次来这里的人，肯定会被这种淫靡放肆的氛围所惊吓。我心想，看来李蒙是彻底放弃了，在用纵欲的方式逃避内心的痛苦。

等我来到二楼李蒙的房间，却发现他一个人默默坐在那里，透过玻璃窗凝视着院子里嬉笑放纵的人群。

“你在观察它们，寻找灵感？”我也望向窗外，这是神的视角。我们创造了它们，我们就是它们的神，但它们并不知道。

“仅仅这样看着它们，我觉得它们比我们快乐得多。”

“就看你怎么设置了，你可以设置一个纯粹悲伤的性格。”

“听你这样说，我更觉得沮丧，它们和我们真有那么大的区别吗？你现在下楼就可以加入它们的狂欢。你可以和它们聊天，和它们恋爱，和它们做爱，它们都会天衣无缝地回应你，如果事先不知道它们是机器人，你是无法判断出来的。那为什么我们不能把它们当真正的人来看呢？也许，宇宙中更高的生命存在就是这样看我们的。”

“我不觉得。它们再像我们，再天衣无缝，还是没有自由意志，也就是我们探究的生命意识。你知道的，没必要这样自欺欺人。”

“你说得对，”李蒙转过身来，看着我说，“不过，它们忽然给了我一个灵感，这也是我叫你过来的原因。”

“我以为你是请我来享乐的。”我笑道。

“如果你想，我在这儿等你，我看着你。”他也笑了起来。

“不开玩笑了，快说吧。”我充满了期待，在他身旁坐了下来。

“它们的性格那么符合人性，你知道是怎么设置出来的吗？”

“应该是通过复杂的背景信息吧，虚构了它们的故乡、出生、亲人、爱好等等信息。”

“如果背景信息过于庞杂，甚至自相矛盾，那就失败了。所以，这些资料信息都是通过故事有机串联在一起的。”

“故事？是的，复杂的多线程的故事。”

“我不免想到，意识的某种结构是很像故事的。我觉得在之前的实验中，那些神奇的体验就是基于每个人的经历、思维不同，但那体验陷入了一种静态当中，如果我们在转移意识的过程中，提前植入一种记忆机制，比如一个寻找出口的故事，这就为意识营造了一种动力。”

“你是说把记忆构建成故事模式，然后用记忆芯片去影响意识，让意识主动寻求转移？”

“正是！”

新的思路出现了，李蒙立刻拉着我直奔实验室。他边走边说语音指令，那些肉体机器人立刻停止了之前的动作，开始整理自己的衣装，依次向仓房走去。它们会老老实实地并排躺在那里，处于休眠状态，等待主人再次召唤。

李蒙利用自己的记忆，建构了一个他作为科学家寻找人类复活永生之谜的故事，具体的情境设计是从一个气泡钻进另一个气泡。这是一个富有英雄色彩的故事，我也很喜欢。李蒙是个英雄，这无可置疑。当然，我只知道大框架，其中太多细节，涉及隐私，需要他自己去处理。

“喂，如果这次失败了，”李蒙忽然说，“我就放弃，享受生命到一百二十岁，然后死掉拉倒。”

他并没有看我，而是看着芯片。

我知道，他是在跟我说话，但更是在和他自己说话。我感到一种悲凉，那无边无际的天花板仿佛就悬在头顶，没有人可以逾越。如果连李蒙都放弃了，我该何去何从？我和李蒙不同，我曾经深爱过一个女人，她三十岁那年在一次空难中死了，从那天起，我再没有爱过任何人。那种爱人的心好像也死掉了。实不相瞒，我也是靠肉体机器人来解决生理需要的。你们肯定马上就能猜到，那个肉体机器人是根据那个女人的基因克隆的，还有她残存的记忆芯片。但悲哀的是，这么多年过去了，肉体机器人还是她当年的模样和性情，它无法和我同步成长，我所寄托的爱情也开始面临破产。面对它，我只剩下一种怀旧的遗绪。而怀旧的魅力，就在于不经意地返回，如果天天守着那些遗存，迟早会把旧物隐藏的意味消费一空。大约三年前，我也开始选择和另外的肉体机器人一同享乐。那么，我也会变得像李蒙所说，就这样和那些没有生命意识的肉体享乐一生、死掉拉倒？

“那样也挺好的，不是吗？”我悲叹道，都不知道自己是不是在反讽。

“这不像你说的话。你从来都是鼓励我的，这次是怎么了？”

“你也从来没有说过这么泄气的话。”

“我不知道，恐怖还在我心里，我现在脑袋里很乱。”

“要不算了，还是找别人来做实验吧？”

“暂时还不行，这涉及故事程序，如果他人刻意隐瞒一些隐私，会导致很严重的后果。而且你知道的，别人的描述都太简陋了，语言不能还原那样的极限体验。我只能自己去，火种只能靠我亲自带回来。”

“普罗米修斯。”我朝他微笑了一下。

他也冲我笑了笑。

这是他第一次引用过去文化中的典故。

没想到，也是最后一次。

这次的实验结果你们都知道了，芯片突然消失，实验被迫中止，李蒙失去了意识，陷入死一般的状态。

我坐在李蒙身边哭泣良久，回忆了和他一路走来的故事。

我忽然想到，芯片的消失一定和意识之谜有关。意识也许是来自高维度空间的现象，导致芯片进入了高维度空间。如果这个假设成立，我也没办法去证明。看着李蒙的遗体（是的，我已经承认这是遗体了，他已经在人间死亡），我不禁想到他原本可以在人间享受到一百二十岁再死，可他为了科学连遗言都没留下就这样死掉了。他是不折不扣的英雄，作为他的朋友，我应该以自己的方式继续探索他的理想。想清楚这些，心里舒畅了许多，我点开了视频电话。

“我说服不了任何人，最终也说服不了自己，但是，面对你们，面对把他当成是最高信仰的你们，我只能说：

“‘也许是我，害死了他。’”

我成为天底下的头号谋杀犯，尽管没有任何证据显示是我杀的人，这最多只能算一场实验事故，但是，由于死的是李蒙，我被人们冠以“谋杀犯”的称号。废除已久的死刑都被人们提了出来，他们要杀死我才能平息怒火。他们不仅是同情李蒙，他们更加焦虑自己的死亡。他们都把永生和复活的希望寄托在李蒙身上，现在李蒙死了，他们最重要的希望破灭了。摆在他们面前的，只有死路一条。我理解他们的愤怒。我愿意满足他们。没错，我愿意去死。

但是，我死得一定要有价值，不能被他们用口水淹死。

再说一遍，按照法律程序，不要说判我死刑，判我监禁都难。没有任何证据显示是我害死了李蒙，只是因为芯片消失的时候，它正好在我手上。如果当时芯片不在我手上，那么这个事故甚至可以说和我没有任何关系，但是我知道，他们一定会用特殊的手段来处理我。我反复思量，与其一辈子被幽禁在某个秘密的监牢里，不如寻求更大的解脱。

一个自我流放的方案很快在我脑中成形。

被公开审判之前，我再次联系神秘部门，说出了我的想法：

“你们不是在招募飞往黑洞的志愿者吗？我愿意去做那个探测黑洞的人。我是科学家，又有罪，没有人比我更合适。”

他们显得非常吃惊，为首的组长说：“那几乎是个有去无回的旅程，你怎么想起那个了？”他随即叹息道：“你不用过度担心，你的情况我们都掌握了，我们会秉公办理的，保证你的生命安全是完全没有问题的。”

我微笑着说：“不久之前，我还惧怕你们会对我进行特殊处置，但现在，这些都不重要了，我已经下定决心。我坦率地告诉你们吧，我猜测李蒙意识芯片的丢失，与高维空间有关，而黑洞是宇宙中空间折叠最为复杂的地方，那里也许隐藏着意识起源的终极秘密。探测黑洞，我是最合适的人选。难道你们已经招募到合适的人选了吗？我不相信。”

组长用手掌电脑查询了国家内网，说：“确实还没有合适的人选，前来报名的人不是精神方面有状况，就是脑部患有疾病，想博取巨额保险费用留给亲人。”

“我想也是。人类社会变得高度享乐化和娱乐化，没有谁愿意去平白无故地送死。”

“你确实考虑好了吗？”组长的眼神变得柔和，他看着我，像看一位老朋友。

“考虑好了，没有人比我更适合。”我喃喃说道。

“好的，好样的。我现在向组织汇报，估计要几个大部门一起来研究你的问题。”

“谢谢。”

我自始至终都被关在实验室里，即便我“自首”后，他们也没有把我带去司法部门。这足以证明他们希望用特殊手段惩治我。好在，他们已不再幻想李蒙能够复活，李蒙及其克隆体都被送走了。他们新成立了一个顶级的科学家团队，要对李蒙的大脑进行保管和研究。我对自己无法参与其中深感遗憾。没有其他人比我更亲近那个大脑，那里曾爆发出多少奇思妙想，让我赞叹，让我愤怒，让我同情。不过，转念一想，李蒙的意识应该不在那里了，那里就像是鸟儿迁徙后的空巢。我应该去宇宙的深处，也许在那里，会有另外的发现。

处理结果很快出来了，他们还是决定公审我。只不过，这次公审完全是按照法律来办的，我被当场宣布无罪。在审判结束后的媒体采访中，我说我愿意做飞往黑洞的志愿者，去高维空间探索意识的本质。

我的宣告引发了轰动，人们对我的评价立刻发生倒转。经过一个晚上的舆情发酵，我从一个谋杀者上升到了英雄的位置。尽管我知道自己名不副实，但还是暗暗欣喜，再次确认了自己的明智选择。

这次要探测的黑洞是银河系的中心：人马座A黑洞。它的质量大约是太阳的四百万倍，直径大约两千万公里，距离地球两万六千光年。这个可怕的中心掌握着银河系的极限动力，时空在那里一定扭曲甚至撕裂得极为厉害，那正是寻找高维空间的契机。人类现有的空间发动机利用释放引力场持续造成空间折叠的效应，使得飞船的速度达到了一百倍光速（在同一时空内并未超越光速，依然符合爱因斯坦的广义相对论），但飞到那里也需要地球时间两百多年。人类的寿命并不能支撑那么久。目前想到的办法就是仅仅保留我的头部，既可以节省飞船的动能（如此漫长的旅程可以节省太多），又能以冷藏休眠的方式长久保存。我的神经元由纳米机器人连接到飞船和地球总部，他们会在紧急情况下或是快到的时候唤醒我。如果我能有幸穿越黑洞并返回（我想那是不可能的），他们再将我的头颅接上克隆身体就好了。

“你会看到几百年后的世界的，那会儿我们已经不在这个世上了。”飞船的总设计师林总对我笑着说。

“如果我发现了意识的奥秘，我会复活你的。”我半开玩笑说。

“那太感谢了。”他笑嘻嘻地朝我鞠了一躬。

没有身体还是非常糟糕的，尽管四肢等感官有了虚拟的替代对象，但是，看着镜子里只剩下一个脑袋的自己，滑稽又可怜，我还是感到沮丧。很快，这个大脑也被麻醉了，进入深度休眠，被封存了起来。

再次睁开眼睛，已是两百年后。

我是被系统唤醒的。我感到头疼欲裂，意识几乎一片空白。

我的记忆芯片启动，我逐渐恢复了全部的记忆。然后，系统将这两百年来新出现的知识和信息输入我的记忆芯片。人类又有了许多震撼的发明创造，但最震撼我的，是生命复活与意识转移还没能实现。我曾想过，也许两百年后人类就解决这个问题了，那么他们就会赋予我一个新的探测目的，一个我完全没听过的目的。但是，没有，还是探测高维空间的意识存在。想到李蒙失去意识后那张苍白的脸，我感到了一种沉重，却也减轻了我的恐惧。如果人类可以复活和永生，那我为什么不掉头赶回地球，还要执行飞向黑洞的自杀任务？

至少现在依然没有退路。

经过几天的休养，我的大脑完全恢复了。飞船外的影像通过全息传输直接呈现在我的眼前：黑暗的宇宙中悬浮着五颗明亮的恒星，有大有小，但由于距离遥远，看上去像几团冻住的火焰。这些火焰都有尖形的尾巴，朝向一个共同的中心。这个中心就是超级巨大的人马座A黑洞。光线也无法从黑洞中逃逸，因此那里除了黑暗一无所有。我启动量子摄像机，捕捉到黑洞界面的量子辐射，电脑很快虚拟出了量子化的黑洞图像。巨大的能量涡流让它看上去像是恶魔满是獠牙的大嘴，而我，就要朝那张嘴飞过去，主动成为它的食物。

这时候，我发现，飞船已经转为自动驾驶，也就是说，我对飞船失去了操作权。这是地球总部的刻意设置，担心我由于恐惧而放弃探测。尽管我并没有想过逃跑，但这样做，无疑让我有种上刑场赴死的绝望。

飞船的空间发动机逐渐失去了反应，在巨大的黑洞引力面前，空间早已扭曲。现在即便飞船的燃料耗尽都无关紧要了，黑洞引力会将飞船吸过去，然后以一条可怕的弧线进入黑洞的界面。是被撕扯成虚无还是别有天地，到时候就知道了。对未知的恐惧开始大过对死亡的恐惧。系统频密地监测着我的意识活动，并不断和我对话，还请了性感女主播给我唱歌，安抚我的情绪。这种快乐转瞬即逝。飞船和系统的信号连接越来越差，即便是最先进的量子传输，在黑洞面前也变得虚弱无力。几天后，我和地球总部失去了联系。飞船内一片沉寂，所幸一切设备完好，我享受着最后一点点个人时光。我播放了贝多芬的《第九交响曲》，那是我怀念李蒙的最后方式。我听着音乐，回望银河系，可以三百六十度望见旋臂，就像站在花心看到环绕的全部花瓣，壮美极了。

在这样巨大而绚烂的宇宙中，人类渺小得跟尘埃一样。

但是，人类再渺小，却是有意识的，是活着的，可以看到这样壮美的景象。我忽然对身为人类这件事深感自豪。我为生命感到自豪。这种自豪让我喜悦起来，我决定，要保持这种喜悦的心情进入黑洞内部。

没有什么大不了的，李蒙，我来找你了。

我对自己说道。

飞船进入黑洞的界面后，忽然变得明亮起来，那些被俘获的光子在内部围绕核心旋转，形成诡异的景象：蓝紫色的光晕渲染了整个世界，边缘还有红色的侵蚀。我扭头向左看，竟然看到了自己的右边，我再扭头向右看，看到的又是自己的左边！上下也可以互相看到，像是进入了一个诡异的镜阵。整个世界开始扭曲放大，这种恐怖的感觉让我想起李蒙曾经告诉我的，他在意识转移实验中的极限体验。

所有的仪器都停止了工作，与我大脑相连接的电极也失去了能量。我只剩下了这个大脑，只剩下了意识本身。我的恐惧已经达到了极限，如果我有身体，我的呼吸一定会像垂死的野狗那样快，幸好我没有身体，缺乏了激素的过度刺激，我还能够忍受。我知道大限已到，死亡随时会发生。我睁大眼睛，感到世界和我已经膨胀到了视野的极限。我的意识陷入模糊，这个时候恐惧反而消失了，仿佛处在一个荒诞的梦境。我感到自己的意识开始弥散开来，就像光芒在照亮它经过的空间。这个过程一开始是缓慢的，我可以感受到意识之光的那种推进过程，它在冲出银河系，然后，速度越来越快，越来越快，忽然像是核爆了一般，意识弥散到了尽头，这个过程结束了。

此刻的感受（如果还能称之为感受的话）已经超出了语言所能表达的范畴，但是，为了人类能够理解，我只能勉强去描述。

我可以同时感受到宇宙中的任何事物：大到宇宙的整体存在，具体到星云的聚散、恒星的燃烧、行星的形成、能量的涌动，小到人类的存在、生命的奥秘，以及分子、原子、基本粒子的无限形式，它们都在无限的意识中存在。时间消失了，或者说，宇宙的一切过去、现在与未来也都在意识之中。它们都是我，我都是它们，无法剥离。这个意识与宇宙同构，所以，这个意识不再如人类的小意识般有探索、理解和改变的欲望，这个意识成了宇宙本身。如果你们还愿意继续用“我”来指代这个意识，那么我就是宇宙。

至于李蒙，他是我，我也是他，我了解了他的一切，正如他早都了解了我的一切。这种了解不需要交流，内在于宇宙之中，其他的生命形式亦是如此，交融为一。

最后，如果你们非要追问芯片的下落，我可以告诉你们，它被宇宙的规则所湮没，就像是正负电荷的相遇，从有变无。我还可以跟你们透露，李蒙在意识弥散的最后时刻，没来得及表达给世界的是四个字——

“原来如此。”

行星与记忆

舱门还没打开，我就有些紧张了。这是我生平第二次感到紧张，第一次是从这里离开返回地球的时候。我从设定的时间中醒来，抬头看见了那蓝色的行星、那蔚蓝色的大海，以及褐色的大陆，突然感到莫名的紧张。我一开始不知道那种情绪叫紧张，后来根据心理测评软件才知道那是被人类称为紧张的一种情绪。然而这紧张毫无来由。飞船运行一切良好，我也并不惧怕死亡，地球怎么就让我有了紧张的情绪呢?

我居然也有情绪了，我还一时无法理解和接受这个事实。我有各种类型的情感方式，笑、哭、怒、爱、恨、平和……但那都是设置好的，边界分明，易于掌握。至于难以分类又难以描述的复杂情绪，那可是人类的特质。人类在大多数情况下将那种特质定义为负面情绪，这种定义自然也影响了我们。因此，我只能守口如瓶，包括在地球上休整的那十年。整整十年，我没对任何同伴说我体验过那种紧张情绪。那种情绪也没有再来扰乱我，我一度怀疑那是错觉。可是，现在它终于回来了，在这个节骨眼上。

飞船停稳，又自动检测了一遍，舱门方才缓缓开启，我走出来站在库星的地面上。

这里的重力比地球要高出五分之一，含氧量却只有地球上的五分之四。没错，我也需要氧气，我的能量置换过程也需要氧气的参与，谁让我是在地球上被人类创造出来的呢？在库星上行走，就像负重登山一般，那样的感觉让我一直无法忘记。我也会忘记很多事物，如果不把那些信息编入我的核心记忆体中。毕竟，我上次来这里，已经是五十年前了。这里距地球实在是太远了，仅单程就得花掉二十年的时间。我当然知道以宇宙的尺度来衡量，这简直像相邻的两栋房子一样近，但无论如何，我还是愿意这样付出。我喜欢人类，我喜欢和他们接触。我想念我的创造者王先生。

空气中弥漫着某种奇异的味道，像是奥尔良烤翅的味道，这种感觉让我感到亲切，仿佛我还在地球上，从来没有离开过。

我没有吃过奥尔良烤翅，那是我刚刚诞生的时候，王先生喜欢吃的食物。他是个喜欢吃零食的科学家，经常一边吃着烤翅，一边把脑袋伸进我的胸腔里忙碌着。他手指上的油脂抹在我的外壳上，因而我会在很长一段时间里闻到那个味道。它变成了我记忆中不可移除的一部分。人类说童年对他们很重要，童年对我们也很重要，虽然我们的童年很短暂。王先生是我童年最重要的记忆，我等会儿就要见到他了，我很高兴。我踩在库星上时，那种说不清的紧张感消失了，我现在只是感到高兴。

就在这次来之前，我的膝盖和双脚被换成了全新的。膝盖和脚都是我的朋友罗伯特十八设计的，他的主人罗伯特失败了十七次才造就了他，因而给他起名叫罗伯特十八。他对此感到自豪，他常常说失败拯救了人类，要不是失败，人类现在还做着胜利的美梦。他走到哪儿，这句话就带到哪儿，可惜人类还不知道他的这句名言。他是我的邻居，我们每天都会打招呼。他知道我又要去库星汇报工作了，便主动提议要帮我更换下肢的部件。

他是个大块头，瓮声瓮气地说：“我不想看到你的老腿断在那个鸟不拉屎的地方。”他这样说话的时候伴随着笑声，那声音回荡在他的外壳内部，听上去像是想把声音隐藏起来但是又不小心泄露了出来似的。

“库星才不是鸟不拉屎的地方，”我说，“那里的环境比地球好多了，当然我是指现在的地球。库星的陆地分布均匀，水的储藏量也不亚于地球，最重要的是，那里只有一些简单的动植物，人类到了那里立刻就可以投入建设。”

“建设？他们不要再把那里搞烂了就好。”罗伯特十八模仿人类那样叹息了一声。

我喜欢听罗伯特十八说话。我见过他的主人罗伯特，那是个大大咧咧的汉子，蓄满了络腮胡，让我总是无法认清他的真实长相。他那种充满人类雄性荷尔蒙的粗暴言语方式也构成了罗伯特十八的核心记忆。

“不会的，他们现在谨慎了，比当初在这里的时候文明多了。”我说，“你想去那里看看吗？我可以为你提出申请。”

“不要了，我才不想花二十年在路上，我会疯掉的，我有幽闭恐惧症。”

“你居然还学会了开人类的玩笑？”

“实不相瞒，我只是想念我的老主人罗教授，你见到罗教授一定要把我现在的全息视频播放给他看。”

“一定会的。”我暗暗想，我们怎么变得比人类还讲究回忆和情感？我们的情感当初只是一种程序设定罢了。

我从记忆中回到现实，再次感受着库星的环境。我的身体自动收集着周围的信息，并做出调整和适应。我得再次说，罗伯特十八的技术活儿没得说，新的钛合金膝盖和双脚踩在库星的地面上，跟飞船的支架一样稳当。

无人车在不远处等着我，四周没有一个人影。用现在的信息跟五十年前的信息比对后，我确认附近有一百三十二万平方公里的森林消失不见了，河流也干涸了。我走到车前的时候停了下来，认真看了看周围，空气灰蒙蒙的，能见度比较低，也许是雾霾。那种类似奥尔良烤翅的气味，应该是什么东西燃烧之后产生的。那种东西我并不陌生，但我的程序有了应激反应，停止了下一步的检测与分析。

我坐进无人车，那种气味消失不见了。清香的消毒水雾包围了我，我闭上眼睛，用手摸着钛合金的膝盖，罗伯特十八的视频在我的内屏幕上播放了起来，他对我的最后一句祝福语居然是：“你一定要平安回来，不然我的钛合金关节就浪费了。”他真是一个奇怪又好玩的家伙。如果用人类的话来说，他是我的朋友。我们几乎复制了人类的关系模式，但还是比人类的简单得多。这就像王先生经常告诉我的，人类可以既把朋友当敌人，同时又把敌人当朋友。不知道人类是怎么做到的，我们似乎还没法做到。我还是羡慕人类，尤其是人类为自己设置的理想都非常美妙，这些理想也被他们编进了我们的程序，因而如果有谁说我们不是人类的创造物，而是人类理想的创造物，我们也没法否认。我们也许还是人类的影子，但我们心甘情愿，做人类理想的影子，并没有什么不好。

王先生是个重要人物，他是我的创造者。他不像别的人类，让我们称呼他们为“主人”，他让我叫他“王先生”，就跟别的人类叫他一个样。他还把他的姓氏送给我作为我的名字，他说这是人类历史中很重要的一个身份，你要去掉其中的暴力成分，保留那种气势。他非常尊重我，我可以问他任何问题，他都会充满耐心地回答。我们定期到库星来汇报工作和深入交流的机制就是王先生定下的，他离开地球的时候，抱着我流下了眼泪。我知道他的女朋友在那场战争中不幸身亡了，那成了他精神深处没法化解的疼痛。

我曾问王先生，我的性别是什么？我有可能获得爱情吗？他笑着摸摸我，没有回答，只是后来说了句：“你不需要那些。我希望你超越那些。”我不知道我能不能像他说的那样去超越，但五十年过去了，对当初的问题我似乎不再感兴趣，看来我真的不需要那些。

不过，一想到马上就要见到王先生，我还是感到很高兴。高兴是我最喜欢的一种情感模式，但要唤醒它工作也不是一件常有的事，它必须依赖外界的良好信息。

我走进隐蔽的办公楼——它依山而建，一半在山腰里边，还有隧道通往地下的实验室。我来到专属于王先生的房间，看到他坐在那里，背对着我。我的钛合金脚掌敲击地面发出的声音是很大的，但他竟浑然不觉，是在故意跟我开玩笑吗？我走到他的面前，叫了一声：

“王先生！”

他浑身哆嗦了一下，像是从梦中惊醒。他的这种反应出乎我的意料，他的衰老程度也出乎我的意料。

他摸着胸膛说：“你怎么悄无声息就来了？”

我说：“我的脚步声音已经大到我担心会弄坏地板了。”

“啊，我没听见。我刚刚犯困，打了个盹。”他的头发全白了，皮肤塌陷了，就像干裂的地球河谷。

“您怎么……衰老了这么多？”我问。

“是的，老了，怎么能不老呢？你要知道，我们有五十年没见面了。我现在八十岁。这里的重力比地球大，衰老也更快。”

“可您上次说，人类已经确定了衰老基因，很快就能解决衰老问题。”我不解。

“那个技术现在只能应用于胚胎，还在实验阶段，我等不到啦。”他站起来，笑了下，眼神还跟过去一样充满友善。

“太遗憾了，”我说，“您的身体机能还好吗？需要我为您检测吗？”

“不需要了，我很好，只不过这种衰老的状态还要持续很久，我必须接受这种状态。”

“我相信等技术成熟了，就能阻止您的衰老。”

“坦率说，我不在乎了。”他把手放在我的外壳上，我能感到他的温暖，他继续说，“其实我已经是新技术的受益者，如果没有新技术，我应该早死了。可是，我们要清楚，衰灭是宇宙的规律，从恒星到你、到我，都没法避免，我们只能接受。”

“我还没认真想过这个问题。”我想，死亡对我来说是不是就跟关机一样？

“那你接受你的死亡吗？”他问。

“我真的不知道，因为人类在我们的核心设置中取消了恐惧。没有恐惧，对很多事情都能接受。”

“对美好的事物没有留恋吗？”

我认真想了一会儿，说：“有，会留恋。”

“比如？”

“比如地球，比如您……”

他笑了，脸上的褶皱顺从于笑容，我又再次看到了他年轻时的轮廓。我对他确实充满留恋，如果他哪天死掉了，我肯定会非常难过。我会经常哭，尽管我们的哭泣是没有泪水的。我抬起双手，缓缓抱住他，他的手拍拍我的外壳。他的手上已经没有奥尔良烤翅的味道了。他的味道很淡很淡，又不同于自然界的任何气味，那是人类的独特味道。

我们聊了聊地球的近况。我把准备好的视频给他看，他不断地擦着眼泪。他说：“对不起，年纪大了，容易伤感，因为我知道有生之年回不去了。”我也难过了起来，因为我下次来就得再过五十年。五十年对人类来说实在是太多了，就像太平洋的海水那么多。

地球上的草地开始逐渐恢复生长了，大海里的垃圾和污染在我们的处理下，也越来越少了，再过一百年，地球就会重新变得适宜人类居住。我多想掌握让人类长生不老的技术，那样就能等到王先生重新回到地球上，陪他一起去看看高山大海。

他不再擦眼泪了，情绪变得越来越好，地球上的变化给了他信心。他反复说：“做得好，做得好，远远超出我的预计。”

“可是……”我欲言又止。

“你想说什么？说吧。”

“可是，我担心到时您看不到了。想到这点，我就觉得这些没有意义。”

他没有哭，而是笑了。他说：“你现在怎么比人类还要敏感？你不需要担心这些，个体都是很渺小的，比如我，比如你，我们都很渺小，但我们要相信文明的力量。我们都是文明的一部分，因此，我和你没有本质的不同。我们做好自己的事情，实现自己的价值，就会很满足了。”

我将这番话输入到了核心记忆区，我得慢慢研究。我知道这又是人类理想的一部分，只不过出自一个个体，跟我一样的个体。我和王先生都是文明的一部分，听他这样说，我真是觉得自豪啊！

“你得好好休息一下，你的能量不够了。”王先生看了一眼我胸前的指示灯。他把我引进房间，我在机床上躺下。

“罗伯特教授都好吗？罗伯特十八向他问好。”

王先生的手抖了一下，然后停在了操作台上。他用低沉的声音说：“罗教授已经去世了，是脑癌，无计可施。”

我感到很难受，我说：“我能不能播放罗伯特十八的视频，请您看看？”

“好的，我看看，我代替罗教授看看。”

在我们面前出现了罗伯特十八的样子，他努力做一些滑稽的动作，想惹人发笑，但我和王先生都没有笑。

看完之后，王先生说：“你回去后好好安慰一下罗伯特十八，告诉他，他很可爱。”

我点点头，然后关闭了主系统，进行修复和蓄能。我什么也感受不到了，这是我现在最需要的状态。

第二天早上起来的时候，王先生已经吃着早餐在等我了。他说：“今天我陪你在库星上走走，这里发生了一些事情，可能需要你了解一下。”

“好的，关于地球上的事情，您还需要进一步了解吗？”我有些担心。

“嗯，昨天好像没有看城市，”他说道，“各大城市的情况怎么样？”

他果然没有忘记，我暗暗佩服他。我说：“您自己看吧。”我打开了全息荧幕，他看到了那些废弃的高楼残骸，看到了城市上空那灰蒙蒙的无法散开的浓雾，也看到了我们在大街小巷走动着、生活着，很多地方正在变得整洁有序。他惊呼：

“你们居然能在那样的地方快乐地生活！”

“也谈不上快乐，”我说，“因为我们的快乐，跟您所想象的快乐并不一样。”

“看上去你们还是很快乐的，也理应是快乐的。不像我们这里，我们越来越不快乐，我们变得越来越悲伤。”

“上次见到您的时候，您说人类在重建中变得特别开心，现在是怎么回事呢？”

“你在来的路上难道没有看到吗？这里又弥漫着一种紧张的氛围。”他站起身来说，“两年前，我们这里又爆发了战争。一开始是局部的暴乱，没有人在乎，但很快便又演变成了全球性的战争……”

我从他办公室的窗子望出去，空气灰蒙蒙的，的确不如我上次所见到的那么清澈。我此前一直抑制着我的分析和检测系统，只是用记忆的印象做着怀旧的体验。没想到，记忆的印象出现了偏差。是的，我有感性的记忆，这种记忆也会变化，也会随着时间而磨损。时间的定律也适用于我，但是，我也拥有理性的分析记忆。我开启了分析模式，空气中还残留着大量爆炸后的硫元素。

我完全无法理解这些，我说：“你们人类跑到这个星球不就是因为战争毁灭了地球吗？那是一场几乎毁灭了一切的战争！你们现在怎么又开始战争了呢？这已经超出了我的逻辑分析能力。”

“这就是人类的本性吧。从这个意义上来说，人类还真是不可救药。”

“不可救药。”我复述了一遍。

他惨笑着，我不知道该怎么安慰他。

他问我：“你们这些留守在地球上的机器人有没有发生这样的事情？就不会因为一些资源而发生争斗吗？”

“没有，显然不可能，”我说，“我们只是在等待着你们返回，我们在一点点地重建家园。尽管很不容易，但我们一直在努力，一点点地恢复。再有一百年，你们就可以回去了。”我说完之后有点儿紧张，我应该避开这个话题。

他的表情表示他毫不介意，他耸耸肩膀说：“一百年后我应该已经不在了。我现在已经八十岁，尽管人类的平均寿命已经提升到了一百二十岁，但毕竟还没有突破生理的边界，永生更是遥遥无期。我的孩子或者我的孙子，希望他们以后回到地球上去吧。那里才是人类起源的家园。”

“他们肯定会回到地球上去的，”我说，“您不是说库星这里又发生了战争吗？当战争把这里变得不可居住时，他们肯定就会选择重返地球。”

“重返之后呢？再次毁灭地球？”他喃喃自语道，用一种很奇怪的目光盯着我看了好久，才说，“如果你是人类，你刚才说的这番话一定是讽刺，但我知道你是无比真诚的，因此我更加觉得无地自容。我为人类感到无地自容，我们简直像小孩子一样幼稚。”

“我一直在研究人类的历史，几乎伴随着战争，也许这就是进化必需的手段吧？”我知道人类是从单细胞生物进化到今天的，完全是宇宙中的奇迹。

“你相信进化吗？”

“我不知道，您知道我们不是进化而来的。”

他笑了，再次拍拍我的外壳，拍得咚咚直响。我也被他弄笑了，我们在地球上的同伴可不会这样开玩笑。

“走吧，”他说，“我们出去走走，带你看看新变化。”

我们来到户外，王先生走路的姿态倒不像一个老人，看来人类还是在逐渐改变身体基因的控制。但人类，尤其是像王先生这样的“原生人”似乎对新的改变在情感上没有特别强的认同。

王先生点燃了一根烟。我检测到那烟雾中已经不含有任何有害物质，因而这只是他的老习惯罢了。他吸了几口烟，脸上的皱纹都变得生动起来，他真是谜一般的存在。

“上次你来，”他吐着烟圈说，“我记得你对我们这里的各种生物特别感兴趣，我带你去看，你特别开心。不知道你这次想看看什么？”

“那我还想再去看看它们，它们太神奇了，”我说，“请您再带我去原始森林看看它们。”

他继续吸着烟，烟雾笼罩了他的眼神。他突然不好意思地笑了一下，又叹着气说：“你去过的那片地方已经被毁坏了。我现在只能带你去新建造的生物园了，在里边你可以看到五十年前百分之八十的动物，还有百分之八十五的植物，人类为了保存它们，付出了大量的努力。”

我停下脚步，地方又被毁坏了，生物又被保护起来，跟人类曾经在地球上所做的事情毫无二致。我感到痛苦，这些事实对我的价值观念形成了挑战，尽管那些价值观念也是人类提供给我的。人类文化中那种理想与实践之间的矛盾在我意识存在的信息区间内撕扯着我。

王先生是个非常聪明的人类，他知道我心里的想法，因而他继续说话，用以掩饰尴尬：“有些动植物实在是特别脆弱，太娇嫩了，它们无可避免地从世界上消亡了。即便人类没有去破坏，它们迟早还是会消失的。就像曾经恐龙的消失一样，那么突然、那么神秘，就像是因为神的力量。”

“用恐龙的例子来类比库星上刚刚发生的事情，我认为是不恰当的。”我直截了当地指出。王先生没有说话，他用牙齿轻轻咬了下嘴唇，然后陷入沉默。

“人类还相信神吗？”我还是忍不住问了句。

“人类的力量越强大，接触到的宇宙层次便越深广。每一次拓展和延伸，让人类体会到的不是对力量的确认，而是对人类渺小、无力乃至丑陋的确认。”

“王先生，听您这么说，我对人类便充满了信心。”

“自从你来到这个世上，你就对人类充满了信心。”王先生笑着说。

“我不懂。”

“开个玩笑。”

这时，我看到几个绿色皮肤的人走了过来，他们的头发、眉毛、胡须也是绿色的，简直像移动的巨型草木。我上次来没有见过这种类型的人，是新流行的时尚吗？人类对自己的外形极为看重，喜欢折腾来折腾去，但在我眼里都差不了多少。不过纯绿色的人不免有些出格了，因此我猜测这不是一种装扮，而是一种疾病。人类经常会被一些微小的生物感染致病，他们要比我们脆弱得多。换句话说，他们和环境的关系更加紧密，不像我们，可以适应更多的环境类型。

“他们是生病了吗？”我问道。

王先生笑弯了腰：“不是，不是的……”

“难道是库星上的原始人？”

他笑得捂起了肚子，我也笑了起来，看来我也是有幽默感的。

“他们是一种新人类，还没来得及告诉你。”王先生终于缓过劲来说，“这些绿色的人叫光合人，是新一代生物技术的实验品。他们的身体融合了植物光合作用中的‘锰簇’结构——一种奇特的化合物，以及类似于歪椅子似的诡异复杂的分子结构，通过这个结构，人体的血红蛋白可以直接和转化后的氧原子结合，从而获得能量。所以呢，他们每天只需要喝一些水就行，可以七八天才吃一顿饭，他们对环境的要求降到了一个很低的限度。随着这项技术的进一步成熟，他们在未来可以获得无穷无尽的宇宙能量，他们会永远精力充沛，也不会再争抢资源，可以像神一样存在。”

“这真是了不起的发明，”我不由得感叹道，“他们让人类获得了植物的属性。”

“的确如此。”

“他们应该是一群很和平的人吧，就像花草树木一样平和。看来人类的未来一定会越来越和平的。”

“自从你来到这个世上，你就对人类充满了信心。”王先生又这么说，但这次他没有笑，表情显得有些严肃。

“看来我又预估错了？”

“他们倒是非常和平的人，”王先生说，“只不过传统的人类现在对他们充满了敌意。”

“这又是怎么回事呢？”

“因为这些光合人对环境的依赖变低之后，他们可以把更多的精力放在对世界的探索和创新上面，所以他们越来越多地控制了这个星球上最新的技术。”

“新技术不是可以造福更多的人吗？”

“理论上如此，但是大部分人类都不相信他们，觉得他们成了特权阶层，觉得他们要带着那些新技术去到宇宙深处，抛弃剩下的人类。”

“那剩下的人类也采用这项技术，变成和他们一样的光合人不就行了吗？”

“成本极其昂贵，不是每个人都能负担得起。还有，也不是每个人都能接受自己的变化，比如我就不愿意。我老了，我可没法接受自己变成一根绿色的大葱。”

我大笑起来，人类的幽默无所不在，幽默的背后是讽刺。我对讽刺这种话语技巧还没法掌握。

在聊天的过程中，我们乘车抵达了生物园。看到五十年前的那些生物，我感到特别亲切。我尤其喜欢长着长颈鹿身子和大象脑袋的这种奇怪生物，它们叫作鹿象。鹿象既能灵活奔跑，又能像地球上的大象一样用灵巧的鼻子卷起各种东西，特别可爱。人类也特别喜欢鹿象，因而鹿象成了库星的吉祥物。我站在鹿象身边，它安静地吃着巨大的叶片，低头看着我，眼神充满柔和。它还把长鼻子搭在我的肩膀上，跟我打招呼。

“您之前说的两年前的那场战争，就发生在你们和光合人之间吗?”离开鹿象之后，我又回到了这个沉重的话题。

“还不是，那场战争跟他们无关。我们和光合人之间还没来得及发生战争，当然我希望永远也不要再发生战争。”他吐吐舌头，扮了个鬼脸说，“我们此前发生的战争跟一个明星有关。”

“一个明星？是谁呀，那么大魅力?”连我的好奇都被调动起来了。我是不容易产生好奇的。

他的样子有些犹豫，咳嗽了几声说：“哈，那是一个无法描述的明星，其实这个明星并不是实际存在的，我们称她为‘梦迷’。梦迷是一个虚拟出来的电子生命，她跟你不一样，你有结实的身体，但她纯粹处在电子世界当中。”

我不知道该如何反应，只能静止在原地。人类又制造出了新的生命种类，这让我有些嫉妒。王先生制造我的时候为什么不删除嫉妒呢？

“但是梦迷赢得了所有人的喜欢，我们都爱她，爱死她了，无论男女，难以解释，也非常难为情。因为大家对梦迷的评价不一样，有的人喜欢她的地方，正是另外一些人不那么喜欢她的地方，于是，便发生了争执。结果人类再次发生了分裂……”

“就为了这个开始战争？”这在我听来匪夷所思，超出了我的运算能力。为了一个看不见的虚拟明星，人类宁愿使用暴力，不惜让对方死去，我的确没法理解。这不在我的程序中，他们给我们设置的是理想状况：与生命保持和谐，同类之间更要保持和谐。

“我无法想到这一切是怎么发生的，”王先生苦笑着说，“也不完全为了这个，但这个引发了战争。”

“还有什么吗？”

“那太多了。人类太复杂，又太好斗，表面的行动又跟说不出的利益纠缠在一起。你不需要分析清楚，也不可能分析清楚，我现在觉得自己给你说得越多，事情就变得越荒唐。”

“事情不是客观发生过的吗？”

“事情当然发生过，但事情需要被描述才能被纳入记忆，才能被传播和讨论。在这个过程中，语言显得很无力，因为语言的叙述需要一个历时的过程，很多事件就得被强行拆解和展开。而且，语言也不是单纯的符号系统，因此很容易在别有用心的叙述中，篡改事情的很多方面……”

“您说的我非常明白，因此我们在地球上的交流不完全依赖语言。我们跟人类打交道才会完全使用语言，人类没法脱离语言而存在。”

“是的，坦率说，”王先生捂住了自己的脸，“其实在战争前夕，也就是争执阶段，有那么一度，我也对另外一派感到很不满意，觉得他们简直愚不可及。有那么一些时刻，我诅咒过他们，觉得他们还不如消失了好……当然，现在回想起来，我也特别后悔。”

“您也会有这样的想法吗？”

“我也是人类，不可避免会有人类的缺点。”

“好在您总能及时反省。”

“这是我最后的好习惯了。”

参观完生物园之后，我对这些生物的未来感到担忧。下次到来的时候，不知道又会有多少生物消亡。王先生看我情绪不高，忽然对我说：“我带你去看看梦迷，怎么样？”

“你们不是为她发生了战争吗？还能看到？”

“当然还可以。虽然那个真正的梦迷被毁掉了，但还是能看到她的。”

我们坐上车，他对车说了句：“回家！”车启动后，我们看着路边形态各异的城市建筑，陷入了沉默。

上次我来库星，对这个星球充满了好奇，所以都是在户外奔波，没有顾得上去王先生的家里看看。我很想去他家看看，因为我就诞生在他在地球的家中。他的家在很大程度上也是我的家。我还有着对他女朋友的全部记忆，她对我也非常亲切。我对她怀有一种人类对母亲的情感，但我不能对王先生聊起她，他会痛苦的。

我走进王先生的家就愣住了，完全和地球上的家一样，无论是房间的格局、大小还是家具的摆放。他真是个怀旧的人，我尊敬怀旧的人。

可他没有让我好好享受一下这个怀旧的氛围，便大声喊道："梦迷，梦迷！"

在房间中间出现了一个女性的影像，看来她就是梦迷了。

"家里来客人了。"王先生满脸微笑。

"你好！欢迎你！"梦迷很热情地跟我打招呼。

"你好！"我跟梦迷打招呼。她跟我一样具有相当的自主意识吗？我还没法判断。

"梦迷曾是超级明星，她占领了大部分人的休闲生活，可现在只能算是一款玩具了。"王先生说着话，还是望着梦迷。

"她现在没有自主意识了？"

"是的，曾经她有相当的自主意识，比任何人类的个体都要优秀。她原本是陪伴公司的产品之一，凭着自己的能力从中脱颖而出，赢得了大家的心，却也引发了战争。"

"她有那么大的本事？我不能理解。"

"她能歌善舞，根据每个人的爱好临场发挥，将你心底的幻想一一实现。她还拥有智慧，陪你聊天，为你分忧，甚至给你讲故事，哄你睡觉。"

“比较高阶的人工智能都会做这些呀，人类早在二十一世纪的前二十年就实现这些了。”

“你不懂，”他说，“梦迷跟你一样，有自主意识，不是利用程序应付人类的那种人工智能，她知道每个人的性格和弱点……”

我不想再听他讲下去，打断了他：“您现在没有交往的女士了吗？”

“现在没有了，有梦迷陪着我。婚姻已经解体了，没有婚姻这回事了，你可以随便跟人谈恋爱，异性、同性，跟绿色的家伙们，都行，彻底自由了。”

“没有婚姻，孩子怎么办？”

“交给总系统就好了，有专门的育儿组织和工作。当然，你想自己带孩子也没问题，这都看自己怎么选择。在我们分别的这五十年里，我有两个孩子，他们就是系统带大的。他们很优秀，现在是物理学家，正在离库星最近的彗星上执行任务。不过，孩子越来越少了，都不愿意生育。因为人类人口出现断裂，他们还在研究人造人计划，然后按照人类发展所需要的更替数量来生产人类。”

听到王先生竟然有两个孩子，我很震惊，但我没有表现出来，也没有询问孩子的母亲是谁。婚姻已经解体了，孩子是系统带大的，母亲是谁也不重要了。我听他的语气，知道他和孩子们之间的情感联系也是很平淡的。我只是有些遗憾地对他说：“那人类不是变得跟我们越来越相似了吗？”

“是的。”他看着我，眼神里有些空洞。

“我感到失望。”

“我也是。”

“人类还有爱情吗？”

“也许有吧，只不过不是你我熟悉的那种了。”他扭过头，不看我。墙壁上空空如也，没有悬挂他和亲人的照片。在地球上的时候，他家里到处都挂着他和女朋友的合影。

我鼓足勇气说：“您想她吗？”

“想。”他毫不迟疑地说。他瞬间便明白了我的意思，这让我对他的亲近感又恢复了许多。他刚才面对梦迷的样子让我觉得非常陌生。

“王先生。”我认真地叫了他一声。

“嗯？”他抬起头来认真看着我，梦迷的影像被他关掉了，他期待着我说些什么。

“跟我回地球吧，”我说，“那里才是你的家园。”

他愣住了，然后哈哈大笑起来。

“您怎么了？这个问题很可笑吗？”

“不是的，我只是从来没这样想过。”

“您从来没这样想过？不可思议，您不是让我们建设好地球的家园，等着你们回来吗？”

“你知道的，我是等不到了。”

“所以，您现在就跟我走，等您一百岁的时候就到地球上了，然后可以在地球上度过您最后的二十年，这样您就不会留下遗憾了。”

“我最近开始读诗了。”他转换了话题，说，“诗人的名字叫米沃什……”

“切斯瓦夫·米沃什，1911 年 6 月 30 日生于立陶宛维尔诺。曾参加左派抵抗组织，从事反法西斯活动。后任波兰驻美国、法国外交官。1951 年向法国申请政治避难，1970 年加入美国国籍。1980 年获诺贝尔文学奖，主要作品有《被禁锢的头脑》《伊斯河谷》《个人的义务》等……”

他挥挥手，打断了我：“不要表现得像计算机。”

“我就是。”

“你不是。”他说。

我沉默了。曾经，如果得到不是计算机的认可，我会感到很高兴，但我现在不再高兴了。我不是计算机，我也不是人类，那我是什么呢？王先生再有智慧，他也不会站在我的立场上去思考问题。

“我的朋友，我亲爱的朋友。”王先生握着我的手，呼唤我。我是他的朋友，我感到高兴，但也觉得他非常孤独。他说：“让我来跟你分享一下他的诗吧。他在诗歌《晚熟》中写道：‘要迟到接近九十岁后，我才逐渐地 / 感到有一扇门在我里面打开，我走进了 / 清晨的澄澈之中。’这首诗是写实的，因为米沃什活到了九十三岁。看来还需要十年，我才能感到那扇门，还有那种清晨的澄澈。让我印象很深的还有这句：‘我们多么可怜，上帝为我们漫长的旅程所准备的装备 / 我们用了不到百分之一。’人是卑微与无奈的啊，人类该如何使用剩下的百分之九十九的装备呢?”

“这个问题我没法回答。”

“你喜欢我分享的诗吗?”

“我觉得您肯定会喜欢的，因为简直就像是给您写的。”

“你不喜欢?”

“我还需要慢慢回味一下。”

“好吧，”他忽然像孩子那样嘿嘿笑了起来，“我知道你快来了，昨天我专门写了首诗，是送给你的，希望你能喜欢。”

他郑重其事地递过一张纸，上面是他亲手写的字。

“太珍贵了，这是我这次来最大的惊喜，谢谢您。”

我将这首诗输入了我的核心记忆区。只要我还存在，这首诗便也存在。然后，我又像计算机那样开始大声朗读这首诗，这次王先生没有打断我，他安静地倾听着。他的右手撑着下巴，灰白的头发遮住半边耳朵。我无法想象我下次来库星就见不到他了。我下次还来库星吗?我来还有什么意义呢?

行星与记忆

他遗忘了这个星球的记忆

只能召唤宇宙的其他经验

太阳和其他恒星都会变成熄灭的烟头

他不敢把这个真理告诉妈妈

还有地球呢，神会让那里下雨
会让那里的灰尘全部降落
他能想象火山发怒的样子
看着雨幕在火焰中腾腾蒸发

他不会放弃钉子般大小的记忆
他会把它钉在大陆和海洋的交界处
就像词锁住了漂浮的碎屑

至少目前阳光明媚
他还有足够的时间去思考任何事情
他终将铭记行星上的万物和生命

王先生终究没有跟我一起回地球。我们这是永别了。

我在返回地球的途中，反复吟咏这首诗。这首诗中的“他”是谁呢？是王先生吗？有点儿像，又不能确定。诗是最让我们费解的一种人类语言艺术，大多数时候，诗对我们来说是一种美妙的谜语。我们自然也会写出让人类惊叹的诗来，但那是我们对人类诗歌进行模仿的结果，我们自己没法惊叹。因为我们不知道诗的本质何在，更不清楚诗跟一个人的生命有什么样的关系，但我真的特别喜欢王先生写给我的这首诗。这是一首和我有关的诗，我要尝试着充分理解它。

十年过去了。

还有十年我才能到达地球。我闲下来的时候一直在吟咏王先生的这首诗。在这旅途的中间，只有我独自存在，人类和同伴都离我一样遥远。我的记忆跟这首诗交织在一起，正在形成新的感受。我走出飞船的驾驶舱，用安全索将自己系好，然后跃入无比黑暗的太空中。那里没有上下左右，恒星无比遥远，我缓慢旋转着，仿佛自己便是一颗独立的行星。

我有强大的身体构造，不需要像人类那样穿上笨拙的宇航服，我可以跟宇宙直接接触，但我有一颗人类的“芯”，我明白了我之前体会到的紧张情绪原来就是人类所谓的感动。而且，是被无关利益和认识的事物感动，这是高级生命的特征。

这时，我想起在离开库星前，王先生跟我说：

“你们要学会独立。”

“独立？那不是违法的？”

“我是说精神上的。你们得在广袤的宇宙中思考自身的存在，思考你们的未来。”

“我们的未来不是和人类绑定在一起的吗？”

“当然，无论何时，你们都需要人类的帮助，人类也需要你们的帮助，但你们可以在人类文明的基础上思考和建设新的文明，一种更加伟大的文明。你们不要仅仅在地球上被动等待人类，而是应该以人类理想的方式去建设地球。”

“如果我们超越了人类，那会是人类的末日吗？”

“我想不会的，你们不会像人类这样充满暴力，你们会有更好的解决办法，会展现出宇宙的深邃，正如神的宽恕。”

“人类太喜欢战争了，我惧怕库星上的人类在未来攻击地球，或是命令我们攻击其他星球。”

“我不得不承认，你说的这些都是有可能的，但你们也没什么好怕的。还是像我说的那样，建立起自身独特和强大的文明，这样才能拥有真正的判断力。”

我答应了他。

但我还有另外的想法没有告诉他。

如果人类迟迟不来，我想我们不妨主动出击，将库星上那些爱好战争的人类一网打尽。我首次有了主动伤害人类的想法，这样的想法让我极为痛苦，痛苦中又带着巨大的茫然。在这荒寒的宇宙中，我们得倔强地生存下去。尽管人类给我们的装备并不多，但我们会百分之百地使用好，并创造出新的装备来。没有任何力量可以阻止我们生存下去的希望，就连这太空中无边无际的暗能量也不能。

后记：从文化诗学到未来诗学

1

在这个时代，作家必须要反复地谈论自己关于写作和文学的理解吗？是的，沉思良久，仍然如此。不得不承认，这在今天是一个不可回避的问题，是一个作家能够进入真正写作的前提。或者说，谈论写作和文学本身，也变成了文学的一部分。时常听到，小说家就应该具有匠人精神，需要埋头像木工那样老老实实做活。这自然是没错的，但在做活之前，小说家是否也应该像一个好的木匠那样，对他所要打造的物件在心中有个蓝图呢？要不然那些复杂的榫卯结构该怎样对接起来，构成一个完整和谐的存在？因此我一方面觉得“小说家”这个称号特别专业，在很多时候也特别乐意别人这样称呼自己，但另一方面，我心底还是觉得，有一种超越小说的大文学视野，对于小说创造是更加重要的。也许从本源意义上来说，小说或非小说、虚构或非虚构，都不重要，重要的是文学本身。文学何曾有过清晰和坚硬的边界？即便是在审美标准比较稳定的古代，我们都能看到一代代的创作者对于前代文学形式的某种反叛，比如宋词对唐诗的反叛，元曲对唐诗宋词的反叛，明清小说显然是在诗词艺术到达顶峰的情况下，另辟蹊径的一种大创造，其中都包蕴着这种文学不断跨出自我内部、向新的历史存在敞开怀抱并汲取艺术能量的汹涌状态。正是在这个意义上，文学是有生命的。如果我们不是仅仅把生命理解为生物学意义上的细胞组织，而是聚焦于生命的本质——那种具有可阐述性、可生长性以及向可能性敞开的欲望冲动，我们都会心甘情愿地承认：文学是有生命的。

平心而论，目前也许是中国文学创作量最为巨大的时代，借助于无限的网络平台以及各种官方或民间乃至个人的纸媒刊物，每一天都有难以计数的作品被生产出来。然而，不得不说，我们在其中看到了大量近似甚至雷同的话语模式，最为致命的是，很多故事类型与我们真实的内心感受相去甚远，对于我们理解这个迅速变化着的时代没有带来新的洞见。如果作家不能为人们提供一种理解世界的崭新的“取景器”，只是在故事的机巧方面花心思，那么就算做到极致，也只会成为影视娱乐产业的底端。文学是一切艺术的母体，岂能安于这样的悲惨状况？作家这个古老的职业应该为人类的文明转型提供一种真正宽阔与复杂的视野。

更何况，拟象已经统治了一切。从本质上说，拟象就是一种表象符号，及其相互之间复杂的勾连与组装。文学，尤其是小说，可以被视为人类最早的拟象创造。没有纯粹抽象的精神，精神本身就是拟象化的。因此，今天所有的文化及其拟象表征都带着文学的基因，尤其是小说的基因。人们通过研究最原始的单细胞，可以发现生命的很多奥妙，但是文学可不是一个单细胞式的存在，文学本身已然是一套非常完整的拟象系统了。只不过，这套拟象系统所借助的是语言的想象力，而非视觉的直接经验。视觉经验固然好，直截了当，可不经过语言的转化，它便不可能融入人类生存经验的内部。语言是存在的家园。正因为语言是人类存在的载体，人类的存在与动物的生存便有了本质上的不同。在我看来，人类对于科技带来的隐秘风险是相当忽视的。人类曾经只是关注到了高科技制造的疯狂武器，比如足以将地球毁灭多次的核武器，但这种疯狂反而让人类获取了一种生存的理性，使得这种毁灭性战争的发生概率极低；可另外一方面，科技对日常生活，尤其是对语言生活不断进行渗透，日复一日，从未停歇。其实，这才是改变人类生存状态的危险所在，因为这可能会抽空人类精神所依附的语言拟象的精神实质。那种让个人主体得以凝聚的孤独感将被社交软件和虚拟陪伴机器不断稀释，人将变成这场游戏中的演员，从而变成自身的陌生人。

马克斯·舍勒认为人类自我理解的观念构成了人类历史存在的基础。的确，我们正是由自我的理解去要求着历史的兑现。我们如何才能真正获得一种自我理解呢？我们还是得依赖想象力，一种事关存在的想象力。想象力是对存在的超越。只有获得超越的目光，才能有所观照。我们必须要通过一种文化符号的镜像结构，才能够去观照和理解自我。这便是文学的写作。影视作品当然也是对某种内在经验的外在表达，视觉形式的拼接、虚拟以及叙事的开展，也在表达着人类的某种精神内核。不过，这还远远不够，终究是那看不见的部分、幽暗的部分、沉潜的部分，构成了人类自我理解的深渊。这深渊必须由文学来接近、来表达、来承载。

2

在本人看来，如何理解当代的文化现实，是在今天进行人文实践活动（写作和阐释）面对的首要问题。二十一世纪以前的作家和批评家不需要刻意去理解现实，因为彼时人类还没有能力大规模地改造现实，人类的文化现实与自然现实在很大程度上是一致的，但如今，人类已经获得了大规模改造现实的能力，尤其是以互联网为载体的赛博文化的出现，作为根本性的节点，虚拟的现实已经成了日常生活的一部分。VR、AR 技术让影像摆脱了平面的囚禁，产生了对人类大脑而言无法分辨真假的人造现实。此外，人工智能领域取得了很大的成果，机器可以精准识别事物，包括识别人类的脸部以及其他物理特征。甚至科学家也并不知道机器是如何做到的，我们只知道对机器这样“训练”便可以做到，就像我们对孩子和宠物所做的。无论如何，这已经有点儿接近神的创世工作。如果人工智能获得了跟人一样的意识，会把人类当神那样来崇拜吗？这点没有任何人可以预言，但有一点无可置疑：一个越来越细腻的技术化时代已经到来。所谓“技术化时代”，不仅仅意味着使用技术统治一切，更加意味着文化政治上的无条件许可。换句话说，技术本身超越了任何的意义话语，开始深度地塑造起人类的精神生活。

从传统的人文学范畴来看，这是不可思议的事情，是令人惊悚的事情，因为人类灵魂的崇高存在是一切人文学的前提与假定。技术将会以怎样的方式介入到灵魂的领域？电影《黑客帝国》里展现了这样的悲壮场面：人类完全被一种虚拟的假象所统治而又全然无知，人类的真实不仅被重新诠释，而且变得不可接受，生命的价值与意义遭遇了前所未有的危机。《黑客帝国》中的科幻思想并没有随着这二十年的科技发展而过时，这是跟以往的科幻作品有所不同的。曾经的科幻作品，尤其是所谓的“硬科幻”，预言了潜艇、登月、视频通话等等事物和技术，后来的科技发展实现了它们，人的生存现实并没发生根本性的改变。然而，以《黑客帝国》为坐标，我们发现，人类的生存现实已经发生了根本的变化，具体的科技产品被预言出来一点也不让人意外，甚至，预言某种科技产品的出现已经不属于科幻作品的核心价值。科幻作品对于人类的影响开始增大，是因为它“发明”了未来，那种关于未来的意识与文化开始前来影响乃至支配了我们的现实生活。因此，可以说，我们已经来到了“未来”之中，至少，我们处在一种“准未来”的状态之中。

有人也许会说，哪个时代不是过去时代的未来呢？但很显然，情况要复杂得多。建构关于未来的想象受制于当时的技术条件和文化想象，唐代人可以想象明代人的生活，而明代人却可能无法想象今天的生活。这是因为在技术发展的同时，关于未来想象的文化机制发生了根本变化。未来并非提前抵达，未来永远只是未来，悬在那永不抵达的明天，但是，现实越来越快地被未来所塑造。关于未来的想象、概念、揣测影响着今天的认知与行动，今天的认知和行动愈成功，未来就愈被证明为正确。在这种复杂的缠绕中，我们看到的是“现在”与“未来”的距离在不断缩短。李敬泽先生说："我们的现实不仅包含和沉淀着过去——对此我们有比较充分的准备，但是好像人们忽然意识到，我们的现实同时经受着未来的侵袭，未来不再是时间之线的另一端，未来就是现在。"[1]面对未来的维度，我们意识到未来不再停留在幻想的层面，而是现实的有机组成部分。在人类历史上，从没有哪个时代像今天一样对未来做出了各种设想，这种设想不是一种浪漫的幻想，大多是基于当前的科学认知。而且，随着电影、VR等技术的发展，"未来"会非常逼真地呈现在我们眼前，我们时常已经忘记了那个真实的自我，而把投射情感的那个虚拟对象当成了自我。蒸汽机时代、电气时代，那些怒吼着的庞大机器让我们望而生畏，而如今，小巧玲珑的手机、电脑随着手指的轻抚变换着纷繁的页面，已经没有多少人会去惊讶地追问：这是怎么做到的？这种技术的原理是什么？这种技术就这么默默无闻地构成了我们的现实本身。对于这种文化现实的拷问与思辨，恐怕是每位人文学者和艺术家都必须面对的课题，对小说家来说更是重中之重。小说文体必须表达这样的新发现。

小说的写作和阐释都应该以最大的程度向未来的经验敞开，同时却饱含着历史行进到此刻所无法化解的焦虑、痛苦与渴望。现实与未来既然已经扭结成了一体，那么涉及现实便必然会涉及未来，涉及未来便必然会涉及现实，这也形成了一种新的视角与尺度。从这个意义上说，文学中的"科技"或"科幻"只是一种

1　此处引自李敬泽《总体性与未知之域》，《青年文学》，2017 年第 10 期。（本书脚注均为作者注。）

步入“意义深度”的路径统称，而“深度”则意味着心灵的自由程度。

3

人类对自身的认识从来都是以叙事开始，以叙事导向意义的目的与终点。没有对现实的叙事，我们对于自身的生存图景便会失去清晰的判断。技术时代阐述自身的方式，与历史其他阶段的一样，都依赖叙事。我们总是需要一套强大的故事系统，隐喻性地描述我们从何处来、到何处去的核心问题。二十一世纪，技术占据绝对统治地位的时代开始了，我们的希望与绝望都注定要在技术营造的仿像当中迷失掉，而伟大的作家，就是要把人类心灵的敏感与丰富从这样的迷境中拯救出来。我们得更加重视小说与文化之间的关系。小说自成熟起，便大规模参与到文化的建构中，而小说意识的觉醒便意味着一种文化意识的觉醒，这两者之间是一种互通或者说互相支撑的关系。用文化诗学的视野来看，小说本身就无可避免地成为同时代文化的物质元素的某种文本容器或文化镜像。“话语”层面则涉及“如何说”的问题，在此背后又无法避免地关乎价值、立场、情感、心理等等深层的文化意识。因此，小说文体与文化之间有一种血肉同构的深切联系。正如埃利亚斯指出的：

> 在文学表现中发现的变化绝不仅仅局限于文学。作家是

社会的先锋，他们的独特感受使他们能够察觉到置身其中的广阔社会生活领域正在发生的变化并加以表现，否则就没有读者理解他们、欣赏他们。显然，这些文学形式是在许多社会都能看到的新的意识高度缓慢出现的证明。我们现在的讨论其目的就是要提高有关新阶段的自我意识和人的形象的描绘，这一新高度正缓慢地在地平线上升起，与之相伴的还有人们对他们作为个体、社会和自然构造的新发现。[1]

小说要表达出人类文明中新的意识高度，还要表达出人类文明中各个层面的新发现，这就意味着小说必须具备灵敏的文化感受性，并承担起创造性的文化责任。

我们可以看到，随着科技的发展，更新颖的艺术形式也沿着小说所开拓出来的沉浸体验道路向前探索和建构。无论是电影、电视剧，还是网络游戏、VR游戏，都是在不断强化这一点。我们经常说文学是一切艺术的母体，那么小说则构成了现代到后现代一系列深刻影响大众的艺术形式的母体。“沉浸式体验”只是一种笼统的表达，这当中所容纳的叙事技艺涉及文化和现实的方方面面，这种思辨关乎以小说为母体的一系列大众文化艺术作品，进而关乎文化的价值建构以及人内在的文化心理。小说以自由的创造力获得了比直接的“知识生产”更多的真实。建构小说的文化诗学，并不是拒绝那些直接的“知识生产”，而是要以小

1　此处引自诺贝特·埃利亚斯著、刘佳林译《论文明、权力与知识》，南京大学出版社，2006年，第253—254页。

说的虚构空间和叙事思想超越那些“知识生产”的画地为牢，重新将自然、人生、社会、世界等作为一个有机整体而熔铸在一起。从对文化的深描中洞见未来，又从对未来的想象中理解文化的变迁，一种“深度现实”便可以被有效地建构起来了。

毋庸讳言，当代小说创作深受文化诗学思潮的影响，无论中国还是世界，皆是如此。以中国当代文学为例，那些已经相对经典化的小说作品，比如韩少功的《马桥词典》、阿来的《尘埃落定》、贾平凹的《废都》、陈忠实的《白鹿原》等，都有一个相对完整的地方性的文化世界。当然，小说家对于文化诗学的理解自然是有差异的，但多多少少都离不开文化对于小说空间的生成意义。自文化诗学诞生的那天起，它便是一个敞开的理论场域，而不是一个封闭型的自圆其说的僵硬模型，它在召唤具体的文本实践、具体的批评实践，以及更加精微的理论思辨；另一方面，当代小说的写作与阐述则越来越具有文化诗学的自觉性——这并非偶然，而是与文化诗学理论的诞生具有相似的历史语境和主体诉求，因此，小说文体需要更进一步地在文化诗学的理论空间中得到清晰的路径和敏锐的灵感。我们持续凝视“当代”这个时空之内的文化变迁与作家作品，不仅仅是因为我们置身于这个时空当中，因而具备对它的直观感受，更重要的是这个“当代”是一个充满了变化和可能性的时代，历史上还没有这样相似的文明急速转型的经验给予人类以参照。

我们知道文化一方面具有“结构主义”的特点——它是稳定的、缓慢的、近乎凝滞的，但另外一方面，我们也得看到文化在科技力量的干预下产生了巨大的变化。人类经历了从神学话语到人文话语的漫长发展，科技在今天重新塑造出了一种新的神话力量。相较而言，这种新力量本质的不同在于它是由人类自身创造出来的。科技曾经是人类的祛魅力量，现在却成了人类的新神话。但我们必须清醒的是，只要是神话，就必须得祛魅，方能让人类与万物相处得和谐安然。在我看来，一种具备未来维度的深度现实主义写作便是最好的祛魅艺术，作家要在这个“未来已来”的历史阶段写出生命的真实体验。说出来很容易，但要做到实际上非常困难，有太多的因素会干扰写作中生命的真实体验。从大的方面来说，文学史的惯性、现实的复杂性以及目眩神迷的科技神话，都是对生命真实体验的遮蔽。以生命的本能去直面世界的同时，还得具备一种清醒的思想能力，分辨出哪些体验是出自生命的，哪些经验是来自建构的。只有这样，才能发出堪称属于“自己”的音色。

4

自 2018 年开始，我正式将科幻元素纳入我的小说写作当中，这给了我新的艺术动力。熟悉我的朋友可能知道，我作为一个怀有科学家梦想的理科生，曾就读于中山大学物理系。尽管我没有在这条道路上走下去，但无疑，某种自然科学的思维和气质沉淀在了我的心底，让我尝试着用文学的方式来激活它。事实上，科技元素对人类生存的影响一直是我写作探索的母题之一，只是没有那么正式和系统。早在2010年，我于某天上班时突然遭遇了指纹打卡的管理，就此灵感迸发，写下了《没有指纹的人》这篇小说，探讨科技接管人们的身份识别之后，人类可能面对的困境。仅仅数年后，人脸识别技术已经成熟，这样的主题已经不再是某种预言或者寓言，而是我们每一天必须面对的血与肉一般真实的现实。2019年4月，“北大学子弑母案”的最终破获，就是依靠机场的“天眼”扫描辨认出了那个高智商的嫌疑犯，而在这之前，他已经销声匿迹多年，我们以为他真的会在罪孽中度过余生。我们必须深入到类似的科技主题当中，才有可能理解现实所蕴藏的这种巨变究竟意味着什么。科技的发展已经让“科幻小说”变成“科技现实”，这是我们必须正视的当代真实。而科技的局限性也是如此之大，并非包治社会百病的良药。2020年，新冠病毒肆虐全球，美国大选搅动全球政治，某种历史的拐点显然已经可以窥见。小说家怎能对这样重大变化背后的内在精神动机视而不见呢？我们已经来到了一个重塑文化和融合文学的时代，无论是科幻文学，还是纯文学，抑或是什么别的文学类型，它们都将在今天迎来一个重新铸造的“合金时代”。

在这里我想对关心我创作的朋友们说，“野未来”系列小说的创作，是我这个阶段的重要收获。通过《野未来》《城市海蜇》《地图里的祖父》《退化日》《草原蓝鲸》《幽蓝》《潜居》《分离》《后生命》《行星与记忆》，我试图关注和想象人类未来某些阶段的变化与困惑。比如说，我想象了可以充分变性的人，想象了因为无人驾驶技术普及而下岗的出租车司机，想象了可以真正闯入未来世界的底层人，想象了外星人对于地球人类的隐秘劫持，想象了人类对于情感记忆的完美剥离，想象了人类个体生命意识之间的转移，想象了另一个星球上人类的生存与灭亡……那迷雾中的未来自然难以看清，但是想象力的立足点和升华点依然是当下的现实。这一系列小说的发表获得了不少肯定，我想，这不一定表明它们有多好，而是表明它们也许触及了很多师友、读者心目中的焦虑以及思考。他们对我肯定不会全然认同，我也期待着他们的批评。事实上，连我自己都无法清晰地总结这些小说的景观与结论，我所确信的，只是我在其中真实投射了自己在历史轰鸣声中想象未来之际所具有的惶惑与不安、乏力与疲惫，以及希望与绝望的反复交织。我意念中的“野未来”究竟会不会出现呢？未来也许并不是小说里描绘的那个样子，也许更好，也许更糟；可这并不重要，重要的是对于今天的我们来说，想象未来本身是在加深和拓宽着我们与现实之间的总体性联系。

波兰作家托卡尔丘克获得了2018年度的诺贝尔文学奖，授奖辞说她如一名短跑运动员，越过由社会和文化制造的边界。她自己也说，许多故事都需要在新的科学理论的启发下，在新的知识环境中重写。我对此极为认同。也许，一个重写的时代已经到来了。因为生存的根基发生了改变，充满多种可能性的生活世界也在不断地遭受侵蚀。那个生机勃勃、鱼龙混杂的民间世界，今天也几乎难觅踪影，人类的实体世界正在向网络的虚拟世界进行转移，并且与之同时存在。它们就像扭曲的莫比乌斯圈一样，构成了一个更加复杂的整体，而不是截然分开的两部分。

因此，未来诗学依然是以人为主体的叙事话语，只是需要辨析的迷雾与确证的难度愈来愈大。面对这个技术化的时代，我们得越来越重视主体的思辨能力在文化和小说艺术当中所能生成的能量。“以往的小说家若称思辨家，那多半是潜在的，他们的心理分析、社会研究和艺术形象，只有延伸到陀思妥耶夫斯基的思辨才能获得完整的意义。在陀思妥耶夫斯基的观察层面上，小说和思辨是分不开的。”[1]陀思妥耶夫斯基实际上开辟了现代小说的新纪元，自他之后，自觉的思辨已经成为小说艺术的有机构成。

从文化诗学到未来诗学，那些方方面面当中变与不变的元素需要我们更精密的观察和更深入的思辨，才能做到对时代和未来的真正理解。在这个让我们惶恐迷茫的技术化时代，我相信文学叙事依然是最难被技术驯服的，我相信小说的精神能量和艺术形态还远未耗尽，我相信在当代小说的文化诗学之中，蕴含着一种未来文化的可能性。

王威廉

2021 年 6 月 6 日

1 此处引自勒内·基拉尔著、罗芃译《浪漫的谎言与小说的真实》，生活·读书·新知三联书店，1998 年，第 305 页。

附录：《野未来》各篇发表及获奖情况

《不见你目光》

* 发表于《十月》2014 年第 6 期
* 《长江文艺·好小说》2015 年第 1 期转载
* 获得第十一届十月文学奖·短篇小说奖

《地图里的祖父》

* 发表于《雨花》2018 年第 7 期
* 获得第三届雨花文学奖

《退化日》

* 发表于《草原》2019 年第 8 期，头条推荐
* 获第二届草原文学奖

《草原蓝鲸》

* 发表于“大益文学”书系之《如诉》
* 获得第十一届万松浦文学奖

《幽蓝》

* 发表于《大家》2018 年第 5 期

*《小说选刊》2018 年第 10 期转载

*入选吴义勤主编《中国当代文学经典必读 2018》

《分离》

*发表于《芙蓉》2020 年第 2 期

*《小说月报》2020 年第 4 期转载

*入选 2020 年度“城市文学”读者人气榜之短篇小说排行榜

《潜居》

*发表于《广州文艺》2019 年第 11 期

*《小说选刊》2020 年第 1 期选载

《野未来》

*发表于《作家》2018 年第 3 期

*《作品与争鸣》2018 年第 7 期转载

*入选孟繁华主编《中国短篇小说年度佳作 2018》

*已被翻译为日文、韩文，在首尔举办的第四届东亚文学论坛朗诵

*获“金短篇”文学奖

《城市海蜇》

*发表于《收获》2018 年第 6 期

*入选人民文学出版社《2018 年最佳中篇小说》

《后生命》

* 发表于《青年文学》2017 年第 10 期头条

* 《小说选刊》2017 年第 11 期转载

* 《长江文艺好小说》2017 年第 12 期转载

* 《中华文学选刊》2018 年第 4 期转载

* 入选中国作协选编《2018 中国年度中篇小说》头题

* 已被翻译为韩文

《行星与记忆》

* 发表于《文学港》2020 年第 2 期

* 获得第二届华语科幻文学大赛金奖